鴻飛射馬干

東大華文散文選

王萬象・編著

感謝國立臺東大學華語文學系部分經費補助出版

序一：鴻飛射馬干

王萬象

一

文學的美感必須透過語言藝術形式來表現，散文亦然，文從字順尚不足傲人，有了清通還要多姿才好。現代散文應該是作家個人真實生活的寫照，它可以反映出歷史傳承的軌跡，它也可以展現思考辯證，它是作家人格的具體象徵，它也可以用來委婉地表達情意，同時它更能夠幫助我們提昇生命境界。就情感審美而言，現代散文「必須抒發自己的真實情感，必須表現自己對於大千世界的真實感受，必須充分體現自己的個性，必須成為作者與讀者之間的橋樑。」散文創作因此與作者的生活息息相關，其所呈示的是作者主觀的內心感受，其所描繪的情感狀態應該是真摯無偽的。

一般而言，詩是情感、想像與經驗的結晶，作者往往以極精煉的文字，在縝密的布局結構中，巧妙安排意象修辭與韻律節奏，將個人抽象的情思寄寓於具體景物的摹寫之上。散文創作乃抒寫作者的情性，可敘寫其生活體驗，可表達其學問涵養，可體現其人格情操，亦可反映其生命智慧。散文最基本的特徵仍是抒情，情感的傳達或表現已成輻輳之核心，而其間接暗示的效果自為詩家所重，講究的是意在言外詞情蘊藉，能引發讀者無窮的興發感動及定向聯想。就中佳構鉅製固如玉潤珠圓，可以遺形去跡，嫣然開遍整個想像，深深觸動讀者的心絃意緒。敗筆之作則常常缺乏濃厚密緻的詩質與詩情，文字意象的經營未見巧思，語法韻律節奏的掌握亦不佳，就像那拼湊而成的字句段落，偶有清詞麗語卻終難卒章，徒惹人譏而已。另一方面，我們亦可關注於現代散文如何知感交融、現代散文的內視，諸如作家的情感和潛意識、作家的情趣和思想見識、以及作家的風采格調和學養光華等、現代散文的外觀（例如：辭采、氣氛、章法、意象、結構、虛構、類型）以及現代散文的出位之思等問題（例如：散文與詩、散文與小說、散文與寓言）。

我們可從各種不同角度切入現代散文核心，以作品為實例來分析文章之優劣良窳，藉此稍微認識八〇、九〇年代以來的台灣現代散文圖貌，而在「研賞優美的文辭技法，觀摩雍容的人生陶養，深刻的社會體驗」之後，確實掌握住散文語言的美質特色，增進自己的散文讀寫能力。上述這種對文學散文的美感認知，與陳義芝所言：「今人亦必先了解當代散文名家的藝術風格、表達技法，方能於自我創作時創新超越」，其精神理念委實若合符節。於此，我特別強調陶鈞文思貴在澡雪精神，鍛字鍊句貴能鎔經鑄史，乃至於篇章結構之經營，情境氛圍之渲染，審美經驗之傳釋等，無不亟須吾人戮力從事。如眾周知，現代散文的篇章大是作家們思苦憶甜之作，其中不乏個人的自我探索、情愛體悟、四時感興、空間漫步以及物趣描摹。就內容構思而言，抒寫自我成長及情感歷程的則是情感真摯，娓娓道來低迴無盡，十分細膩深刻動人。寫景敘事狀物的，不外以小見大以少總多，納須彌於芥子，半瓣花上寄寓人情。若從散文的藝術構成來看，在遣詞造句技巧和謀篇布局方面，文字須洗淨凝鍊、意象修辭要豐腴繁複，語法講求圓熟自然，篇章結構尚嚴實縝密，銜接照應當以靈活生動為依歸。

意識流（stream of consciousness）原為心理學上的術語，美國心理學家威廉詹姆斯曾經指出：人的意識是連續不斷流動的過程，而非片段之銜接。意識流是二十世紀英美小說的創作手法，偏重於敘寫人物內在心靈的狀態，順著感覺意識的流動而進展，大量使用內心獨白（interior monologue）的抒情方式，描述人物內在的思緒與意識活動的過程。由於意識流作家致力於內心世界的刻劃，其時空之敘寫常常呈現顛倒錯置和交織跳躍的狀態，而作品中人物皆可假藉自由聯想的方式，隨意往返出入於當下與回憶、夢境與現實之間。台灣當代女性散文家對文字的掌握相當熟練，對語言的感覺愈發敏銳，也因此在抒寫情感、記敘人物、圖繪物象時，就表現得更加細膩深刻生動。從漂泊旅行到自我定位，這些女作家檢視情感的軌跡、家庭生活的影響和遊歷見聞的感受，都帶有一種強烈的流動感，呈現出時空變化中的女性主體意識。台灣現代女作家描繪紅塵情愛，曾麗華寫得相當跳脫流動空靈，曾氏以意識流的手法呈現內心思絮，許多篇章採用跳躍式的記敘手法，表達她對昔往緣會今生的體悟。

八〇年代以後的台灣散文書寫，頗有文類出位越界的趨勢，散文創作大可突破既有的框架，轉而向其他文體去借鑒技法，甚至援用象徵的詩意語言，如此一來也就使得散文逐漸詩化。詩化散文的特性在於：「對現實生活、事件和人物的意韻生動的感受，及其新穎獨特的、文采斐然的表現，這種表現既呈現為蘊含深刻的鮮美畫面，也呈現為靈動跳盪的筆墨，犀利而充滿思辯色彩的議論，機智精警、詼諧幽默的語言。」論者亦指出現代散文的詩化意識：「八十年代以後的台灣，散文之『詩化』現象，依然未曾衰歇。有時更大規模地形成一種策略或思維，提昇散文的藝術層次；有時則融化為一種眾所熟習的技巧，細密地滲透於散文，終於成為其一部分。」並非以詩名世的台灣當代散文大家，諸如王鼎鈞、張曉風、簡媜及鍾怡雯等人，均能極為純熟地化用詩法以入文。現代散文可藉由更新詩語或詩質，來增強文字意象的修辭技巧，講究錘鍊文字的彈性、質料與密度，達到篇章字質稠密、語言濃縮和意在言外的美學效果。舉例來說，曾麗華運用詩的技巧來創造散文的審美效果，她對眼前情景的反思出之以幻設取譬，文中每句話或每個意象都具有雙重功能，一來可為其抒情聲音的自然迴響，二來則成此一聲音的客觀傳達。曾氏散文所經營的正是一種經驗的幻覺，在實際生活中許多事情都破碎不定，而作家的職責就是要把我們生活過、感覺過的事情重新創造出來。

二

愛情是文學作品中的一個重要主題，中國古代的詩詞及戲曲小說著墨甚多，西洋詩歌小說戲劇亦圖繪歷歷，都為我們留下許多精彩的篇章。「問世間情是何物，直教生死相許？」春來遍尋紅塵綠陌，至情真愛又在哪裡呢？情與愛之間究竟有多少關懷與摯誠？多少歡愉與悲戚？多少惋惜與猜疑？多少期許與等待？多少不捨與缺憾？在愛情的歷程中，從愛的期盼、等待、誓言，到愛的實現、缺陷、圓滿，個人怎樣在自我與愛情間拿捏取捨，自須有一番心性修為鍛鍊。然則，我們活在一個愛情與友誼日益敗亡圮壞的世界，科學和道德主義只把情愛降低至性欲的層面，在個人主義及人人平等原則的前提下，我們也將浪漫之愛轉化成一紙法律契約書。中外愛情文學經典傳達出某種深沉的生命經驗，超越萬象流轉直指事物的核心，而作品提供給我們的這種感發力量，可以召喚我們共通的情感和記憶，引領審美主體與文本和作者對話，像這種由經驗之知所獲得的審美通感，絕非科學的實證主義所能拘限。也許現實人生難免有諸多的缺憾限制，但在想像文學的世界中，我們藉由作品的敘寫去浮想翩翩，能夠於短時間內歷經情、景、事、理，與作者悲欣交集哀樂與共。文學閱讀是生命中不可或缺的孤獨之旅，它也是一種自我實現的方式，在過程中我們得以面對自己。無論如何，生命的憤怒與喧囂總會歸於沉寂，一切的一切終將虛化，有人獨身赤裸飄然曠野，在詭譎的夢境中尋訪失落的靈魂。

曹雪芹敘寫一場荒唐的人生大夢，不管小說的意旨為何，我們的確看到書中一些主要的人物，像是宿命般無可逃脫，歷經了悲歡離合的愛情婚姻，曲終人散也只能「飛鳥各投林」。曹雪芹的《紅樓夢》是一曲令人感慨萬千的愛情悲歌，寶玉、黛玉之間那段剪不斷、理還亂的情愛糾葛，應是貫穿全書的中心故事和主要情節，雖然寶黛的仙緣俗情終歸幻滅，但是作者對這段愛情過程的描寫，相當細膩深刻、曲折動人，其藝術感染力極為強大。這紙上大觀園已然失落，詩酒音韻不再，衣香鬢影淡出，「紅樓隔雨相望冷，珠箔飄燈獨自歸」，那敘說《石頭記》故事的作者早不知去向，真假夢幻的人生圖繪卻留了下來，活在語言文字中的愛情永遠為人傳唱。讀《西廂記》、《牡丹亭》、《紅樓夢》也能引發不同的聯想，現代人的生活情境雖迥異於往昔，可凡俗顯達的欲求得失、喜怒哀樂，並未嘗一日乖離人情之常。就男女愛情而言，從中國古典戲曲小說到現代的敘事文本，不少作家都曾極力叨唸戀人絮語。張愛玲〈傾城之戀〉裏的范柳原與白流蘇，互訴衷曲於戰後香港的淺水灣飯店，那片斑剝的圯牆飽受砲火卻依然屹立著，世紀末頹廢且耽溺於美的愛情總令人有些淒然，該是真正屬於張愛玲式的華麗蒼涼。古典的深情與現代的浪漫，總讓人對理想的愛情有些期盼，這些戲曲小說中的情節人物搬演在舞臺銀幕上，也活在我們日漸乾枯的心湖中，給予世間男女多少愛的憧憬和希望。然則，人卻是一直活在失樂園裏的，生命流逝，愛情幻杳，一切的一切只能追憶補亡。然而，從古至今，西廂房外，牡丹亭邊，大觀園內，兒女總是情長，但說到底，有的時候情是一種自焚或辜負，情有時也可以很柏拉圖，但有些時候情更是一種傷害，而不可避免情亦是一無遮攔，就這麼赤裸裸著。這其間千絲萬縷的情思，幾人持得慧劍斬斷，這千斤重的情擔，又有誰真能提起又放下的，是悲是喜，還不是要看個人的遇合與造化努力而定。周夢蝶說：「等光與影都成為果子時，你便怦然憶起昨日了。」就像時鐘的鐘擺一樣，我們總是擺盪在希望與幻滅之間，跌至谷底時也會希冀攀升，因為在我們的生命歷程中，正如周夢蝶所言：「不是追尋必須追尋，不是超越必須超越。」但在愛情海中泅泳多時的世間男女，當須了悟「人生情緣，各有分定」，畢竟求未必得，不求未必不得，也只能盡力罷了。

三

在我個人十六年的文學教學生涯中，像誠御和政衛這樣有才華的學生直如鳳毛麟角，而他們給我的印象總是溫良恭儉讓，不可多得的謙謙儒雅君子，就文學欣賞、創作與研究方面來說，我深信他們的潛力無窮，倘若持之以恆努力不懈，日後定當頭角崢嶸氣象萬千，他年風騷獨領亦未可知。在這個文學傍徨失所的年代，網路文字垃圾氾濫成災，大部分學生對純文學作品早已興趣缺缺，又加上高等教育強調技用，像這種課程的經營更是煞費苦心。還好，我跟這群年輕朋友一路走來，每個星期三午前在課室裡，討論著一篇又一篇的散文作品，總能不斷地把握認取作者的性情感受與修辭意象，以印證我自己少年時代對文學的執著追求。「是誰傳下這詩人的行業，黃昏裡掛起一盞燈」，鄭愁予曾這麼說過，也許我當不成燃燈人，但總可以為學生挑選篝燈，傳遞這份文學讀解時應有的審美感受吧！

學生的散文創作成果將輯為《鴻飛射馬干》一冊，以誌他們的漚心瀝血之苦，冀能為他們的年輕歲月留下些許見證。收錄在這本集子裡的三十幾篇作品，其主題思想文字意象，和修辭技巧章法結構，容或有不足之處，但是年少心事情意盎然，鑿文刻字無非就是要書寫五彩繽紛的生命世界。還好時間是站在年輕人這邊的，他們會在流金歲月中淬勵成長，在此衷心祝禱這些大孩子們，將來能手握五彩筆陶寫性情，並找到屬於自己的靈魂窗口，振翅飛翔在文學的流星花園，一窺那浮世光景人間璀璨。收錄在這本散文集的年輕朋友，好幾位持有生花妙筆，像是誠御（時間的濤聲、十里洋場十里烟、一日起居注）、政衛（詩意冬流、夏歌翩聯）、吳凡（徒濯空杯、一箇遙想）、軒薇（舞）、明融（悲歌）、玟瑀（只是兩隻擱淺的海豚、淋雨）、翠瑛（蘿蔔糕、走在風中雨中）等等。此外，脩韻文字清通多姿，頗為可取。大陸交換學生朱倪葛，散文創作長於敘事寫人，也為我們留下幾篇精采的作品。有的精於字句的鍛鍊，鎔鑄意象和情思於一爐，雖尚未臻至勝境，然啼聲初試便已十分清脆嘹亮。有的則是靈犀觸處成趣，時見巧思慧黠，述事寄情總能體現自我的人生信念，自是發人深省。有的狀物寫人、維妙維肖、活蹦亂跳，場景描寫靈動鮮活，而對所刻畫之角色極盡嘲諷之能事，文字更見灑脫俐落、簡潔流暢自然生動。這些同學的作品並非毫無缺失，但已能自我檢討又相互觀摩，於散文創作繼續經之營之，相信日後必然成就非凡。

我曾填一闋小令詞〈少年遊〉，以題散文集《鴻飛射馬干》：「夕陽明滅，平蕪春盡，芳樹遠連天。西園英哲，清詞麗句，總付與雲箋。夢筆苦吟相思字，斜月到窗前。恰似鶯啼深木葉，餘音轉，玉生煙。」這本文集是這群年輕朋友們初試啼聲，自然質樸真率可愛，不論是小品隨筆抑或短章鴻裁，語淡情濃頗有思致，呈現出亮麗眩目的風姿，著實令人印象深刻。就散文的藝術而言，也許他們的作品仍有生澀之處，文字意象的錘鍊不夠，章法結構有待加強，主題情思的圖繪稍嫌浮泛，但我以為這些缺失都是可以改善的，只要日後在寫作上多多練習揣摩，必能更加得心應手，寫出一篇篇的好文章來。有開始也就有結束，華語系一〇四級「現代散文選讀及習作」課程也告一段落，又到說再見的時候了，暫時告別教室電腦螢幕，也將片刻掩卷無論沉思與否，一季的歇息或可儲備遠行的能量。在烟草風絮的梅雨過後，時節依舊是炎熱的六月暑天，滿城的鳳凰花仍然嬌豔欲滴，幾番風雨的洗滌更加簇麗瀏亮。過了梅雨和端午，總有一大群穿戴黑袍方帽的學子，在這陣陣驪歌聲中，要離開此地再出發，各自奔赴未知的旅程。同樣地，這一班大二的學生也必須前進，過完暑假就要升大三了，他們只能在時序中推移邁步，時間的馬車一直是奔馳疾行的，沒能讓人稍停片刻，不管我們的思想裏是否有著惘惘的威脅，我們終須離開這宇宙時空，回歸至生命的初始本真。最後，預祝他們在知識學問和文章為人方面，百尺竿頭再得標的，永遠奮強精進不已，做一個多采多姿的生命書寫者，讓自己和世界的美夢成真。

序二：以黃金賡續黃金

王誠御

我們心甘情願的時候，也知道如何表達真理。

——神譜（Theogony）

陳之藩云：「要感謝的人太多了，不如謝天吧。」惟我覺：「與其謝天，何不謝我。」而今神道救世、鬼道設教[1]、人道馨善，皆棼啞黑墜，五色披哆於火山溢珠的道路以目、塵烟撕天的囂吠言語——雅典與耶路撒冷何干，文學與人生焉繫，值我們一生溺足此中？若因人性本善，則孺子之乍入井，親愛讀者怎不陪葬，只矯飾主義勾繪蜷花蔓草的惻隱之心；經上云：「日光之下，已無新事。」是，上帝原亦屬猶太人。文學是閃爍螢光的無色聲香，曾緩緩凍流我們無量劫難之身軀，惟超光速眼耳鼻舌身心，能紋鏤紫金蓮華鑽石起落。惟吾德馨，神的國不在人間乃竚我心。

勘定此集，肇始今年三月，照花前後鏡，迤邐四餘月；七月流火，竟未竣工。此間人事大漠驚沙的種種蹀躞，何足道。《維摩詰經》云天女散花，花附身者，「結習未盡」。這些自在飛花迎風滿懷，汩汩濺湧麝香，潤玉我所有結習未鏟，怙惡已造，冰裂冰凝，一如歌德所慟：「如我所經歷

1 「鬼道設教」一辭見周作人〈劉青園常談〉一文引劉氏《常談》卷三：「唯（紀）曉嵐旁徵遠引，勸善警惡，所謂以鬼道設教」，文見《苦竹雜記》，北京：北京十月文藝出版社，2011年初版，頁40。

的過錯，未能使後來者因而免於重犯，我豈非枉自痛苦。」知我者謂我心憂，杞天將崩矣，泰山其頹乎。

六月底我貌仍無事絮離臺東：覺臺東莫可戀眷：每座城市不過相互禪讓音容，基督千年猶未來，馬克斯沉重云：「我不是馬克思主義者」，楚歌回聲四面終沸水尖滾將盡；南渡衣冠少王導，不如歸去，惟我歌遊於斯，阡陌軟繭唾黏切身人事，回憶處處是馬賽克七彩氤氳瀉洪的禁臠。

讀者若錯履集中七寶樓台層巒鎏金的指涉與字句，進乃蕤蕤覷刺此集胎生卵孵時，所有血瘀毛毳，莊子云：「請循其本」，影隨我來；濟慈詩：「天譴與人欲對立在兩頭／我必須蹈火而過」[2]，影隨我來，遍閱沿途人巧天工錯迭之霸王花與燼餘枯藤，相倚號角嗚嗚吹到至高處轟然震盪開放。

一、

評彈白話散文，何苦涎攀西方隨筆（Essays）傳統[3]。禮失固求野，惟中國散文譜系無不纚纚流星；天子有七廟，西方散文數蒙田（Michel Eyquem de Montaigne，有《蒙田隨筆》）、培根（Francis Bacon，有《培根隨筆》）、蘭姆（Charles Lamb，有《伊利亞隨筆》）、梭羅（Henry David Thoreau，有《湖濱散記》）外幾人堪傳？[4]

2　濟慈〈重讀莎翁《李爾王》〉，見余光中譯，《濟慈名著譯述》，台北：九歌，2012年初版，頁49。

3　如郁達夫《中國新文學大系．散文》導言、楊牧《中國近代散文選》前記皆是。

4　萬象師云此節立論偏妄，誠然，筆者近閱毛姆隨筆《隨性而至》（宋僉譯，上海：上海譯文出版社2012年二版），雖譯本亦深受炙引，故以上舉數人涵海西方散文允為不公。再者西方散文除隨筆外，實以懺悔錄、自傳與傳記為散文大宗；散文在西方，確是「文類之殘餘」—語見鄭明娳《現代散文》，台北：三民書局，2009年二版，頁6。惟鄭氏此說不愜中國散文傳統，揆諸西方散文，則若合符契。復次，筆者校閱汪文頂《現代散文史論》：〈英國隨筆對中國現代散文的影響〉一章（福建：福建教育出版社，1994年初版，頁212-234），亦未改變立場。總上而言，西方散文自成傳統，自有名家，白話散文豐收部分可溯及此，但悉仰西方，仍不脫清末自卑力小國靡。餘詳注9。

白話散文泉源韜光唐宋語錄與話本，[5]而聲色綻開，涇流浮花明人小品（周作人、林語堂皆張綱溯體于此，[6]魯迅亦云其中有戰鬥的、匕首的文辭）清末民初，梁啟超振動才藻，導風扶電，筆鋒常帶感情，為白話散文光輝先驅。[7]蒞及五四，[8]復經外國文學啟蒙、淘洗，尤遽飛熚進；[9]但莫忘記，斯時林紓詆為引車賣漿者流之言、黃侃嘲云白話文拍電報較貴，錢玄同則回詈反對白話者為「桐城謬種，選學妖孽」[10]。如今風咽雨唾，撫紙婆娑，前輩闢土之用心，艱灼，衡鑑今人綴藻騁辭，巉難豈

5 參胡適《國語文學史》，第二編第三章：〈中唐的白話散文〉，合肥：安徽教育出版社，2006年二版，頁49-54。

6 林語堂對明人小品似無完整論述，故此從略；且林氏乃受周作人介紹，影響，乃知有明人小品，故以下著重分析周作人：周氏《中國新文學的源流》論新文學極精核，並編《明人小品》。且周氏自云：「我常說現今的散文小品並非五四以後的新出產品，實在是『古已有之』，不過現今重新發達起來罷了。」見《周作人書信》，石家庄：河北教育出版社，2003年二印，頁86。錢鍾書先生對《中國新文學的源流》有深諦批評，見《人生邊上的邊上》，北京：三聯，2012年十七版，頁247-252。而周作人如何受明人小品影響，可參張則桐《張岱論稿》，第八章第一節：〈周作人與張岱〉，南京：鳳凰出版社，2009年初版，頁261-270。近人對周作人頗有新意的看法見賴芳伶：〈儒而近墨：試論周作人〉，《東華人文學報》第十一期，2007年7月，頁235-267。

7 梁啟超文風無疑受龔自珍影響，《清代學術概論》第三十二節云：「初讀定盦文集，若受電然。」當然這種電然文風，亦可見諸李贄文章。

8 本文所指「五四」乃依周策縱〈以五四超越五四一文〉所稱，涵括1915-1924年的新文化運動、白話文運動、五四運動。見《周策縱文集》上冊，香港：商務印書館，2010年初版，頁333。

9 注意此處與上文的差異：我否定白話散文「起源」需追溯西方隨筆傳統；但我肯定白話散文「新生新貌」來自西方文學（包括印度、日本文學）影響；若片面歸納，前者受明人小品影響大、後者承英國隨筆沾溉深，此亦民初共識；惟影響一事，殊為難說，故我稱為「片面歸納」，聊嘗鼎一臠。

10 林紓私淑桐城，黃侃師事章太炎、劉師培，章氏論文崇漢魏、劉師培尊六朝；故錢玄同此言可限縮以指此二人。關於桐城文章的精彩分析，見陳平原，《從文人之文到學者之文——明清散文研究》，第八講，北京：三聯，2009年三印，尤其頁210-212，及227-228。辯證桐城非謬種的堅實論點，參郭延禮，〈近代桐城散文新論〉，見《中國古代、近代文學研究》，北京：中國人民大學書報資料中心複印期刊資料，1989年第十期，頁262-269。此文就近代桐城派之理論、作品，予以翻案。選學參繆鉞〈文選與玉台新詠〉一文，見《詩詞散論》，台北：台灣開明書店，1982年七印，頁45。章太炎《國故論衡》論魏晉文云：「守己有度，伐人有序，和理在中，孚尹旁達，可以為百世師矣。」又劉師培云：「文宗六代，惟主攷型。若夫宣究流衍，撢引緒耑，習肄所及，兩漢實先。」見《中國中古文學史講義》，上海：上海古籍出版社，2006年初版，頁3。另，不逮錢氏攻駁，民初桐城與選學在北大已有衝突，見陳平原《作為學科的文學史》，第一章第三節：〈「桐城」與「選學」之爭〉生動溢彩的論析。北京：北京大學出版社，2011年初版，頁14-22。

祇倍蓰。王禹偁云：「子美集開詩世界」，五四文人注目所之，靡不廣施文辭，大極經世，糜至婚姻喪殯，堪稱全面的「文藝復興人」（Renaissance man），區區杜子美，焉能比擬。[11]惟胡適一輩，舊學亦深湛巍然，巍然如拿破崙征埃及所得羅塞塔石碑，不惟悠遠洪荒，逮商博良破譯碑上文字，更使一神祕幽遠文明重啟燊華——五四文人不惟蹈迎德先生、賽先生，其舊學大作，亦名山恆存，胡適撰《中國哲學史大綱》、魯迅作《中國小說史略》、周作人輯《明人小品》、俞平伯著《唐宋詞選釋》、聞一多有《古典新義》、朱自清成《古詩十九首釋》等，皆新意嫩綠撲眼，且魯迅至暮年仍用毛筆寫作可知矣；[12]這羣鬥士卻願焚轍毀纛，倒瀾遏浪寫世人從未夢見的白話散文！[13]

五四之初誠不免辭氣萎茌，然民國十六年，魯迅已竣成星爆文學史的金相玉式《野草》，且創成，甚乃大成雜文此一品類，其《朝華夕拾》婉溫筆調，又堪稱抒情散文正宗；嗣後周作人也奠定白話散文的風流淵懿，氣味醰醰。這一光輝傳統，最後歸流梁實秋。

此一燦錦紋絡，最敻卓必屬錢鍾書先生。錢先生以其掀世淵博，非惟學究一類白首六經何可及，復驅策其文辭恆星燃燙，俯臨文壇，繽紛優曇波羅之華，[14]迄今廣陵散琮琮仍無繼響。

---

11 筆者近讀《神祇、陵墓與學者：考古學傳奇》，敘及商博良處，輒為擊節感嘆。見（德）C.W.策拉姆撰，張芸、孟薇譯，北京：三聯，2012年初版，頁86-113。

12 關於毛筆，王文興睿見甚深刻：先說弊，王氏云「中國的文化是毛筆的文化……只用毛筆的人無法畫出直線，所以中國文化始終到達不了科技的地步」，詳《小說墨餘》，台北：洪範，2002年初版，頁105。次論利，王氏推崇書法為藝術峰頂，「原因就在於書法真正攀到少便是深的律令，它就減筆，減形，減色而云，超過任何繪畫，真正登到遺形取神，大象無形的高峰」，見《星雨樓隨想》，台北：洪範，2004年二印，頁3。筆者覺該說極見新意，而論證稍單薄。此外，王文興除小說斐然可觀外，散文亦佳。

13 周作人云：「寫古文較之寫白話容易得多，而寫白話有時實是自討苦吃。」見前揭《作為學科的文學史》，頁29。按綜數歷代，五四文學革命誠關緊要，「古今一大轉移」（《白雨齋詞話》評張先語）；本文限於篇幅，不能大作皴染，詳朱棟霖等編，《中國現代文學史1917-2000（上）》第一章：〈五四文學革命〉，北京：北京大學出版社，2013年十四印，尤其37-38頁。專論五四散文見第六章：〈20年代散文〉，頁111-126。

14 《大智度論》：「佛世難值，如優曇波羅樹華，時時一有，其人不見。」

逮余光中矗揭現代散文名義[15]，肆為破體出位，現代散文才汪洋別流，乃至巨流，仰鑲歷代，進退豈愧。此巨流維新至今，最可禮讚者屬楊牧，楊牧懷璞持恆摯誠，溫厚沛博形象炬輝散文史，高山仰止。晚年文筆尤琥珀沉光為大象無形、大巧至拙的聖樂凝肅。

時移至今，否盡泰已來，貞下將啟元：夸談散文百年嬗易大要，乃因纂理此集，我心恆嵌此燚燚典律，情之所鍾，正在我輩！

近代散文大勢，萬象師序言已詳審，惟我蛇足數語：二〇一二年，鍾怡雯以〈神話不再〉，峰懸散文與讀者間「閱讀契約」——散文必須鈐鏤作者切身真迹。二〇一三年，黃錦樹以〈文心凋零〉，颺揭散文「本真性」，即黃金之心，與劉正忠（唐捐）波瀾迭往，辯難饜心。時值此集深入戰場，堅壁清野之際；上列諸文皆予筆者泥金鑄塑自家散文觀，及撰煉評語，送炭無數靈思。

二、

此集之作，大抵恪守書寫現實之摩西十誡，身體髮膚，罕有毀傷伐益；惟紅海並不劃然長髮分判，祇能自弊埃及——是以我覺除〈悲歌〉、〈出租〉，皆無興發與深義。生年不滿百，行旅亦不越數地，果不獨特，何必禍棗殃梨。文學第七千七百七十七種意義，或即以獨特題材，回爍一已枯槁生命，膏火迸脂；但平凡題材豈不值一寫，我一再聲嘶：須在日抄一日的重覆生命，飛昇一永恆指涉，象徵。即李夢陽《缶音序》：「夫詩，比興錯雜，假物以神變者也。」[16]其雖論詩，然「比

15 余光中〈剪掉散文的辮子〉，見《逍遙遊》。對余光中此一鏜鞳呼聲，論者譽美甚多。惟黃錦樹指稱余氏現代散文乃「歐洲現代主義系譜中的散文詩（如韓波的《彩畫集》、波特萊爾的《巴黎的憂鬱》）」，語見黃氏〈論嘗試文——論現代文學系統中之現代散文〉，見《時代與世代：台灣現代散文學術研討會論文集》，東吳大學2003年出版，頁178。此語頗發人深省，同意其論點與否尚其次。

16 轉引自陳國球，〈明代復古詩論的文學史意識〉，見前揭《中國古代、近代文學研究》，1989年第六期，頁315。

興錯雜」即我所謂指涉也、象徵也，「假物以神變」即我所謂平凡生活與題材火焠真金。以緗此集，披沙揀金，略無一寶。雖我亦覷及作者生活、思想另一切面，但質非衛玠，作左太沖亦不可得。

我可另指一途。姚姬傳云：「天下文章，其出桐城乎？」當然非也；天下文章，皆寫現實？亦非。若不能在現實，摘擷永恆指涉碩果纍纍，本源象徵川流淼淼；三千里水擊榮格集體潛意識[17]，九萬里扶搖翼震海明威冰山，何妨鑿空！[18]拙作如〈十里洋場十里煙〉、〈一日起居注〉，皆此意。它如〈詩意東流〉、〈徒濯空杯〉俱可從此色散一端。鑿空有時因其抽象，竟哺乳永恆。正如我們所膜愛的「英語之王」王爾德云：「生活之摹仿藝術，遠勝於藝術摹仿生活。」[19]此語痛鋸柏拉圖以降，西方文學大傳統，無愧英倫三島最天才忞豔的靈魂[20]——試問莫里哀喜劇《吝嗇鬼》搧誦迄今，吝嗇之人豈絕跡；遑論司馬長卿獻《大人賦》以諷，武帝反飄飄有凌雲志！摩訶般若蜜經云：「有佛無佛，相性常住！」現實鑿空，相性常住！柏拉圖亦云：「一個意象如能把事物的真相全體表達出來，便不再是一個意象。」[21]鑿空若已盡掘人生蘊藏，何須現實，若亡鄭而有益於君，敢以煩執

17 榮格（C.G Jung）作品中譯甚少見，讀者若對榮格有興趣，可參《導讀榮格》，Robert H Hopcke撰，蔣韜譯，台北：立緒文化，2009年六印。此書略已盡括榮格思想舉舉大端。關於原型，見該書頁2-3、第二章：〈原型形象〉；關於象徵可參該書頁19-22，然此「象徵」乃屬心理學，不同文學所稱之象徵，惟映帶比方，頗有所獲。另可參《西洋文學批評史》，第卅一章：〈神話與原始類型〉，Wlamsatt、Brocks合撰，顏元叔譯，台北：志文出版社，1995年再版，頁660-665。惟此書譯榮格為「卡爾容」。

18 《史記·大宛傳》稱張騫通西域壯舉為「鑿空」，此移用其語。錢鍾書先生《談藝錄》二十引《伊川語》有句：「非襲古，亦非鑿空」，已用之。北京：三聯，2008年二版三印，頁204。

19 轉引自孫康宜〈中晚明之交文學新探〉一文，見《孫康宜自選集：古典文學的現代觀》，上海：上海譯文出版社，2013年初版，頁126。此派主張可詳前揭《談藝錄》十五：〈摹寫自然與潤飾自然〉，頁155。

20 波赫士（Jorge Luis Borges）〈關於奧斯卡·王爾德〉一文論王爾德極諦，見《博爾赫斯談藝錄》，王永年等譯，杭州：浙江文藝出版社，2005年初版。波赫士堪稱西方近代最迷人睿智的靈魂，猶勝馬奎斯。波赫士文筆亦縱橫亦美妙，旁引博徵，且精通數國文字，最似錢鍾書先生；前揭《博爾赫斯談藝錄》，刻意援用「談藝錄」為名（且編輯手記亦提錢鍾書先生大名），可見一斑。

21 引自《克勒第拉斯》（Cratylus）篇，見前揭《西洋文學批評史》，頁18。

事！甚而虛構倍峻現實，作家藉其虛構之藝術，乃全面，靡遺，完美遵循己意重構世界，浔浔江流百世取渠弗盡的感發，讀者亦掃脫背景等瑣屑陳述，此心此意悉獻此作，靈魂斯得核分裂的急劇質變[22]——亞里斯多德《詩學》十五章云：「不可能而理應如此的事物，才是較優越的事物；因為理想必須超越現實」，我們筆底如是未曾有的全新世界，功何遜造化。所謂「筆補造化天無功」[23]，豈非盛此義乃成文人最隆高讚辭；但我非指現實與鑿空截然涇渭，君不見飛燕玉環皆塵土，波特萊爾告誡：「現代性（我們可將之片面理解為『現實』）是轉瞬即逝，難以捉摸和偶然迸發的，它是藝術的一半；藝術的另一半是永恆不變的。」[24]藝術沒有苟且，何來捷徑，繆斯惟下拜金相玉式、天帝白玉樓中紅毯千尺惟餞迎高文典冊泰山不移[25]。況今之世，文類不足據，筆法不足憂，我們仍汙水苟安於散文文類不可攤破、散文必不如現代詩[26]之論調嗎，大風起兮雲飛揚，乃伯也執殳，為散文先驅。武王云「比爾干！稱爾矛」、曾子曰「啟予足！啟予手」，親愛的讀者，你還等什麼？

此集文章，風格或異，筆法千殊。但大抵皆以悲為美，甚少例外。這或可返溯唐代迄今，中國文學大傳統——中國文學是悲哀的文學，我們竟耽淪悲哀，終不昇華宗教或哲學[27]——惟此傳統，

22 此說受亞里斯多德啟發，亞氏云：「描寫虛構故事的詩人，是根據人事之理應如此的邏輯觀念而構想的，不受與現實不符的指責。」見前揭《西洋文學批評史》，頁36。

23 錢鍾書先生箋此七字之精，千古不作第二人想。詳前揭《談藝錄》，頁154-157。

24 轉引自劉正忠（唐捐）〈楊牧的戲劇獨白體〉一文，見《台大中文學報》2011年第三十五期，頁304。該文是筆者所見探論楊牧詩最新穎深刻者。

25 章太炎〈說林下〉一文分清儒為五等，第一等乃「每下一義，泰山不移。」如俞樾是也。文見《章氏叢書》，台北：世界書局，1982年出版，頁703。

26 陳衍云：「作文難於作詩。」堪稱特例，見錢鍾書先生《石語》，北京：三聯，2012年十七印。

27 論者或可舉艾略特（T.S.Eliot）《荒原》此一巨帙反駁，但莫忘記，艾略特與龐德（Ezra Pound）交誼極篤，《荒原》亦題獻龐氏。見《荒原：艾略特詩文集．詩歌》，湯永寬等譯，上海：上海譯文出版社，2012年初版，頁78。而龐氏深受中國古典詩影響，見前揭《孫康宜自選集：古典文學的現代觀》，頁279。故不排除《荒原》有受「以悲為美」此一命題影響的可能。錢鍾書先生亦云：「艾略特差不多發給龐德一張專利證，說他『為我們的時代發明了中國詩歌』」，見前揭《人生邊上的邊上》頁198；中國詩歌源頭詩經楚辭，已滿佈悲哀之音，一悲再悲，清末黃仲則依然哀吟：「茫茫來日

是步步行板漸快漸強的驛程：韓退之云：「歡愉之辭難工，窮苦之言易好也」，歐陽永叔竟助燃為「詩窮而後工」，趙甌北無限上綱為「國家不幸詩家幸」！集中誠不乏無病呻吟者，聊引龔定盦詩：「少年哀樂過於人，歌泣無端字字真」解嘲。攷究所以無病呻吟，多是言不盡意，對揀選的題材並不百般烈火熔銀，次第延展。如某些人云其作文最後才定題目，雖文心微茫，不可一概，但如此漫筆隨書大抵臨文填情，即朱晦庵所謂「雖一日作千首也得」。譬諸物品，世間先有橋之形式，質料，斯有橋，焉隨造隨生法則，此即「本質先於存在」[28]，須對某一題旨有附魘憤悱的思索，始能命筆。哲學家論天下事物生成尚需「四因」摩娑，鍛煉，文學號尊貴於萬物，焉能草草？況語言文字與情思媒合到今已不可剜割，怎能以後設語言形式守株太初渾茫的文心，不聞乎渾沌鑿七竅遂死[29]；再者或如瘂弦所謂：「思想的高度，就是語言的高度。」[30]饑荒深邃思想（甚或徹底無思想），復乏剴切語言，故惟無病呻吟——須知一切的美，都並非徒然。

有人以為散文「易讀」最佳；須知「易讀」的「易」字，準鄭康成注《周易》之「易」，其義有三呢，曰：「簡易、不易、變易。」易讀易讀，易什麼讀，「易」字豈易讀！況中國文字轉注

愁如海，寄語羲和快著鞭。」詩見前揭《談藝錄》頁153。卻沒有米爾頓磅礴《失樂園》、布雷克先知且形上的詩，毋寧十分特異，故稱中國文學是悲哀的文學。但必須申明這是就大範圍立論，許多方面，中國文學仍琳瑯多姿。王文興亦云：「東方只能比精小的藝作，不能比浩瀚的鉅作。」見前揭《星雨樓隨想》，頁169。惟浩瀚之作未必最佳，愛倫坡（Edgar Allan Peo）云「抒情不能持久」，可視為對西方長詩的反動。

28 此援存在主義術語申明。但人的存在與之相反，是「存在先於本質」。參松江信三郎《存在主義》，梁祥美譯，台北：志文出版社，1997年再版。

29 四因說即「質料因、形式因、形成因（又譯動力因）、目的因」，見鄔昆如《哲學概論》，台北：五南，1992年四版三印，頁97-98。又按「四因說」是亞氏對此前哲學的總結，意義非凡，詳趙敦華《西方哲學簡史》流暢而深入的論述，北京：北京大學出版社，2012年二版一印，頁72-73。語言與情思，詳朱光潛《詩論》第四章：〈論表現〉，北京：三聯，2012年初版。

30 語見《記哈客詩想》，台北：洪範，2010年初版，頁75。此書有非常多精緻論點，略鈔一二：「詩人是思想者，更重要的是一位感覺者。有時候，感覺的深度就是思想的深度。」（頁24）、「從現代到後現代，如問近五十年來的世界文學欠缺哪些內涵，我要說：崇高感。」（頁37）、「散文之於詩恆形成一種羈絆，詩之於散文則變成一種助力。」（頁122）餘不俱引。

假借至今，孳乳新義無數，我們甘退耕還田於「易讀」？散文當先求內容川漲海沛，再「豪華落盡見真淳」；入手追求易讀，本末倒置矣，志氣太小矣，況「文從字順」乃基本再基本，詎足聲張？沒有綺豔年少描底，老來如何平淡。又某些人以為我文章論證繁博，我當時答：「要相信讀者。」於今我仍塹此見，金湯弗移。一篇文章所思、所寫皆人所爛知腐曉，寫之何用！此即庫薩尼古拉攻駁異教徒云：「一個人要是醉心於他自認為已經知道的，豈不更奇怪！」[31]而讓我們心悅誠服，辯筆壯美的叔本華云：「生存的本質是以不斷的運動作為其形式……也如同運行不絕的遊星，遊星如停止運行，便立刻墜落在太空之中。」[32]追逐，狩獵，否則坐待蹶殞；一滴何曾到九泉，達摩西來一字無、孔丘亦述而不作，除非格物所有真理，致知萬物，否則剁口不言。而「歷史實已過長，超量，重覆，濫製，天才業已太多」（〈十里洋場十里煙〉），不將古今往來所有典故用過一遍，我們如何甘心？又拙作〈一日起居注〉云：「惟文字是不移神龕」，作家成敗，亦繫文字而已，只可能意勝筆拙，任何華藻均使平庸感慨永恆——文字不鑽石，鍛鍊永不止。惟現代已無人對文字抱持信仰，天不雨粟，鬼豈夜哭，哀哉獲麟。[33]

---

31 語見（德）Nikolai de Cusa撰，《論隱秘的上帝》一書，李秋零譯，北京：商務印書館，2012年初版，頁2。此書乃中世紀神學教士衛道（基督教）哲學論文。前揭《記哈客詩想》一書第122-123，對此問題與我所見略同，可參。

32 引自〈生存空虛說〉，見《叔本華論文集》，陳曉南譯，台北：志文出版社，2005年再版，頁89。雖叔本華將之歸結到生存乃徒勞而空虛之結論，此處斷章取義，似亦通。

33 艾略特云：「詩人必須變得愈來愈心羅萬象，愈旁徵遠引」，所見略同。語見黃維樑，《中國文學縱橫論》：〈艾略特與中國現代詩學〉，台北：東大，2005年增訂二版一刷，頁121。上注引及艾略特云云，俱並參此文。又，吳爾芙亦云：「當代作家讓我們苦惱，因為他們沒有信念。即使他們中最真誠的作家也只會告訴我們他自己身上發生了什麼。他們無法創造一個世界。」文見《空襲中的沉思》：〈對當代文學的印象〉，北京：中國對外翻譯出版有限公司，2012年初版，頁48。

撲紙提筆，思緒在天人之間密連的琴鍵鏗鏘欸響，此間輻輳如人飲水。惟於某些新帙熨眼時，劈霧掃灰某人影響，十分有趣。纂理此集間，有數種風格滲宕甚廣，曰好用典、曰好用生難字，皆可定位某些源頭作者；雖年少易旁騖，「影響的焦慮」不易鏟錽……或許已有人探見我最常麾遣「個人風格」此一評語，司馬長卿云「賦家之心，苞括宇宙。」苞括宇宙誠當務最急，注意「賦家之心」仍加冕「苞括宇宙」之上，我所謂個人風格即此；指撝更詳明，即湯義仍云：「余意所至，不妨拗折天下人嗓子！」人人若自勵獨一罕二（靈魂複製他人值不值活，概資本主義最嚴重問題），下筆更須銅像偉屹。

最後，我必須責無旁貸鎩羽我稱為「唯詩主義」[34]的執妄：此派人物試圖剿滅「詩化散文」——何以散文（其他文類亦然；如我們不拘文類，益見此輩之可笑）便不能臻企一向由詩興發之至廣大而盡精微的神韻，感慨，音律，才藻，天工人巧金玉其外交響一處，惟一真神安置光輝約櫝碩存其中？一切藝術莫不以此為存亡己任，散文何獨能免。該是「詩化散文」不倫又復不類的品目濁涅久矣，我則毅然頌歌「超詩散文」如何！

三、

昔人稱歐公五代史：「寫到嗚呼處，便有精神。」而此集之評語，每人長逾千字，短不及百。字字不苟，問心於無愧；百般譬喻，指出向上一路，斫雕更甚親自提筆作文。惟或正或反，或讚或難，綿延煙火，聲色杣槳撫水旎蕩。覃子豪有《詩的解剖》[35]、沈從文亦勤於修正學生作品，並附麗

---

34 詩為文類之尊在中國是後起觀念，比方錢鍾書先生論「詩以言志」、「文以載道」此古老界說實申明文比詩尊，詳前揭《人生邊上的邊上》頁249。另錢穆亦云：「通常一般人看散文比韻文尤高，許多詩文集散文列在前，詩列在後，即其證。」見前揭《作為學科的文學史》頁197。

35 見前揭《記哈客詩想》，頁19。覃子豪一生可參楊牧〈詩人覃子豪〉一文，見《掠影急流》，台北：洪範，2005年初版，頁9。

長過原作的評語[36]，造福後進甚鉅；散文未見斯類作品[37]，此書庶幾可膺此重任？撰作評語不惟結綵文學批評資本，我們亦於原作者處探驪非常珍美回饋，所以定稾前我們仍不斷調度，忖削，以期一字褒貶，於結構，字句，主題，風格萬般綢繆，何曾空言立說。

今年二月萬象師囑編此集，當時一口承下，詎料峻難如斯、亦丰美如斯，尤其是老師以其遲遲春日之溫藹不懈引導，指明，關懷，謹以此萎弱的千瓣之花獻贈[38]；並銘念在臺東曾有的年歲，年輕得那樣張愛玲，如此木心，微量梁遇春[39]。爐火最青的年歲，於我們筆下金字塔安置壯碩永生，香火隆重千年，造物者以其絡繹光榮催促我們上仰，上望，上昇。

此集煥發如此風韻，至感謝吳凡、政衛、翠瑛、玟瑪、明融，從編輯理念，審稾，評語，散文展，排版，定稾，挽瀾襄助。心痕歷數在咖啡館三色堇不斷旋轉換彩的人海人浪，辯難「黑琉璃的哀傷」上佳或奇差、與不斷啖心陷涉泥澤中去取篇目，深怕愧己愧人；如此中有所爭執，乃因我們

36 見前揭《作為學科的文學史》：〈「創作」能不能教〉，頁181-188。

37 羅東昇等撰《清文比較評析》堪稱奇書，歷代選本均不及，惜非現代散文。此書專就清代文章，選同題作品，相互鑑對評判，極有所得。如選戴名世〈左忠毅公傳〉、方苞〈左忠毅公逸事〉比較；選姚鼐、沈彤〈登泰山記〉比較等。廣東：中山大學出版社，1987年初版。

38 波特萊爾《惡之華》卷首有獻辭云：「我懷著無比謙恭的深情／把這些病態之花／獻給……泰奧菲爾．戈蒂耶」，郭宏安譯，新北市：新雨出版社，2012年初版。

39 張愛玲行事、思想卓異，可參《流言》中的自述如〈童言無忌〉、〈燼餘錄〉、〈私語〉、〈寫什麼〉，台北：皇冠，2008年典藏版二十四印。部分軼事可參胡蘭成〈論張愛玲〉一文，見《亂世文談》，台北：印刻，2009年初版，頁10-28。筆者深迷木心正言若反，精高孤絕又毫無師承（楊照語）的表達方式與思想，摘鈔如下：「地圖是平的，歷史是長的，藝術是尖的」、「世界精緻的只等毀滅」、「生命好在無意義，才容得下各自賦予意義。假如生命是有意義的，這個意義卻不合我的志趣，那才尷尬狼狽。」、「『文學』有何價值，要看什麼文學、誰的著作、哪一本。籠統談『文學』，開口即糊塗。」（均見《素履之往》，台北：印刻，2012年初版，分見第20、141、166、194頁）「文學是什麼，文學家是什麼，文學是對文學家這個人的一番終身教育」、「若要超脫，除非死，或者除非是像死一般的活著。以『死』去解答『生』，那是什麼，是文不對題，題不對文。」（見《瓊美卡隨想錄》，台北：印刻，2012年初版，頁111、27）梁遇春在世僅廿六年，終以散文名世，其散文思想巧緻，題目尤新詭（如〈「失掉了悲哀」的悲哀〉、〈人死觀〉、〈「還我頭來」及其它〉）。後人輯有《梁遇春散文集》，台北：洪範，1995年四印。

都忘了那迢遠而祖母綠翠光長燿的盟誡：「微波慣搖人，小立待其定。」而今濯足已非前流，於臺東羊脂白玉鮮潔撫面的空氣中，開窗，遂隱隱有風雷——劉夢得詞云：「吹盡狂沙始到金」，我們是雷聲下劫盡功成的24 k金，要以黃金賡續黃金，心甘情願下涅槃真理輝煌不移；即便往後人各畛途，依然燭焰深烙此一往事，水晶瀲記夕陽無限好，樹猶青青如此。

民國第一百零二年七月七日作
九月九日第五次補正添定稾[40]

40 本文原無註釋，三稾乃增註廿五條，奇書共賞，聊示出處，以明非「增字解經」之類。四稾一發而更不可收拾，遂長篇而大論。中國文學典故原則上不註，除非轉引或須作說明者。外國文史哲原則上皆出註，行文綴為典故者除外。本文註釋幾與正文字數相等，筆者難逃炫博之譏，註釋若能啟發讀者興趣，斯亦稍能戴罪立功，讀者亦不妨視如《洛陽伽藍記》也。

目次

王誠御

小傳

一九九三年八月生，男。不信神，但研究神。覺世上最大勇，乃作一世無神論者。作文下限是「沉博絕麗」，非如此不能見人。時欲無言，自沉宗教與哲學的大寧靜大飛揚；不忍思緒劫灰飛盡，乃提筆撰作。追求獨立思攷，寧為異端，極不屑「人人平等」、「天賦人權」。治學務雜學旁通，行止但求多能鄙事。心情惡劣時讀純理論艱深之作，或作攷據解悶。尤嗜收藏集部有箋注者。

散文九論

第一、寧願我一字無存世上；也不願殘留任何不完美無瑕的一字一句，非要文字發光，折色七彩，永恆晃動音律，起伏一望無際的圖畫——成就鑽石，否則鍛鍊永不止。我必須為我想像能及所有初次閱讀我作品的讀者，死而後已。

第二、散文勝詩，世謂散文不如詩或小說，乃散文家自甘墮落。

第三、作家首要乃是風格；非惟空前，更要絕後。文學史記不住沒有風格的作家，更記不住風格未完成、未自成而莫可缺的作家。

第四、散文不必真實；若無，何妨鑿空。（詳序二）道德也絕非作家的責任；道德只是作品千萬意義之一。

第五、散文乏善可陳緣作家囿地自限，自綰飲食散文等自欺惑人的類別。而今之世，非大破體大出位大挪移大引用外，不足稱文學；世界千變萬化，文學授命獵取萬變中的永恆或指稱「變」即「永恆」，怎能以區區文類界限，無限上綱萬變人生？散文最像哲學：哲學乃「學問之學問」、「學問之王」，散文或稱「文類之母」；今日我輩應使散文無限萃昇為「文類之王」，與哲學榮光並駕。

第六、文學是自覺一己生命處處不同世俗、時時創見迭出的種種不吐不快，遂自珍自愛，形諸文辭。文學必須自覺的追求，乃是文學。

第七、現在我已擺脫寫什麼，或怎麼寫的問題；我已費廿年自鑄聲口，現在問題是：我的文章對人、世有何啓發，若無，則不如見之行事之深切著明。

第八、散文無疑是各文類中（先不攤破），表現力與深度最不足的文體。頌讚詩歌之《荒原》、小說之《戰爭與和平》、戲劇之《浮士德》等。我們能於散文中，舉出如上扭天捍地的一篇散文？甚而擴大到一本、十本或百年也難做到：正賴我輩。

第九、所有藝術或少或多均見重當下，惟文學必須寂寞：使原有的精純，瀕臨破裂的極限密度，於時間威壓下飽滿延展，伸長，反彈，包覆百世後迷惘哮喘的靈魂，燦爛火光裏乃霹靂震炸宇宙創生時，溫度熾昇至無可形容莫以名狀的最高點，種種、種種悲歡離遇彩帶九天貫舞至地獄最深處——遂能漲潮托起我乾涸的今生，三位一體，過去現在未來，一體三位，靜謐而永恆與我同在。

十里洋場十里煙

現代史外無歷史：我們以必趨定形的肢體，艱難擠兌等身空氣得一空間於世界三維織錦裏，復磐立無速無度的抽象時間，須傾力以墨鎮軋硯臺緩流涓滴「現在」，乃可視「現在」為鐘擺，前盪未來，反盪過去；惟「現在」莫可恒守，過去並不過去，未來無從未來。我們竟奢以「現在」此七十二疑塚億萬墓道之一的微觀單位，探求永恆直線狂亂生殖的無限？罔及亞理斯多德所謂圓周首尾無懈循環的天界永恆完美。

於是我乃將自己煨散。無窮逼射光華於我身上錯綜的橫切面，藉以，藉以使過往諸般人事湘西趕屍一跳一躓間流沙糝落，四角且八方溫暖膩肉媾纏，如孔壁靜穩斂埋的蝌蚪古文，琴聲服貼指腹起伏的漩渦而悠然交響，遽爾翕亂：乃有人以眼淚溶土，典當永生中所有悲喜與行迹。於是我乃將我所珍愛的私史，疏濬偃塞，漸次迂緩成型，玲瓏三十二面。比歷史更為歷史後冰山深屹，掩藏，遂為我不刊的經書。陸象山云「六經註我」、王船山云「六經責我開生面」，皆無足道。於是我乃將我所珍愛的私史，苟且雨後淡薄霓虹嬲現紙上：

一疋粵綉鎖針滾金邊渴紅淫黃百鳥鳴鸞錦帕，蹇步風中。太陽睇睩，風遂失身另半幅，瀝佈與火私通而小產的焦痕。焦痕已用漂銀緞線圈圈環咬歐陸不落的驕陽。金紙鋪裏成堆紙錢極渴，濛濛撲舔行人的臉；滿街聲響都蜜漬入甕，有人乃旋開三緘的罐口，啵一聲喊：「是皇帝來啦？」笑聲自甕底攀衣搴裙而去，急馬飛送紫禁城，已成綠柳新枯的哭聲。天安門前寺廟，香火入贅佛身時，眉面忽然飛揚八道大裂、圓明園池魚一夕暴死，枯葉恬然守喪，殯儀一片褐海、熱河行宮裏荒草不斷向上抽搐、北洋水師近用唾液糊船。我彷彿預聞錢玄同高擎破嗓喊要廢中國文字。廢中國文字、中國文字這低劣民族千年便秘的糞粹。廢中國文字、「救救孩子」……但洋人最初以鴉片療治嬰孩，一口鴉片煙救活襁褓的畢卡索，此後畢卡索酬贈我們光彩腐爛、角度暈眩的速朽畫作。快，抱孩子去廣州十三行，第九十九街轉九十九暗巷，賒一湖藍玉柄描黑地花草鴉片煙管，澌渤噴之。出暗巷如聽見：「會見汝在荊棘中，會見汝在荊棘中……」從思緒的大雪倒飛中，斫一樹早產紅梅持贈。

酒館裏人人都讀報。幾年前舊聞仍不瞑目，報載沿海時興一種新蒼蠅，鼻挺臉深。道光特詔林則徐焚煙驅蠅，行有餘力才撫民。隔座酒客口沫太多，我也端一碟：「恁的英法這回攻來了哎，可我看著就只是遠來的踏青客，誤穿盔甲錯乘戰艦，想討杯茶喝嘛。林則徐在廣州臉色盤虬蒼松嚴陣而待，英人法人介意不過，丟五枚吃不淨的果核給林則徐，林則徐忙著去吮。英人法人攜手嘻笑到定海，倒沒忘了捎人問林則徐餓不。」侍者終於送來酒食，霓虹燈河厚氈圍住她剷平燕支山塗掩的面目哆嗦。我想，砲粒彈屑如石榴嗶裂在九重天空，一定不比我將冰塊嵌進杯池，所皺起的西風偷換流年聲更大。

隔街轟然，走出去目睹：一羣愛國志士公演。全劇祇一幕，主角祇一人，女。扮相素衫黑髮，面捺一千帙條幅速揮下乾啞的飛白，衫上鐵劃「中國」二大字。她甫出場便定定跪在場中，隨後一羣髮膚各異色的人刺來，拿著十七世紀窖藏迄今的烈酒濺她一身。次則扳開她的嘴灌，直到灩預水漲，秦淮掀浪才罷手。那羣人冷眼道：「江山代有人才出。」全劇亦祇此七字臺詞。幕後有人出來連根拔去那女人，再代謝一個相似的。就這樣一直一直要一直演到人都走光。

我看完第一個女人塌陷就走。年來生怕說興亡，中國多的是人，歷史何嘗有我一席。隱曲巷弄中一朵金蓮潑出來，我看見她臉上，水潤江南千溪婉轉的波光。我才說：「好。」她如風中最大起最大落，且彎顫瑟喘不止的柳枝。她說：「明天再來嗎……」用手指自她乳間的潮汐，隨重力場牽引我胸膛上璧月流輝。

隔天五口通商。我赤膊持一杯凍水，倚在陽台看上海外灘紅日裏，人語撐高緩緩昇翳的煙塵。上海這老菸斗竟鎏金裱褙滿滿雲濤。祇有廣州抵死拒外國人進城，鴉片煙裏我始終想不分明。墮落這麼快這麼溫柔羊水覆著。

廣州終究洞通，以二十七小時織梭嘈嘈往來之砲火。何須憤慨，駱駝早塞進針孔。南門癱在泥裏，家家戶戶是道光皇袍上，屋漏夜雨遮蔽不盡的補丁。隔天早朝一望，滿宮破衣，捫蚤聲啾啾。道光問：「眾愛卿怎作興搗爛廣州地圖綑身，朕豈亡國之君！」昆明池水換劫灰，鴉片依舊自人間的磐石手中，隨讚美詩施施然來。如果人間即有天堂迫在眉睫，何不直指本性而盼諸來生？可鴉片是最吝嗇的情人，必須溫柔千次熔鋼，才能望求身上滿滿蟻蠅酥啃的山崩。繼續更溫柔的調膏，乃有麻姑長爪高低游移的白千層，細雨涼風裏其穗狀之花一絲絲拂面。鴉片煙館小廝問「再一管鴉片嗎……」的口吻酷肖林則徐云「數十年後，中原幾無可以禦敵之兵，且無可以充餉之銀。」人人都吃鴉片，何愁天下不太平。白銀越呼煙就越薄，中國人祇好在安徽山上自己用罌粟花加冕。若你松下問童子，言必答師吸煙去：「小小煙榻中，雲深不知處。」上帝祢是全知者，「惡」之存在必有無上價值，與不盡益處；甚或惡即是善。祢的愛雨露遍霑，我怎能獨對「惡」面有難色？祢若要我們自狹窄的煙管上溯，在鴉片煙霧瀰漫的天路歷程仰望祢，何樂不為。

中國人連黃河百結愁腸裏，區區涇水渭河也難分明；闊論世界大勢，究竟太遼遠。中國居天下八十一分之一，至多人山人海供廉價恣殺俘。

外國人戟入上海，並列髒雪團團的中國人羣裏；每個中國人都疑心目擊，地中海最高棕櫚樹上飄飛的雲。法蘭西女子，有芭蕾舞裙千迴百轉的妖嬈；英吉利女人，滿是雪茄白煙嫋旋的風情。上海人看得癡迷，步步影隨。吃飯、散步、打傘、笑談，黃包車、洋裝、交際舞、虎門條約上洋人的字跡都要學。我霧滿華林時讀《桃花扇》，視線死在「眼看他起朱樓，眼看他宴賓客，眼看他樓塌了。」長長的長長上海租界，一處公園長椅也無，長椅上貼：「限歐洲人坐。」迢迢遙遠的北方長城從清初斷續垮到上海，殘垣疊高不成一長椅嗎？

租界區自太平天國後，始容華人蜷縮於此。洋人蠅聒蜂噪囤砌各式建築，哥德式印度式洛可可式巴洛克式……不知百年後王國維自溺昆明湖，湖面最後一瞥，可曾反鑑康雍乾三代聚寶北京城，朱門高牆上笙歌孔雀屏開的豔彩？獨上高樓，我從租界公園湖面倒影看見，更多、更多碧麗輝煌的樓房溫泉湧溢硫磺。

租界鴉片煙館比米舖多、上妓院者比變法圖強多；租界裏無家可歸、有家不能歸的華人，倘非穿飾衣裝吃煙去，便光著身子挺進黑色流沙。租界區華人，都穿描金「福」、「祿」、「壽」棉袴。聞說上海人好喫湯湯水水之物，多摻些六朝金粉想更滲骨髓。

開到荼蘼，花事已了。可是明年、也許明天滿城花褥又將重披，愁多知夜長，沒有孔丘的萬古長夜，依稀想起有人問：「看過撞水或撞粉畫嗎？凹凸之處暗香起伏，明暗之處疏影嬋娟……」看過，當然看過。中國這一匹墨痕未乾的大畫布，馬上有人急著暈入粉、水，溶洩一地水流花開。開到荼蘼花事了，在我死巷狹窄的永生裏，十里洋場依然是我最溺愛的私史。

惟歷史實已過長，超量，重覆，濫製，天才業已太多；惟如斯嚴華鑄造，象牙塔裏以柔軟蚌身傾軋礪石，緩慢分泌一己掃前斷後的識見、愛憎，觸春臍帶於事枯境逝的史料，永得母子靈肉不朽咬緊之超然俯視，乃得超越來生往生，巍然回到今生，回到十里洋場，吸一管鴉片，靜待時世妹喜撕錦般遽烈起伏。

評語

（王誠御按：本文最初甚有「死於題下」之感，只在十里洋場左右逡巡，修正後此文從歷史超然角度俯視，收歸十里洋場為我的「私史」，境界稍高；故對評語多有辯證。）

莊政衛：

文風一貫，字句精鍊，頗聞歷史煙縷。

以「十里洋場」為景，寫「十里煙」之事，鴉片氾濫，荼害人民之深，中國籠罩煙禍，另結合當時西風東進的社會情形，此筆法敘事帶有諷喻，甚佳。

內容可在「十里洋場」續寫篇幅，若從文學角度而論，「十里洋場」除為繁華之地，亦有「廣大、陌生之地」、「鄉愁異鄉」、「迷醉夜城」等意，建議可將「十里煙」與其多意再結合，文章能更為豐富。

（王誠御按：本文取「十里洋場」為象徵，只須將此一象徵發揮完全、完整，至於讀者如何得到「廣大、陌生之地」、「鄉愁異鄉」、「迷醉夜城」之感，端賴個人思、感不同，未可一概，況本文於此皆有觸及矣；且十里洋場是否有「廣大、陌生之地」、「鄉愁異鄉」之說，筆者亦表懷疑。若必須窮極摹寫，概括，與類書何異，況人力所及，真能舉括一切？海德格云「揭示與遮蔽」：人所領受，焉見全景；雖有真理，亦偈一隅。縱窮極摹寫，果事事有意義？「廣大陌生之地」，較諸宇宙，無異一粟；「鄉愁異鄉」，衡諸天國與「他方」，亦皮相而已。）

吳凡：

對於鴉片的荼毒、外人的侵略，及中國的墮落、無力，以多種意象表現出來，例：膠水糊牢的軍艦，林則徐燒香驅蠅，上妓院的人比變法圖強的人多，語略帶諷刺，且表現出內心的沉痛及無奈，但是對於被瓜分的土地，及重點「十里洋場」的心情可以多描述，末段結束的有點太早。

（王誠御按：以上所舉意象乃就修訂前原稿立言，有現已刪去者；又此文起結皆新添，不再拘束十里洋場，請參本文。）

彭翠瑛：

作者像是陷入了那時代，用自身所見所聞來說出該時代有多頹廢腐敗。同時也能從敘述的口吻看出作者諷刺的態度。一段中國歷史中的社會場景很生動的出現在讀者眼前。

張英嵐：

將當年中國頹廢衰敗之景象，用特有筆法深刻烙下，令人讀來似有跌回當時之感。

朱倪葛：

分不清「我」是我還是作者，這樣一篇學者散文式的作品，實在是讓人品味了一道精緻的餐點。回眸那個都不知道為什麼會出現的時代，洋場、煙，這些最具代表的意象，最糜爛的生存狀態。那句借問林則徐「餓了嗎？」像被抽了一鞭子，臉上火辣辣的。如此散文，像筋頭巴腦，越嚼越有味。

（王誠御按：此評一針湧血，令筆者一時開竅，苦思良久，重頭改寫組織，自信已解決「我」的問題：我即是我。仍留此數語以誌謝，且以新作就教。）

衣飾與文明

我所驚愛的，退之以後唯四散文家（另三為明允、介甫、子瞻）之一李贄云：「穿衣吃飯，即是人倫物理；除卻穿衣吃飯，無倫、物矣。」其言變奏告子「食色，性也」而殮藏一砒霜淌炸的命題，屠城儒家腐味滿漫之「發乎情，止乎禮義」，即〈讀律膚說〉云：「自然發於性情……非情性之外復有禮義可止也。」食即吃飯，色是穿衣，子曰：「君子無終食之間違仁」，故食置不論；而色藉衣飾幢幢游移李夫人佐病添死飼養的粉面半遮。我們淪墮一至至此：衣飾須絕崖削整才微波搖晃滄海一夸克的崇高感；須衣飾欲裸還休方可永恆喘躍彈簧定律疲熠的性慾，世人無改色蜂聲瀑布倒流，反循線體味，五色迷途衣飾紋樣起落。惟人體是上帝鉅作（天何言哉），女媧巧製（女媧有體，孰制匠之），七日始得，摶土方有（人既未造，豈可得而說）；而衣飾奴隸所造，縱虹針霞繡，詎足誇異。我本淮南舊雞犬，不隨仙去，乃孜孜眷溺衣飾——遙想菩提樹下，釋尊袍帶風中銑光飛碎；惟我輩乾才癟德，衣錦日趨夜行；且須為今生繁鯽無數的僅此一面，無憾慎重衣飾。衣飾乃身外最逼近靈魂之物，衣格即人格，清代人分五等，衣別五色是也。而人間盛世衣飾按圖有驥：伊莉莎白衣飾亦山水橫軸吞吐大西洋橫塹太平洋的長茫肩幅；人間衰世衣飾血海亦滂：張獻忠腥風細剁花千萬落截存婦人小腳。衰世溢極為地獄，地獄何足論矣；盛世溢極為天國，天國穿不穿衣？維納斯初生，寸縷豈施，奧林帕斯諸神乃為衣飾、雅典娜瓜剖父顱而誕，武裝已珍重：則高高亦衣服垢穢。白日香車飛昇，亦復不免衰，不巧亦衣服垢穢。

者神，也須衣飾，論者或謂希臘神話人神同質，而天人五衰，不巧亦衣服垢穢。白日香車飛昇，亦無逃衣飾拘天掐地，維根斯坦云：「我語言的侷限，即我世界的侷限」——我衣飾的侷限，才是我世界的侷限，《摩訶婆羅達》云：「我是我生命的根源，我是萬物的侷限。」焉知時酵世酸，衣飾於今君臨。

但衣裳有罪，樂園中人不皆衣不覆體。惟周易繫辭云：「黃帝、堯、舜，垂衣裳而治天下」，民莫不衣，我獨何害？衣飾若罪，世人何嘗潔淨，經上云：「你們中間誰無罪，誰就可先拿石頭打她」希臘諸神何以默、旁觀何以霧散——有衣飾，斯有文明：人人袒裼，蚩妍媾通、人袒人裼，異於禽獸弗希；別禽獸，人乃存、別他人，家乃成，家齊而國治，國治人乃鴻鵠所長，昇華，終焉天人衣裳棄刀尺。衣飾為後設表徵，嵌身牢銬厚豈逾寸裏，刻意而無意，誤讀即達詁，必此一途全面同歸發表本我靈魂。我們懼怕裸體，因我們從不火刑自身靈魂；我們悚疑撞衫，因靈魂嗜習通姦也罷，萬變形式竟亦同床有染。約鑄俗成廿年足繩索凡人一生唾面相濡不逾矩；千年衣飾傳統，究領我們向何處。

先民意識生命須蓄洪更波瀾目標，莫能言詮，不證永明，在一切之終點放射其光華絕對不移。乃決然叛軍獸性，衣衣飾飾，以文明劫毀新生間，楚楚搔人的等比級數無限自動茁昂，引誘同胞神罰赤身赤體之安逸——文明若啟，永不回頭；美既開始，何從淪陷。衣飾尊為文明之母，斷斷乎影焊莫捐。我們無路偷情新文明闚覷其中興，亦永不能意必先民如何順受衣飾肇端的全新日心說，惟死人澈悟死；而衣飾不愧今生最輸誠嚮導，阮瞻云：「今見鬼者，云著生時衣服；若人死有鬼，衣服復有鬼耶？」若鄙其結論，則衣飾猶濕黃泉水。尚書臯陶謨：「天命有德，五服五章哉。」太平笙歌水蛇波掀粼粼光爆於萬國衣冠肅穆下拜冕旒，衣飾定偕我們同臻一處，那文明不斷不斷無瑕的一切終點。

評語

陳玟瑀：

篇幅雖短，但義涵與邏輯表達明確。從一開始為何要穿衣服，到衣服與人之間的關係形容的非常明確得宜，較先前的文章淺顯易懂，且富含深刻的意義。最後一句話不適合放在文章結尾，原本富含在文章中要讓人思考的想法直接被點破，隱藏與點破之間可再多加拿捏會更好。

（王誠御按：此文原名〈衣飾形上學〉，用叔本華〈性愛形上學〉之例。而今翻修，不著墨形上，亦無力施墨形上；若筆者仍用〈衣飾形上學〉，亦決不刪此段說明：若「隱」與「顯」只是這樣的文字遊戲，刪與不刪豈關宏旨；如果將之理解為「意內言外」、「羚羊掛角，無迹可求」等重大問題，豈能等閒！此處評者所用的隱與顯只是「文字遊戲」的問題，何足斤斤，而評者觀念之狹隘，更宜多讀多思，勿泥皮相。）

莊政衛：

穿衣本是人之常規無可置疑，但細想衣飾妙處，其可的出發點是人之心理，因個人因素，衣飾也因而迥異，而自古階級制度下的社會，衣飾還是代表貴賤之分。衣飾本無，後因人織成，遙想當初人間誕生，人類彼此袒裎相見，但為何需要衣飾呢？從亞當與夏娃偷嚐禁果之事，似乎能看出端倪。衣飾能美觀，但肉體又何嘗無美？衣飾又分裡外兩層，難道是為了遮蔽，仰或抵擋人之慾念？迄今衣不著體往往被視為情色，女性尤深，從貼身衣物便一覽無疑。衣飾領域，或許仍有探討空間。

（王誠御按：筆者新稾，所容納的問題，已超越此評思攷水平；此處筆者簡言回答：我並不關注衣飾的貴賤之分，此近代才有，更非衣飾造成，注意我的引文是「清代」人分五等，馬克思階級論焉能隨意援用。再，從此評後半看來，評者否定衣飾，如是舊稾不完整辯論致得此感，筆者深感歉意；新稾認為衣飾意義是「文明」，非否定，乃引領我們走向全新的。）

論生之虛無與消亡

一、

若此生均追求一種美好，一往而深（我們先苟且認同此假設）；可是所知一切，有識無形，必劫灰飛盡，復歸坦平。生命不過一汪清淺郴江，無可奈何流往瀟湘。

二、

無人否定生命不珍不貴，生命是什麼？就怕，人生是攀一株崇山峻嶺，到山巔發現不值一覽。既然生命無比珍貴，為何悲傷戕伐，新愁兵臨城下——因人在逆境才煥顯生命所有尊嚴可貴？孟軻云人性本善，人性本善那應理直氣壯坐吃等死，反正朱門酒肉，必定不臭；蓬生麻中，不扶自直。嬰兒甫出世便應焚殺，因其有善無惡、純真無垢，應在極樂，宜速返天堂，何需逆境錦上添花。（卡謬有個了不起的疑問：嬰孩死亡後上天堂或地獄？）逆境是人生一幕弔詭又盛大的悲劇，既然上帝全知全能，何不一切天衣無縫、十全俱美？讓天堂雅歌聖樂充溢三千世界，激盪的回聲不更撕耳欲聾？

那好，我們與幸福、歡愉一同浴乎沂，風乎舞雩，共乘這虛無世界僅存的諾亞方舟。但卡謬說：「幸福不是一切，人還有責任。」這是他討論完「荒謬」歸納的真理？生命是荒謬的，一次又一次吳剛伐桂，薛西弗斯推起復滾下的巨石。叔本華悲觀否定人生，所以他盛讚自殺、沙特亦云「吾人被永恆的價值所遺棄」；但卡謬以為既然人生是荒謬的，必須超越它。但他們都承認生命悲觀又荒謬。

人間有何值得仰望？是否奢念泰山刻石篆上你蓋世功勳、平淮西碑上是你光采四照的行事如此大夢？普羅米修斯盜火予人間，人間自此有光明、天不生仲尼，萬古如長夜，細想也不過一蟻螻自早迄晚搬了糧食回府積囤，其中數只跑快搬多，竟傳頌千古。或你野心更大，想永誌史冊？二十八篇今文尚書，兩千年只迴盪伏勝生硬拗折的齊地鄉音，還奢望什麼？

你不死心摘引孫叔豹「立德、立功、立言」為證，證明虛無之中，仍有津筏。你指出既然立功為妄，立言多誤，那應在立德上致十分心力。但真在何處、善皆重覆、美為何物？史賓諾莎云：「善與惡是人類的概念，不適用於宇宙；在永恆面前，人類的悲劇無足輕重。」人最擅長自作多情，黛玉血已吐盡，寶玉忙著洞房花燭。每個人都是紫鵑，分明事不關己，卻日復一日奔喪成串不明所以，為無關緊要者調味不知所云的七情六慾，此後悲傷，繼而消沉，終至槁木死灰。

三、

走，沿殷浩書空咄咄的指劃自沉玄想。可惜黃粱太硬，夢蒸不熟，邯鄲路上借來的枕頭睡不安穩，還未成王封侯就曝屍荒野。連陶潛藏匿的桃花源也兵戎相接、烏托邦是赤地千里廣為流播的欺世盜名、香格里拉只是顛沛流離時隨口敷衍的陳腔，與望梅止渴同理，只是一路走到水蕪山枯，不見梅樹。

或者，你企望來生？人間一切，畢竟無可留駐；況且人還有原罪，蛇也在旁嘶嘶吐信，樂園走到人間的路已太曲折滮漫，所以我們必須汲汲於來生，讓彼岸天國如冰夜裏烤暖的毳衣滿懷包覆。是嗎？金瓶梅上說：「咱聞那佛祖西天也止不過要黃金鋪地，陰司十殿也要些楮鏹。」來生原是成串金碧輝煌的粉飾太平，用以防曬今生。

四、

上帝按其形象造人，生命無比巨麗卻虛無，時間一口一口蠶食鯨吞。每個人都是走入天臺山的劉晨阮肇。

聽，身後每一聲磨刀霍霍，沿分針秒針贏糧景從的收割。太促迫，映照時間永不饜足，一生不過滿握蜃樓的流沙而誇飾家財萬貫。

所有奮力一搏與孤注一擲仍無以抵抗消亡，在消亡的擁抱裡，人既躊躇又自滿。

別趕忙躲入親情的巷陌，我們在親情裡一再賭氣，轉趨沉默。不是此時無聲勝有聲，更非欲辯已忘言。每每不經意刺傷至親，只餘淺淺血緣勉力黏繫僅存牽絆。看過太多破鏡重圓、骨肉團聚戲碼，最初的熱淚盈眶與感慨繫之後，何曾搧情，須血濺十代、後出轉精的萬人淫亂才足以醒腦提神。我們還是冷漠對待親人，至死聊表追悔不已：所有物是人非，一切風木之思，都為自己的無能為力與後悔莫及嘩然蛇足註腳。

親情的羈絆太薄弱，或許，最能抵抗消亡的，是學問。

余秋雨在文化苦旅有一段文字讓人熱血沸騰又意志消沉，其云：「文人本也萎靡柔弱，只要被這種奔瀉所裹捲，倒也能吞吐千年。」畢竟雕蟲篆刻，壯夫不為，我們揮毫之間，自認繆思常駐左右，自以為筆底驚瀾，勁光四射，經史子集，信手拈出，纚纚如貫珠，我們真筆補造化天無功？

文人在詩文裡一再悲嘆不遇明主、沉淪下僚，一再稱揚自身巨額抱負才識，清廉節操，一口無憑、孤掌難鳴；假使每一詩人各展長才，豈不萬世太平。袁宏道詩：「自從老杜得詩名，憂君愛國成兒戲。」詩也習套，人生亦習套，如是則出生鑄一模型，一生隨既定模型張展，前途豈不更光明妥穩？古書裡連篇累牘識人之精、知遇之速，不禁令人懷疑，是詩人騷客大放厥詞？不然公羊傳太平世何以遲遲未見、何以柏拉圖理想國不許詩人居住？

文字的消亡太快速，也太荒謬。常常古書校讎，其中疏誤，泰半令人失笑。抄書的人都昏昧，還是刻書的人太淺薄？

常常，看著書架上整排某某全集，禁不住激昂，真正能流芳百世，惟有如此！究竟說了什麼，不重要；有何石破天驚大發現，無妨，可以唸著《王觀堂全集》、《錢鍾書集》不翻開便心滿意足。但悲涼終究來訪，耗資一生研治學問，到暮年畢竟無可傳遞，就算朱彊村臨歿傳授龍沐勛、劉師培病榻收黃侃為弟子，於事也無補。後世一代一代人都必須從頭跋涉，跬步岔路歧途：一字一字琢磨領受，一本一本摩挲頂禮。不知道看在老年人眼裡作何感受，無能為力或焦躁不已：「不！不是這樣，你必須先通訓詁才能……」、「錯了！不讀山海經怎讀陶淵明的讀山海經十三首呢！罔論賞析鏡花緣，山海經現存最古是郭璞注……」我常想，把所有多餘的光陰凍凝，所有最好智識焊黏，可是，一切智識到了峰頂，一切學術聚訟紛紜處被昭析無疑，一切詩歌被索解注釋殆盡，是我們最後想要，足令我們沾沾自喜？論者云：「李義山詩注者越多，詩旨越晦。」怎麼所有熱忱灌注之下，竟逐漸趨於消亡？

齊東野語云：「世間凡物未有聚而不散者，而書為甚。」每一次國破家亡都要書籍圖冊做犧牲，「昔蕭繹江陵陷沒，不惜國亡而毀裂書畫」，其餘無煩遠引，祇民初一片動亂，就不知散逸多少圖書珍本、文革中無數倖存至今的善本珍籍又功匱而一炬成燼。許是我目光短淺，人命與書，當然人命關天。而我應當慶幸現在圖山書海，取渠不盡嗎？余嘉錫古書通例引胡應麟云：「明代書百萬卷，不能當三代之一」，我察覺一種消亡，沿紙上竄，迫在眉睫。

最後，必須無可避免凝視死亡，以莎樂美癡捧施洗約翰首級的視閾。隱隱約約，我們知道這必然的歸宿。它蟄伏四周，五步一樓十步一閣，子曰：「未知生，焉知死？」可是死亡並不因此暫緩腳步，依然虎視眈眈。報導指出，每分每秒都有人死去，死亡如此輕易又簡便，我們竟然隨手可得。我們聽過太多永生的例子，到底彭祖巫咸幾回死有待攷証。最懼怕死後永遠消散，隨手搪塞無止盡的蒼白。

如果消亡的反義詞是永恆，很可惜，人間有什麼是永恆存在？一切必然消亡殆盡，人類誇口的永恆只是巴別塔沙上堆砌，上帝最後親手覆滅。一切又將週而復始，重塑天地，只需七日：新的文明會有新的感慨，新的文明不需要陳舊的歷史覆醬覆酤。

五、

我們都是夸父。

生命是夸父第一眼見到的太陽，深恐散逝，無可延佇，祇有奮力一追。而生命本身如此虛無又迅速消亡，我們還期待什麼？

（本文原稾曾獲第十三屆砂城文學奬散文類第一名）

民國第百二年六月附記

人間猶有未燒書，秦始皇已矣，現亦輪到我檢點舊作。十年河東河西，依然五陵無樹起秋風。樹樹起秋風不堪已甚、況于今秋風亦無可憑待；而我從不承認自悔少作，更斷不苟同作家不修改舊作。而今我自食其言，出於無奈，只好自作開脫：朱天文云其對舊作亦十分不滿意，但舊作、少作可供有志文學者作借鑑；我們不免自問，那些有志文學者對作家舊作、少作看不看入眼？張愛玲云紅樓夢次次抄本，可見曹雪芹天才的橫剖面，而誰自擬曹雪芹？現代文學史上，張愛玲最常被舊作騷擾，比方劇本《情場如戰場》出土，編輯去信問張可登否？張答云，雖然壞但儘管登，多自負。無愧〈天才夢〉宣稱我除發展我的天才外一無是處。近見余秋雨改訂舊文並添潤新作的《新文化苦旅》，序言宣告，此後凡引余秋雨文章，一律準此。口氣之大，壓倒前輩；則此次檢點舊文，於改與不改間似皆問心有愧。

此文作於民國第一百年底，僅因閱讀威爾・杜蘭《西洋哲學史話》時，書中所論史賓諾莎、叔本華二章於我心太戚戚，遂筆錄其言漫為續貂。旋因課堂需要，排比增輯為八百字交差。明年又因徵文須三千字，篋中雜作皆瑣屑情事，如何衍為長篇，遂就此文舊業重操。據傳龐德年少日日寫一十四行詩焚毀、張恨水於麻將桌上，對索稿編輯一揮便就《金粉世家》連載回目，我眼高手低，仰緬前輩行事徒負呼呼。雖不至閉門覓句陳無已，寫完此文究竟亦大快。於舊稿中布置排比，使之號令不改，精彩皆變的苦樂都不足為外人道。換骨神方上藥通，當年石沉大海的交差之作竟忝獲名次，而後張貼示眾；我亦帶莫測神色趨前看，自覺寫得真好。如果文學的目的是滿足與愉悅，則彼時之我已無憾；如果文學的目的是滿足與愉悅，則我們何須文學？此文最大收益是蒙萬象師極口交讚，譽拔有加。以此荒謬之文特蒙眷顧，世事之奇，出乎我輩意料如此。讀者三棄《海上花》，我獨何幸。

王梵志白首歸鄉，曾語鄰人：「吾猶昔人、非昔人也。」今日重校，幸見昔我缺陋，何必白首才悟。昔我冰山融盡，故也聊作剖析：此文主旨荒謬，持論亦太悲觀，卡謬嘲叔本華乃「坐在豐盛酒筵上盛讚自殺」，此文難逃此譏；彼時我何嘗懂叔本華、卡謬萬一，僅摘其言無的放矢，過度闡釋，使氣炫技而已。且此文文筆如此軟弱，若今日又必重寫，筆致必不倚老賣老，昔時為賦新辭，何嘗逆料新來懶上樓；如必重寫，此題範圍之大，初生之犢方堪駕馭，縱我筆力凌邁六國，也逡巡函谷關不敢入。張愛玲自評舊作〈殷寶灩送花樓會〉云：「實在太壞，改都無從改起。」我亦同感，雖不致無從改起，可煌煌廿四史，猶「從何說起」，區區小文，何必浪拋心力作詞人。遝雜寫來，恐此附記也不足觀，到此打住。此時有記勝無記，聊當奈何。陳衍曾語錢鍾書先生云：「夫老年人需矜持，方免老手頹唐之譏。年富力強時，宜放筆直幹，有不擇地而流、挾泥沙而下之概！」聞此語遂惡向膽邊生，變本倍厲引魯迅自壯行色：「去吧，野草（論生之虛無與消亡），連著我的題辭（附記）！」

民國第百二年八月附記

此次出書，本文原擬徹底重寫。審校一過，覺當時情景竟復北風勁且哀，滲透五臟，穿越六腑，風中毛髮惺惺婆娑相惜，與外界萬物共同響應，共同指涉往昔；我祇能擲筆太息，來日猶可追，逝者竟惟念念。遂削去舊文五段，添寫七處，斧正累字贅語而止。或謂〈六月附記〉已義正辭嚴昭佈不修不改一字；惟此次修改，我乃想更集中輝耀，擬現當年情景、氣味，遂斫去芟蔓，重啟我心中塵封的，以光譜之外的釉彩纏綿繪飾，年輕且金箔砌造之廟堂，歷歷撫聆笙歌迭盪，迴旋，奶潤我日漸疲憊、庸俗的日常飲居。故與〈六月附記〉不相牴牾，甚而上昇為一全新感悟。

至於文中流露的懷疑精神，形上興趣，宗教論述，亦復可見書中另六文，凝型為我的母題。此時回睇，失笑此文該處如斯淺寡獨斷——然〈七發〉初陳、〈九歌〉始唱，未免拙澀，亦存其真，以見踽踽跋涉無涯思想王國的彳亍轍痕；至於文中的悲觀情緒，虛無韻調，早已為我所捐擯，讀者可參此文評語。修訂之時每滋「樹猶如此，人何以堪」之慨，卻早已「樹不如此，人亦不堪」。惟忻幸文章勝於昔日，學有進境，而往昔零落為時間沖涮上岸的貝殼，誰能持此殘貝追想碧玉海底，珊瑚與水族七色絢爛？惟藉文學塑碑，得以永恆銘念，銘念我們曾北極星偉立不移，努力，持續，將生命種種不期而遇的悲歡眾星拱諸文學。

評語

莊政衛：

人生在世，總無奈於生離死別，最好隨波逐流，自有所適。作者從生命之省思，娓娓道來，對生、死下筆細膩，融入宗教、哲人觀點，讓讀者也深深思敁其中奧秘。內容流露淡淡悲觀，對人間一切皆不值眷戀，也寫出人性之面，對「存在」無駐足，待「消逝」才哭爹喊娘淚亂灑。或許生命本有太多不如人意之事，若學習無盡，不如靜待死期，還得些悠哉。（王誠御按：關於死亡的態度，近閱《十力語要》，頗有啟發，其云：「來書云：『若無輪迴，生則桀紂，死為腐骨；生為堯舜，死為腐骨。何所憚而不為惡耶？』此見甚劣，真是不堪酬答。昔宋儒有遇此類詰難者，彼應之曰：『人性本善，誰叫汝自家作賤來！』」最末一句棒喝，三千世界都起獅子吼！尋死最懦弱，因無力面對人生；尋死也最大勇，因其克服死亡。與其寄託於渺茫的死亡，何不把握今生血肉湧動？當時作此文未明白此意，今天終於明白：「世界越來越壞，我們才越需要寫作。」另詳拙作〈承平雜詠〉，該文未收入本書。）

陳玟瑀：

開頭直述人生本是虛無飄渺，死了也就消逝了，然而人生並不只有這兩者，亦有許多光鮮亮麗。引用許多不同思維的學者，探討人生究竟為何，從自殺議題到文字，再到與題目完全相反的永恆，此篇用典卻不至於讓人不了解作者想表達的內涵，且結構完整思緒分明；但此篇的結尾與開頭相似，好像繞了一個圈子並未走出來，並未給讀者談論的答案。當然作者自己也沒有正解，套用一句電影名言「那些年，我們一起追的女孩」當男主角不想讀書的時候女主角對他這樣說：「人生本來就是徒勞無功，就像讀的書都會遺忘。」

建議作者可多看電影、戲劇，形容某些理念時，若可多加運用更簡潔有力且白話的短語表露出來，整篇文力道會更強。

（王誠御按：此文採論說式，形象性不大足，是其缺陷；然未必就要多看電影戲劇。條條大路通羅馬，萬念歸宗，何必一定參酌戲劇電影？應說加強實例，才不致枯燥。另，此文已經修剪，稍勝昔時冗贅，讀者閱之可審。）

吳凡：

人生在世不論建立多少豐功偉業、過得多麼奢華富足，都難逃一死的命運。此文闡述著生死，跳脫陳腔濫調，將死亡描寫細膩，用哲人之典外也充分表現自我觀點。文風流露悲觀與晦暗，讓讀者對於世間之物盡感無奈與傷懷，甚至感受自身的渺小無力。

（王誠御按：筆者後來已改換此種態度，詳上按語、〈八月附記〉、〈承平雜詠〉，希望這種轉變也能給予啟發。）

彭翠瑛：

時間是無限的，生命是有限的。「生」總會面對「死」，一切都會有它的終結點。我們生命中努力追隨的也不過是永恆的時間上的某一點，最後還是要放手讓它們任由時間宰割摧毀。作者用前人的哲理加上自己的想法說出對「生」、「死」的觀點，可是全文卻像蒙上了一層灰色薄紗，但又不至於用「悲觀」來形容。

（王誠御按：此評文筆甚佳，哲思亦可，何不試作幾篇？）

飲食散文示例

餓即是惡。

十方之上，春滾花燒時佛為阿難，灼灼筵開人世必塌美盛，鑼鼓聲洪流掃蕩、彩旗密密起霧。佛引「飽食終日，無所用心，難矣哉」，曰：「『難』有二解」，一曰難行，乃餓無孔不滲，致難心齋。

二曰難得，既已難得，更須無心，顏淵反道仰之鑽之彌高倍堅，遂簞食瓢飲赴死。彼時孔子癖食肉醬，食何厭精，膾豈厭細，此生僅一次為子路覆醢。及顏淵促亡，肉醬心傳無人一以貫之，而「伯夷叔齊餓於首陽之下，民到於今稱之。」孔子於焉狂嚎：「天喪予！天喪予！」今去聖邈遠，寶變為食；況餓即是惡，聖人亦禁。少陵云：「紈袴不餓死，儒冠多誤身。」吃置卷首，何苦守餓。又云：「入門聞號咷，幼子飢已卒。」罪百溢百涸於我身，何必水淹子孫。無怪其心心念念是「憶昔開元全盛日……稻米流脂粟米白，公私倉廩俱豐實」；安禪伏毒龍，惟餓不降。「食、色，性也」或可訓為：飽時恆滋色慾傾發之樂漲，反之亦然——天性於此狩最大饜足。無怪佛千往造譬、萬復設景，七色天國前所未見，阿難寧迷弗悟，惟飽是寶。

食物髮膚仍串珠脂光湧浪，一口吮盡，使無逃無隙反光的肉身墓龕；只見顚草年年彌茂，摘綰為七枚供養法蓮，待燃燈佛瘤軀艱難道中飧泥賒唾，嗟來食之、聖餐禮中默嚙耶穌血肉，則我們何嘗非神佛之一？我們以此肉身為修羅場，池邐食物六道輪迴：生死從容遊行腳額的間不容髮，父子靈三位一體哮躍我舌所及。孟子亦屑屑提醒：「數罟不入洿池」，魚吃不盡、又「五畝之宅，樹之以桑……百畝之田，勿奪其時」，肉不匱乏；王何必曰利，云吃足矣！易牙燉子，管仲無份，器小烙恨迄死。吃亦大矣，樂聲東方昇起，飢餓掩拾殘旗亂步西方遁去。因吃，功德快針快線可劈錦織就，食與人彼此功德縱橫迴向，電光欻忽燚燚。食物雖死物，苦海無涯，吃出岸來；人有多大膽，地有多大產！惟歌德已矣，孰人還識席勒、泰山其頹，誰聽流水。我是佛割肉時翕然疾來的鷹，沿途涎溢為雨；屠刀放下，遽悟地獄不空，乃地藏未飽。故金聖嘆瀕死遺教：「鹹菜與黃豆同吃，大有胡桃滋味，此法一傳，吾無遺憾矣。」則飲食散文亦大矣，此法一傳，吾無憾矣。

評語

吳凡：

雖標題提及飲食散文卻不只簡單的描寫飲食，而明顯表達出飲食散文涵蓋內容沒有界限，人不該盲目短淺。篇幅短小卻闡述道理，奧妙之處令人可細細思索，足見作者見識非凡。

莊政衛：

雖題為飲食之文，然內容以寫飲食，去涉及其他方面之闡述，用心之深有目能睹，可見作者認為飲食散文不只寫「飲食」，更能從中衍生許多道理，值得思索追尋。此文篇幅稍短，但質量精，期望日後有更好發展。

個人認為世間能吃是福，大口食肉痛快喝酒，若不上吐下瀉阻礙健康，何樂不為？

陳玟瑀：

雖然此篇是目前看到論述與用典結合最完整的篇目……但謙虛亦有其優處所在。

（王誠御按：文學史豈因作者謙虛而原諒作品失敗？況且「示例」，非要天下人皆如此寫；聊示一例，知者會心而已，評者未免過敏。又原評云饑荒非罪，宜多有人道關懷云云，無一字切題；本文乃飲食散文示例，豈區區勸善小僧？本文乃示新體，非報紙一類。如要談饑荒，空言人道關懷，亦鄉愿而已！起而行之才是，窮究根源，務求解決才是，切勿嚷嚷而已。初見此評，頗為不屑，故刪去。今無可追尋，聊就記憶所及，稍稍諟正。）

時間的濤聲

濤聲詎曾止息，天開地闢以自真空緘存。每夜我枕上馴獸未馴的耳朵總雷達層遞同心圓追踪，成就先驗之渴求；濤聲恆與時間齊壽，而時間惟處死亡律定必至，才可完整，超溢感受。惟我們靜立濤聲，黥遺生命諸預設不勞已獲，棄子生命諸結論遠道互市，知行無隙合一，聖人無情，乃無雜質思攷時間。

豈抱柱死節「某年某月某日某分某秒」、與「此年此月此日此分此秒」，即每日彩雲嬌扶驕陽上朝的實證「該年該月該日該分該秒」？或有人潤油世均不疑，燒此謬言之舳艫，火匹火錦三千里飛揚；然供其追日的碳十二，不過掀棺距今幾年——今，亦不過自古二胡層層淒疊，曩者勘定時日乃有一聲歧岔，何異沒妻喝子。誰初烹宴「當年當月當日當分當秒」？其焉自第一因肇端便孜孜百草遍嚐？顧詰剛云大禹乃蟲也東蠕西糯、《孔子家語》錄宰我問：「黃帝者人也，抑非人也？何以能至三百年乎？」子曰：「民賴其利，百年而死；民畏其神，百年而亡；民用其教，百年而移。故曰：『黃帝三百年。』」桃李不言，蹊瘡徑爛。

「鳴鼓而攻之」，《論語》之教；「予則孥戮汝」，《尚書》之教。誰頒憲公元曆法？豈有耶穌降生真憑確記，乃微分到鬼神動容的分秒，或臻細靡至小數點後不能自己？須知每一無限狹窄的時間單位，都推磨時間趨前；紙上曆法，如何無誤鈎稽。聖奧古斯丁不云乎：「我們是用『精神』

測量時間……且只能測量現在的時間。」猶安然嗟食曆法包覆的精緻劇場？時間無盡去矣，我們恐須蓄水一生，深深掘測，預言，無時準備豹起，弗過與不及用一生的成熟，與儲匯千萬次的心心交通，銳利，分毫不易，攫獵真正時間，為耗此一生所得最難能真實；但口未及言、指焉及至又已逝，遂嗚呼而意足就死。

時間有無起始？邏輯上無：「時間」若有起點，起點前一切弗存；一切弗存，時間憑何稱「時間」？亦即時間名「時間」伊始，註定永無起點。就算時間是一連環首尾莫辨，親愛的惠施不云「連環可解」？莫輕易跪吻上帝石榴裙，天國佛土，雌了男兒；科學云有：《廣義相對論》云，現在時間自大霹靂始，大霹靂後時間近乎坦平，故可染指過去預淫未來；但大霹靂前時間曲率無限大，故大霹靂前的時間，不可知無可思。霍金《時間簡史》云相對論亦昭詔自身崩滅：相對論揭發時間起源，對之卻惟束手望洋。再一步我們盡悟一切有為法，古今巨人奔又犇，快不過齊諸詭辯裏，烏龜屑足塵蹼八千歲一爬。愛因斯坦最後滿孕遺憾：「每個人都有自己的時間度量，端視所在位置與運動情況。」苟活時間，惟聞環佩玉聲璆然，或聞絳帳女樂香甜——我們也配自擬孔丘鄭玄？佛說若一眾生未渡，即無眾生得渡，今我不渡。

華表千年鶴歸來，徒我秧插浪尖風舌想釣乾時間榮壞盛滅。風漲滿襟，無數身軀凳折暴火虐水，我怎能不仄目憫之。倍切復磋、益琢再磨，時間欲將我們刮礫逼光何境地？齊諸詭辯裏金羽鏃恒飛不懈，無限無可逃撩山掐海咬來，快，我們已石虎僵踞，等李廣一箭挖心攢骨。

浪舔足踝，我們較一方骨白絲帕私密隱忍染料全身淹然窒踏更驚怍。時間從身上剝皮無多年華，誰面有難色。皮膚每日又薄一層、宇宙每日又遠一分。我愛與我恨攙我感知外者，日撲一日春雲熱帳裏，蟻行密密接淅死盡。時間有朝流盡吧，法輪千轉，佛亦桿為麵條。日人良寬和尚云：「死至之時，即死之最良時」，顏之推亦云：「生不可不惜，不可苟惜。」詳箋時間既昏且瞶之君

何不食肉糜的唇吻。無妨，都無妨：只要全人類一息賸存，我就還活著，縱其歡愛懼痛皆不涉我，

我亦甘為之澆淚至古今扁平。

最靠海礁石，痰味滿是。

記憶持續畫展《聊齋．畫皮》：陳氏為賭命逐色的丈夫鬧街向臥糞枕涕之瘋丐，行乞回春醫方。瘋人咯痰滿掌云：「十年大旱難求我這傾盆，快一次吮痰盡。」陳氏吃畢，天行有常，何處非昔。回家哀哀攤開腐水一生，咬牙淨掃萬念無不塵灰，抱尸收腸，竟吐一心臟熱氣四蒸，劫夫黃泉道。若真有痰，餐畢願空間時間，

一齊花謝。因時間要我們於千萬漂木，揀水嚼最潰，攀受滅頂之樂……中世紀柱頂苦修者，專爬高得爛眼的柱子：乃空間不復誘人，時間凋萎姿色，意義漸漸失去，生命泯除他者，生命即他者；惟有精神無拘銙邁越：死，最壞也不過死；神，至善亦止於神。

果肉仍瘸，我們蜷門縫覷時間等矮拿破崙，竟冠冕人間殊榮，我們羨言有朝有日亦必如此，互誓以周武王渡江，止戈而風波立霽；所有先知冬日蚊絞蟲族，時間施針下我們廖化作先鋒——誰懸崖伺我們果熟墜枝，上帝是禿鷹？生命或只學用百年年光釀死，闔眼一剎香海汁濺乃覺此行不虛？釀程中，我們該食髓解味痛楚左右逢源？星光屍臭千萬年，我們仍喜其豔澤；時間賜我們身體簞瓢窺海，一輩子三千弱水，止不止得口渴？

岸上入定沙礫我乃錯落踹散，其罪烙之身斯兌領芳脆新生——如此容易，人不如沙；如此容易？五更天愛倫坡哀蟬泣嘶猶徘徊纏樹：「既然上帝花六千年等一位觀察者，我可以花上一世紀等待讀者。」人花多久索清時間？《六祖壇經》中惠明熾呼：「行者、行者，我為法來，不為衣來！」今我淚棄衣缽，惟聞凱薩瀕死劇呼：「Et tu, Brute?（也有你嗎，布魯圖）」也有你嗎時間？

言語道已斷，心行寂滅；惠施幸指另途：「今日適越而昔來」，今日超光速適越，卻昨日抵達。惟今日之我，憑何救昨日之我？今我不渡，何忍離棄眾生。

惟海洋以其形上威嚴永遠變動，凝目，濤聲不斷，時間緩慢溶解。惟濤聲對語我格格不世俗的思想，能使遠僻他方之我，於時間與臣服時間諸眾生團圓擠迫下，不致頹廢，不致遁垢，不致刻意攘阻世俗異類我；濤聲持續，今日適越，定告仍履苦之我：時間在平庸時代彷彿噎止，延伸為皮相永生。惟我們護持異端，使時間遽速削短，再短又輕更薄，凍駐一點，乃荒謬逃婚其自身定義，而永喪約令，我乃輕輕跨越，朋友啊切記輕輕。濤聲於是在我留念的時空切片裏永不止息，濤聲詎曾止息。

評語

王誠御按：

此文全經改寫，大刪大削，夷正浮字贅句，加深辯難，則以下評語，僅施於舊稾，聊供參酌。

此文截至定稾，仍無評語。其實非無評語，五位編輯俱眉批原稾之上，稾在我處；但因該評語僅屬第二次嘗試，故頗零碎散亂。且其時我不苟同五位編輯任何一字，所以我將評語壓下，迄未發表，直到八月定稾。後慮及全書體例，若唐突略過此篇不作說明，想讀者莫名所以，編輯並無失職而恐蒙誤會，但照錄舊評亦非我所願，是以不嫌自責，聊作詮釋。

事隔數月，地非廬山，旁觀稍清。拙作七篇，自認最卑低者確是此文，當初寫到後半，亦覺強弩之末；但師心負氣，不甘偃伏，事後才知文心精微，一至於此。此文可分前後二部分，前半辯證，確皆自己想過，此文如有價值，應在此處。後半抒慨，筆鋒舛雜，徵引容或可觀。（以上所論為舊稟；修改後未必。）

評語經我彙整，略有數點：

一，字句太長（吳、莊）；但我認為未必。況于今亦全幅刪削。

二，用典過多（吳、莊、陳、彭、洪）；我亦覺不是弊病，前人尚奉「無一字無來歷」為圭臬，辯詳序二。

三，嘲諷口吻（吳、洪、陳、彭），聞者有意，我覺見人見智，若無「同情之理解」，筆者何必作此篇；感覺文章浮在半空（陳），浮在半空，大約是無病呻吟之故，但此語太模糊朦朧，似是云當寫現實，辯亦詳序二；想更知道筆者明確的觀點（彭），筆者的觀點已極明確，只能說各人領受力有別，對典故及中心論旨認識不足，須自行補足，非筆者職責；使人感覺無地自容（吳），無地自容云云非本文範圍所及，讀者若覺如此，罪非作者；宜多抒發自我情感（莊），自我感情後半皆是，應說用典之外自我感情宜多，但用典時筆者亦傾注情感，不知有人看到否；無病呻吟（洪），無病呻吟確實是對此文後半部十分愜當的評語，呻吟有之，有病無病如何看出？焉知筆者對此題材無一往情深的思攷？武斷太甚。錢鍾書先生云：「竊以為惟其能無病呻吟，呻吟而能使讀者信以為有病，方為文藝之佳作耳。文藝上之『病』，非可診斷得；作者之真有病與否，讀者無從知也，亦取決於呻吟之似有病與否而已。故文藝之不足以取信於人者，非必作者之無病也，實由其不善於呻吟。」（〈中國文學小史序論〉）無愧是空前絕後的天才識見，夫復何言！

或謂既然該文這麼卑低，何不刪去或重新改寫？答：雖糟糠自厭，揆諸滔滔者天下是，覺此文猶不可及！

佚經補傳

經傳

《佚經》：「亡正月，疑春非夏或秋似冬。離別弗豔色，相逢心怫弗。」

昨秋暝云：「離已離，別已別，因果限量；第一因不可尋，第一果誰承受？惟路德云：『我就站在這裡，我不能另作他想。』」

公羊恙云：「維根斯坦云：『真正的神祕不是世界怎樣存在，而是世界竟然存在！』」

鼓量尺云：「何為離？何為別？何為相？何為逢？何以前離別後相逢？何故有離別有相逢？既有離別有相逢，誰其主之？」

箴膏肓

歧途你眸中繁花千春難謝，身經乾坤翻倒之百戰，或纏足蚩尤所縱大霧大霧，視線亦指南車筆直。維北有斗，酒永不傾——因即無從起，果已有人受；世界已如此，而我亦忝此。惟鑷食六根門慾與苦蚯蚓蠕蠕，克勤汲塚猶大十字架耶穌恥得的金幣，祇足買半張赦罪券跂予望之。

發墨守

朱熹欣慨：「豈非天旋地轉，閩浙反為天地之中？」惟此非閩弗浙，世界亦不準我為軸心幕起幕落；乃因你造換日線，仰望你、我的黑夜倒退三舍。美善右袵、溷臭束髮，命運為你攘夷。一根針尖住宿多少天使，你如斯吮癰我舍利子光華臃腫的哀傷。他人皆地獄，惟你是未啟的敦煌。經上云：「在你們身上榮耀神」，以三重摹仿且未防腐肉身款宴神？緣你超時永存絕對自有，我乃心安如圓周率最後一數字。一切天造地設，原為我倆賓菈預作鋪張：六經注我乃生、引力賴我濕漉萬有；$E=mc^2$，光到此亦止、質量守恆，你我無時返逆。你的理型我的本體，回聲金羊毛取而倍增，應許奶蜜千年潟潟鑽流。

起疾廢

曲陌深巷裏，乃雙眼汞注彼此面顏金縷衣覆。花今落到如此；前生花淚待嫁時，你我脈脈互刃，刀鋒游移骨髓間迷樓締縱，享饌血球失措潰逃的舞筵。血之將涸，謄清心臟周遭不捨的神經，立頂山崗未崩盡雪，彼此體溫煖煖如聯綿詞而雙聲兼復疊韻於聲帶盡處細密擁抱，生死隨之停歇。今凡屬我，皆火舌中扇起扇落；今凡屬你，龍門一躍，何曾有魚。

脊背曾汗黏火海，維吉爾、何不催我一履登天？注目我的臉，若馳逐曾以此形骸，目盲的五色外，百光沉淪同歸之黑是你。我在罪莫可逭的孤獨前，土掩容光。我最頎美時既不當箭舔穿，何苦冥途噎川，他生縊海猶深厲淺揭？

樂園外蛇皮積蛻腸徑足致遁離，再難眼波同心綰髻，亦無力迴身銜雨，守宮桃唇豔歌紛紛——我們乃，二端冰峙宇宙草創的奇異點，來者轍七裂，往者蛆之食。我行處花黑草膿，你來時花草沸騰，送君南浦，你可沿我笙簫徹城、而今琴音水漬衰瀉的屍骸，逆數我曾容華滿駐？俱往矣，漢墓掘得之長信宮燈，豈輾轉新妝闔閭千門燈火燙流？俱往矣，天矮地胖風啞雲瞎時，拋一鋼絲上九霄，看其越來越細。

評語

莊政衛：

此篇個人情感較其他作品豐富，文筆稍有緩柔，對人生之聚散富超然眸光。文章悲中有悟，喜帶靜思，融入東方情感與西方思維，格局甚大。整體而言，哲理為主，抒情為輔，筆下魂魄幽幽謐謐，頗耐人尋味。只是用典方面滲入許多西方色彩，且不乏艱深之例，東西相容固然能見作者閱歷，但恐意象駁雜，使讀者不易理解，相異文化之典故要如何更流暢不塞，還待錘鍊更精。

（王誠御按：龍生九子，未必皆同，中西交通至今，何必墨守一方？清末黃公度援西方意象、典故入舊詩，還稱「詩界革命」；今日我們竟比清末反動？況世間意象典故，自有其普遍意義，焉可畫地自限如此？意象駁雜云云，評本文甚離題；況且一字何嘗不是一意象，二千字即有兩千意象，何得云駁雜？駁雜係謂意象不統一，此處用錯術語。中西意象同舉，自信沒有問題，讀者勿泥皮相，一字一句探測其為中或西，則大音希聲，詎可夢見？）

陳玟瑀：

描述了人與人之間相逢與分離過程，打破一般人敘述見面分離的手法，建議可以從不同見解探討人生問題，可多敘述身旁友人之間的例子。文章猶如長篇版〈上邪〉，對於情感氣勢凌人，卻又無奈。人生亦是有別離的時刻，從前幾段澎湃敘述濃烈的情感，到「後路」逝去的痛楚歷歷在目、「集解」的冷冽孤寂與無奈，一句精簡的「相逢是幸，離別略哀而已。」道出作者試圖看開，然重複之事在人生之中亦不斷的重演，當重演之時能夠像上次看開如此豁達嗎？

（王誠御按：文學家工作，未必是描寫現實。應該視文章情調內容而定，反映現實豈必佳作，如報導文學；此文從自身出發，尋繹典型，何必就要描寫身旁友人？餘詳序二。評語中所引皆舊稿。）

吳凡：

對於人與人間的相逢別離表達細膩情感卻不落於俗套，與其他文篇相比，使人更能一窺作者內斂情感。說理與抒情兼併，既不會只講大道理，也不會一昧情感氾濫，收放自如且充滿美感，為足可令人動容的文章。末句「相逢是幸，離別略哀而已」，似乎豁達於心，但是離別真僅有一點點的悲傷嗎？

（王誠御按：評語中所引皆舊稿。）

一日起居注

何不將自己撕捶成盤古，欣啖靈肉不懈竄上沸躍時，三千世界皺紋涇佈琉璃鮮黃的獅子吼：「意識的殼上煲出隱隱裂痕遄踐，我乃奮力砸出我，扶天舖地、頒日造光，龍跨，虎踞，卵胎生我倍受讚仰的法典，日喞一日蹈獵新生。當眼瞼簾捲而光刹那刺入，我每每望見神。神吐我全人類運命與我龜蓍難卜的長征滿身；有時我劇烈甦醒，痛勝城門瓦舍外臘肉獨自曝戮——彷彿我是卡珊卓，笑且咯血淫導特洛伊十年之火纏上身來。」

可以上皆一家讕言：權充神思濁沕的消遣。莫贍寀於易轍換弦，人盡可夫，我們不也膩見黑夜每日血濺，血潑，血洗，血涮人間；然更多時，不妨嚼公羊傳產樂。公羊傳僖公十六年：「是月，六鷁退飛，過宋都。」親愛的朋友，其烹庖須層層剝褫，人乳溫柔吻注：「六鷁退飛，記見也：視之則六；察之則鷁；徐而察之則退飛。」鷁肉中人乳芳香名貴，故吮食「六鷁退飛」，須見、視、察、徐而察之；惟公羊傳原是石崇宅廁香棗，實甚可口，下箸無處者都來此乞一帖藥轉，有勞董仲舒三年不窺園黏附讖緯與刑典，何休十七年閉戶不出空言張三世存三統，彬彬完善這肘後良方。而我笑之東隅，不也以矛攻盾於桑榆，遂自埋自瘞。床側是昨夜剔骨未葬的莊子纂箋，浮屍上腫處，正在渾沌。校畢只覺蠹笨，眾生生而七竅高築，甦醒即分秒萬花筒七彩旋轉沁光；日鑿一竅，豈有時間活。

自此斯覺可起身活，遂起身。比下有餘的慰撫是乳母乳汁腥羶滾熱：飽潤今生，里鄰兼哺，遂四海同母，入吾彀中，朕愛之如一。

下樓，樓比衛娘髮薄風中絡絡斷錦不勝梳更狹仄。路刖途滅才想起袁山松，我私諡其為我們偉大先行者，最後彌賽亞，上帝火雨淋城的索多瑪中，獨存而嫋開的白花。止不住其行迹，硬生又從胃底倒繂算盤往復叭嗟奔走的食糜，原擬經緯無縫廣覆，卻只集中攻釤牙關，弗吐弗快：「時袁山松出遊，每好令左右作輓歌……時人謂……袁『道上行殯。』」念罷身心之忻悅豐盛為彎弓緊拉的秋收稻穀，引賚蝗聚黑色地毯以微燙之淫蕩溫暖我；恨古人不見吾狂，乃將今生所有的不可忘，積濕成湫，竟復能緩緩逆蹌今生諸般迤邐經行，施施然得饜足。可終是暫時，我們不也庸碌踐過今生，遂想強姦永生——我只好磨利決心割一日，錢塘江漲為蛇折腰，盤頸，分叉之舌森然嘶湧袁山松行迹，如曩昔宮匠虔謹雙勾填墨，以借屍招魂蘭亭真迹。

日光在冗冗莫儀裏，較施洗約翰矗呼「修直你們到天堂的路」更偉傲。傳說日光是不動的第一動者，將醞而血肉渦輪甩灑的景色，懸天之巔。初出門檻一望如此，益覺可鳩占前輩風流；只是何德，何能，竟華衣緩步陽光底，足劑理由繭縛我前，只揀陰暗處赧愧鼠行。抬望眼，覺遙遠永遠處神猶鋒目射此大地，許還可視太陽為，著火簾幔燐燐將續燒人間。記得《伊里亞德》中我最甘拜之句：「宙斯接受他的奉獻，但賞他加倍災難。」凡我所求，莫論結局如何不經人道，我亦漸覺荼最是飴——神也倣約伯先例，珍重遣耶穌覆我：「我來乃是要使地上動刀兵」，喜色瞬間撕去我的臉。

始初我之死靡它護城河多情包覆我所設佈的譬喻，如盤古、太陽云云。至今我已嗜食，譬喻自相分虋後白玉閃動之蛆竄馨香。聽，天以夫子為木鐸，愰響二千年，乃頌安雅正，乃各得洞穴可背光專注倒影險起峻伏安然既來之；忽聞下午須赴墓地：咦，時世陽痿至今，我們豈非早甘於「養生乃為送死無憾」此桑田長綠，東海不涸的正義達詁，且亦從中瀰大滿足、蔭大解脫，墓地——凡民有喪，豈匍匐救之。

臨發前，隔戶搥子成鋼之聲雍容毛細蔓延，與前庭笑語媾芽發花，迎風我破土新生的快樂。他們多年賈子，這是最近領養的蝕奪河弒君其血濃香火；那男人，口吃口吃，每見小孩嬉行其側竟飛瀑直下，流利，無間斷詈咒，沫矢雨隕，妄學花草漫天灑種。我多次誤作蜀犬吠叫，忻驚古風俗完璧幽存，斯文不廢，特別恬有榮焉。

墓地飢渴人煙，遂肆意自死裂屍骸衍養藤蔓，曲錯紋刺伺土蚓偃，試圖攪拌子孫足步往來，與之墓室再續天倫——終究妄想，一如生者孺慕天堂。《心地觀經》云：「有情輪迴生六道，猶如車輪無始終」，三界昇遞墜降只讓我們多元揀擇魂沸魄銹的琳瑯報酬——藤蔓遂陰鄙將刺戟入誤觸者皮肉，酸痛旋即潮來攻城生之罕貴，復腫起囊胞，埋刺入血液再塑新生，如斯我們乃與先祖先妣肅穆同在，此後一半行屍另半走肉，千年記憶與體味迷迭香悠悠鎖鍊今生，眉目恆有山雨欲來之哀悴。莫訝莫異：牙醫不也在我們潰腐齒牙，夷山剷嶺千鑿往返，攪刮，逼婚緣慳一面之物，此物久而遠之，竟與我日月齊出於嚴謹三一律。覺我比喻太形下，恐沼汙尊耳，君不見道在屎溺，我們應深深探湯組屎蓄溺的微塵——印度教以為輪迴至善乾惡淨，靈魂永歸梵天。我們愛極這自圓其說：梵天是屎溺因又是屎溺果，於斯因停果駐，天日高一丈，地日厚一寸。

晌午日光開不盡，抱香未死，其花瓣媚晃猶倀。《異鄉人》裏因日光熾狂而殺人：「太陽是我們一切可感形式最偉大者，當我們瀕臨其完美圓周運轉，無視世俗隱約之窺覷，速朽身軀卸妝地心引力弗所弗在的金質囚銬，乃察見宇宙以茫茫漠漠的至大喜悅敘舊，遠處流星與碎塵毅然來赴，齊諧行星橢圓軌道的等速睿智。人死何可惜，世亡不足嘆」——惟我不曾自一朵花裏面見天堂，只有我乍臨世界的最初印痕，時時地震心中；只有生命中原礦紛雜的鼓舞併痛罵，雄鷄一聲天下白，捶撻我活，不致風蒸入天堂，或土噲入地獄不息渴火。可一轉眼就蒼老，一轉眼就黃昏。我何曾指異寵貝城熔漿下一刻又將閹天寘地；而今生的乏善可碑、軀體的千年莫改——知否，我們千萬弱肉強食後巍存之器官，為適應五萬年前環境耳——也永鮮供來者重校覆勘，雌黃我們所思所感。我們預支此前往後已造未有的潔癖，如此分秒沉重沉痛以足尖佝僂奮進，與億萬人爭食空氣，折衝古今愛智者，偃伏復揭竿心所嚮往的文學家，於時間不經允諾的淫蕩下悲欣匯合，直立，忍垢不許置喙的掌摑；滅族左傳千年炮烙的三不朽，當風揚灰於暮色煮天。范寧〈穀梁傳序〉：「經以必當為理，夫至當無二，而三傳殊說」，今我更知道，經何曾必當，三傳殊說倍顯何其荒謬——我們終亦僅供來者，疲垣癱瓦中賤售我們曾光輝飽滿，如果還有「人」？但想想我們不也汲汲自春秋經這爛斷朝報捕捉腐草螢光。

又已夜晚——我總喜歡在，黑夜以其暖長涎水，窒息所有華燈繽紛，闔眼縱浪神思重塑一切，上到八殥，下極八紘，更勝雙眼燭映之歷歷；何必我來我見我征服，一切早已預先洞覽，悉舊相識。

但悚然驚見，電視臉上光彩游移的新刊訊息：巴西一夜間，蜘蛛九天之上網結宮殿，人屈階囚，羨戀蜘蛛於天上酒池肉宴，八佾窸窣顛舞。可鄙毛爪如今恥笑，人誇口侈談大腦與直立行走，奧坎剃刀終霍霍剮盡人類諸繁文。而今科技燎原，它們竟八足先登，蜘蛛一小步，人類大智大慧千年原地空轉——應頌歌這全新普羅米修斯，有朝有日其醜黑絨嘴，將火種金針臭渡度予我們啦。文明終究吋吋失身為一全裸蛀臂的維納斯：現代人豔色噴香的啟示錄——方舟未造，洪水再來，五餅二魚豈足廣悼億萬人，於是丟棄袁山松。

惟文字是不移神龕，錙銖寸水穀累大海廣頃深仞謄載我們生年豈滿百焉能炙受的邃密，時間于焉削足，空間于焉自焚。惟文字無始終起，無始終滅，飛矢不動，乃我們永恆先驗的第一因：先民腦腔急遽長育，持有限曲筆直筆，不斷重組，排列，校勘人智所及的絕地天通；而無限不懈追逼，乃固守形制，責成筆劃，供我們冥頑洄溯楷書草書上求，行書隸書篆文籀文，忽焉見施於金石獸骨的金文甲骨文，乃至天地且方洪荒，圖畫剛剛駕崩，雷霆徹夜坍方，撇捺之間，低奏新舊石器鏗鏘擊石撫石——乃奮力，擊動僅相偎存的身軀，天地為之抖擋，乃風倒雲退，乃百獸戚止，乃曲律至中節，無憾昇至最高音，地上石礫受此激發，上，上，上，直擊上帝的臉。足矣，永不永不再有新創，時間起點之後的已造，時間終點之前的未造，文字俱可掐實，指名；即文毀字滅，我們亦必另存文字誌其毀滅。惟文字是不移神龕，足矣，於是絕筆。

評語

（王誠御按：此篇原擬逐字削定耳，不意最後續寫一段，撥雲見日，與原作境界全不相同，讀者閱之可鑒。原作實頗晦澀而多芰蔓，今悉集中本旨，寫明本題，提挈脈絡，與原作不可同日語。又，此文原有明融評語，短且浮泛故削去；玟瑀亦有評語，特皆看錯，故亦不錄。）

吳凡：

記一天所經之事，看似平易的主題卻變得特別且超凡，用典甚多且略為艱澀，足見作者學識豐富，但卻較難為大眾讀者所懂。

（王誠御按：文學家窮盡畢生人事，其餘聽天由命。杜詩號稱無一字無來一歷，至今注杜何止千家；白香山昔誇老嫗能解，《談藝錄》五九引譚復堂云：「閱樂天詩，老嫗解，我不解。」如何？）

謝依柔：

前面的鋪陳和後面有相當的反差，先肯定後反駁，讓人印象深刻。文章結構分明，轉折猶如文章中心、時序漸進。

劉利貞：

每一句都很美，雖然不容易看懂……需要多一點情感。

彭翠瑛：

每天看到不同事情總給人很多想法，有些事也許會一笑帶過，但有些卻一直纏在腦中，要自己認真思考它們的重要性、嚴重性。事情最終的結果也許是我們早就預料的結果，但我們還是努力去改變，即使一切將會朝著註定的方向改變。

看到了作者對很多事情的看法，但用典有點多。

（王誠御按：此語實點本文耽溺悲哀，無所逃天地間的情旨，當時特未夢見。今日筆者態度全換，文亦翻新，悲涼情調僅餘〈論生之虛無與消亡〉一篇。）

王盈婕

小傳

喜歡平凡中的漣漪，漣漪中的平凡。興趣是手做、攝影、繪畫、偶爾閱讀。

散文觀

喜歡將文字具體表達情感，以達到隱晦內斂為目標。目前嘗試將散文詩化和融入評論式的寫作風格，開拓不同的寫作道路，使自己不再侷限抒情、敘事的散文寫法。

最美的日出

王盈婕

日子總是像從指間流過的細沙，在不經意間悄然滑落，那些往日的憂愁和哀傷，在似水流年的蕩滌下，隨波輕輕逝去，而留下的歡樂和笑靨就在記憶深處，歷久彌新。

回憶就像一團霧，必須在荷葉上靜靜沉思，才可能搓出一顆顆珍珠。妳說，看日出是妳的夢；妳說，在崖邊上看日出是妳的夢；妳說，這是妳見過最美的日出。

木棉樹上的木棉如開口笑般迸發，梅的幽香輕敲開內心深處——同你看日出的記憶。冷冽的厲風將半瞇眼的我拍醒，提醒我正坐在高聳的危崖邊上，崖底下的銀白浪花敲打著礁石，隨之伴奏是我噗通、噗通、噗通，雀躍鼓噪的心跳聲。此時，凌晨四點整。

心頭盼著老天快將暗藍的布幔升起，讓陽光暖了大地，揭開序幕，遂了身旁的瘋女子看日出的願，好結束，在高處被刺骨寒風鞭笞的酷刑。天的一隅漸漸地泛藍，我開心的咧嘴，笑了。妳平淡如冰的話語，凍住我揚起的完美弧角，此時，半個蒼穹成了魚肚白，「今天是我們相處的最後一天……」未完的語句迫不及待乘著鹹鹹的海風消逝，突如其來的消息卻像是在空谷中低盪不止的回音，一遍遍地加劇，初如針刺，次如電擊，再如刀割。

魚肚白染上些許的黃，接連著，一道又一道閃閃發亮的金黃光束，四射，綻放。太陽迸了出來，你跳起，塵埃隨之起舞一同喧鬧著，你竭力的大叫，我冥然兀坐望著妳的背影卻漸漸地模糊，淚水潸潸落在相處的過往。

那日，微雨，我故意忘了帶傘。冰涼的雨珠混著被父親棄養的傷感，隨著眼角滑落。望著成雙成三的傘花，魚貫邁往掛著「新生典禮」的禮堂。因雨而濕悶的木椅只坐著一個我，打發著飽含水如成熟稻穗的髮梢。剛採摘的碩大透明果實滴進一只柔軟綿白的手帕，「快擦乾，給你。」柔柔卻稍嫌冷意的女聲說著，如翎羽般飄落在我的心房，從此，落地生根。人潮依序填滿離別的空虛，雙眸緊緊扣著父母的心，彷彿永生不再相見，心頭，微酸。

麻雀吱喳伴著不捨漸成人形石雕，諄諄教誨的口沫飛不進耳裡，時間漫漫如沙漠溽熱難捱。坐在角落小巧的「雁」，佯裝看著窗外是否雨著，泛黑藏著幾縷耀黃的線簾半遮灰濛哭過的天，洗淡九月陽光，白皙靜謐的側臉彷彿花蕾綻放前，引人期盼。她的注視始終不屑予於塵世，修長象牙白的指輕翻著她存在的世界。

午後，冠上「十一班十九號」。

走進悄寂的教室揀了平穩的桌椅安頓，原本空蕩孤寂的位子很快有了新主，鐘聲參雜不屬於我們的叩叩鞋聲在走廊一端逐漸靠近，是年輕活力帶著親和笑容的女老師，不卑不亢安排一切的繁文縟節。我不擅交際，更討厭成為聚光燈下的主角，獨自暴露在大眾審視的眼中，這卻是約定俗成的「自我介紹」。腦袋不斷想著逃離的辦法，肚子痛？用一眼就被看穿的裝病技巧？還是尿遁，躲到放學，瞄了錶，足足兩個小時，咬牙握拳恨著倘儻的時間，靈光一閃——裝死？我嗤笑出聲，又不是遇上獵熊，裝死他會吃得更開心吧！「那就由第三排最後一個的女同學先開始吧！」一道如雷的御旨從頭貫下，汗毛豎起相爭數著排數，心仍忐忑不願接受而望了老師一眼，越發確定打破沉寂教室的頭籌是我，沉甸甸的雙足一步一步更靠近講台，狹短的走道使緊張凝結，清晰的聽著稍快不均勻的呼吸聲，耳朵嗡嗡擠不進一滴掌聲。許久，才發現自己已回到位子，無法憶起那空白的三分鐘如何度過，冰涼的手冷靜發燙的臉頰尋回理智，驀然熟悉的嗓音拉回心神，是淺橘的雁，如脂的透白鑲著細緻的五官，如波絲貓的優雅儀態更襯出清婉氣質，她不偏不倚坐在我前一個位子，想跟她說上一說卻被如近鄉的情怯駁回。

新開始的日子很靜謐，像是昨日未完待續的風滑過草地。而始終沒飛上與雁相同的航道，班上的小團體像是不斷出芽的酵母菌，而我只是不甘寂寞融進其中之一的圓。孤獨是一匹衰老的獸，潛伏在我亂石磊磊的心裡，許是害怕自己又被拋下，只能欽羨別人的開學典禮是家人緊握著手一同迎接。在母親下班關心詢問「開學第一天如何」時，我只能將堆滿向日葵般陽光的燦笑奉予，眉飛色舞謊扯著認識新朋友。我不敢告訴她，我想念有雙大大溫暖的手的父親，更不敢奢求母親像其他人般牽著我走往成長的開始。

一期一會，是說：人的一生，也許只相遇這麼一次。偶然發現，雁子歸途與我同道，一開始，我們誰也沒開口，肩併肩走著霓虹燈逐漸喧鬧的街，轉角木棉樹的路口再見。也不記得是誰先起頭，街道上喊喊喳喳的日光，把往日的寂靜沖散，從此，形影不離。過往的日子腐蝕，佇立在道別的木棉樹下，是我們認識的半年又三天，妳說：「哪天，我們偷偷坐車去花蓮，看日出，好不？」妳埋下伏筆，在未來的我們。

蜷雲像晶瑩的羽毛在淡水藍蒼穹最高處，靜靜飄浮著，成群的鳥兒偶爾翔過，「雁，為什麼妳在之前都當獨行俠？雁子不是群居動物？」我問。是好奇，是潛意識深層的害怕，因為明白「一個人」成長味道是苦澀如難嚥下肚的黃蓮。她靜默不語，懶懶的伸腰走回位子翻著她的小說。我輕聳肩、半瞇眼，妄想乘上那片晶瑩羽毛逃離太過真實的現實。回家途上衣服稀稀疏疏摩擦是彼此的交談，心裡有股失落，到了木棉樹下雁子莞爾一笑，「其實我以前常在這裡看日落，大片如柑橘般澄黃暖暖的天空，偶爾披上玫瑰粉的面紗，此時的太陽最溫和柔軟，徜徉其中，像是被擁抱著。喔，對了，春天時這棵木棉樹的火紅可不遜於日落。」樹枝根根都麻綑著，像一隻隻曲張的手，蕭瑟的枝葉令人難以想像初春的壯麗。

望著逐漸沉淪的晚霞，她輕說著，眼眸閃閃像是淚水又像回憶過去，「我很壞，獨自在家吃飯時就會把電視轉到最大聲，吵得鄰居投訴爸媽，隔天他們就會請鄰居來家裡吃飯，」雁子笑的很開心，是滿足的笑容，「漸漸的，他們不回來吃飯了，不論怎麼吵，連鄰居也不來了。」她嘆口氣，天已暗下，街上的各樣霓虹開始眩目的閃爍。後來，她不再吵鬧，父母以此欣慰，而這棵木棉樹是在小二的植樹節，雁與父母親手種下。她不是不怕孤單，是知道為父母的難處，許是因此雁很少笑，朋友也少，她笑著說：「剛開始會很傷心，後來發現，真心待你的總是只有一兩個。」看了一眼錶，「人生嘛！」雁子拍拍翅膀飛去，或許就像張愛玲的〈愛〉所言：

> 於千萬人之中遇見你遇見的人，於千萬年之中，時間的無涯荒野裏，沒有早一步，也沒有晚一步，剛巧趕上了，那也沒有別的話可說，惟有輕輕的問一聲：「噢，你也在這裡嗎？」

木棉開了兩回，炙熱的花大得駭人，是一種耀眼的紅色，開的時候一片葉子也不要襯著，像一碗倒在陶碗裡的葡萄酒。不典雅卻是另一種風情，紅烈烈地，蠻橫不講理，卻很美。美的事物總是伴隨著悲哀，花開，花落。三個月後，是屬於鳳凰花開的日子，我們不會只一起過一次畢業，對吧？我偷偷在心底問著。

早晨妳給了一張到花蓮的車票，溢滿笑期待著，「雁子改喜歡日出囉？」我半揶揄半疑惑的問，當初以為妳只是隨口的玩笑，輕捏著火車票，心情像一顆水藍色的氣球，在天空飄動，困困頓頓的飄不起來。妳輕拍我的手，堅定溫柔的眸安撫著我焦躁憂鬱的心，「天下沒有永遠陰霾的天空，只要讓生命的太陽自內心升起，終究會雨過天晴。」妳說。火車在下午出發，漫漫途中隔著一片被框起的玻璃，像一張張底片，一一閃過眼前，繁華的城市、斑駁的港灣、木棉樹下的妳和我，以及在寒風裡與妳盼著日頭從地平線升起，在眸裡展開，心裡綻放。

翌日，妳要離開的這一天，我沒有道別，靜坐在書桌前泛白的指緊握著筆，水晶玻璃珠不斷滑落悄悄訴說我的不捨，我想說，只想對親愛的妳，對妳說：「如果啊！如果！你對此生還有眷戀，我就再許一願，與你結下來世的姻緣。」

驪歌響起，心懸著，像勾在樹梢的風箏。我笑的苦澀，但我知道的，我真的知道的！此時此刻，妳一定也在想著我，也再回味著那天看日出的美好，因為妳說——這是我見過最美的日出，因為有妳。

評語：

王誠御：

文字清瑩，善用排比、類疊，類疊中也有層次，不錯。但有時敘述不分明，小有贅字（收入本書時已作改正）。比喻使用太多，幾無句不有，可用更高的技法將之替代，多則易厭，除非有把握每個比喻都驚世駭俗。

文用倒敘領起，接到初入學很突兀，可多做安排。文末寫到要離別，太匆促，且語焉不詳。文中插入張愛玲文章位置不對，張文「你也在這裡嗎？」語外無限悵惘。但還沒畢業，可將之往後放。又末段回述前文，不太足，宜敘寫更明白完整，才可首尾一貫。又前面寫三種花卉季節均不同，不可混用一處，徒資混亂。

最美的日出只為有好朋友，但如果只是這樣，深度明顯不足，且從不識到相契到同遊之漸進與增溫不夠分明、不夠感人。

文中點出自己的單親感慨，好朋友的家庭狀況，點到為止，但可更耐人尋味。結構也不錯，只是有時人稱代名詞混亂。

最後，「日出」此意象沒有做發揮，十分可惜。可以將日出作為一種隱喻，使文章更有韻味。東坡赤壁賦由「月出於東山之上」，寫到「不知東方既白」只是單純的時序變化嗎？恰好也是思緒由濁轉清晰豁達！此文的日出有何寓意？下題目不可不慎。

莊政衛：

文章字句精美，可見作者之用心良苦，寫青春回憶光景清晰，對於離別部分情感有到位，心思細膩，頗有動人之處。但是全文雕刻痕跡明顯，恐讓人有刻意之感，若文筆多磨練，達不見跡則為好。另外注意部分句子讀來滯塞不通，或有前後不連貫，應多注意。

吳凡：

筆調相當優美，淡淡的悲傷融入許多唯美的意象，令人感動，和好友間親密珍愛的情感內斂且耐人尋味。寫得不錯，然而有些文句意義不明，因愛用譬喻、類疊、排比等手法，反使有些句子不解。和雁子的相識有描寫到，但是藉何契機使兩人的情感變得密不可分？似乎沒有提及。

如能將過程獨特的事情描述出來，應能使兩人的友情描寫更為緊密。文中穿插的對話很好，由角色的對話寫出了情感的細膩。

彭翠瑛：

文章順暢，描述優美。情感的部分有點到可是不夠深刻，可以再加幾個瑣碎的小事或動作來呈現。

陳玟瑪：

以倒敘的手法，一開始先點出看日出，朋友說到要離去而感到難過，其原因則是在後面慢慢點出，以「新的學期」為媒介講出沒有她在是多麼的寂寥無趣，再由「明白一個人的成長……」寫出整篇文要的主旨，有些人就像「最美的日出」，一生之中難能可貴，卻像日出一般只乍現了幾秒就各奔東西了。以雁比喻的那段筆法有點混亂、跳躍，若那段能多思考再下筆，就能夠避免敗筆。

王貞蕙

小傳

王貞蕙，標準沒出息的大學生，作業喜歡拖到最後一刻才繳交，面對考試採抱豬腳原則，深信吃豬腳才有力氣讀書，但更多人相信是因為佛曰「此人不可庇」，抱不到佛腳的關係只能抱豬腳。

人生代表是呷呷呷，名言為「報告卡住了，先打電玩。」

散文觀

散文對我或許就是上面的自介吧，有真也要有假（難不成你真聽到佛說話？）以畫作比喻，日常題材最能引起共鳴，乾乾淨淨的白描是摯愛，但增加情境能提昇色彩與豐富度。另外，讀者不能平心靜氣地讀完，就是最大的功力……我覺得啦。

果債

王貞蕙

世界上有欠債、賭債，恐怕任誰沒聽說過果債吧？

看著書桌下的水果，不知這一袋袋的水果何時才能吃完？

老爸一時興起探訪，從花蓮開車到知本、載著我到市區採購了一番。大概是想到女兒一陣子沒吃水果，加上大方好客的習慣，每種水果除了我的份量外，還加上同學們的，雖然知道爸爸的好意，但真的非常難為。就算將額外的份量分送出去，多種水果合起來的數量還是非常可觀。

這一切成了惡夢的開端。

爸爸探訪的當晚，盒裝葡萄便散放腐臭的香甜氣息，吸引著蒼蠅前往享受，驚覺不對勁，決定彎下身查看時，蠅群一古腦地衝出保麗龍盒，好似我打斷牠們難得的饗宴。繃著臉挑出臭掉的葡萄，把完整的果實剪下、一一洗淨，放進許久沒用的保鮮盒，將滿滿一大盒的葡萄放入宿舍大廳的冰箱。

這樣弄下來差不多一點，比原本預定的入睡時間晚了一個小時。心情不太好的翻來覆去，沒想到才第一天，這批水果給我的印象就這麼差。「明天有冰葡萄可以吃。」我這樣安慰自己，熬了一會總算睡著了。

沒想到隔日的葡萄才是另一種折磨。興高采烈請了友人，兩人分別拿起一顆放入口中，不到一秒臉色全變了，衝忙到附近的垃圾桶前，將葡萄吐掉。酸了嗎？不可能，因為自己也正吃著。莫非還是有幾顆漏網之魚？「味道好重」其中一位皺著眉頭說，另一個也緊接著說：「太熟了。這樣還能吃嗎？」

友人的一句話，讓葡萄咬下、汁液在口中擴散的瞬間，變成一股難以下嚥的苦味，接下來的動作，我也如同友人，衝向垃圾桶，想把這早已不是葡萄的東西吐出，順便順手將幾乎沒動幾顆的保鮮盒反扣，粗魯的敲了幾下，一顆顆晶瑩帶小水珠但味道已過度酸掉的葡萄，像一顆顆紫色的小塑膠球，直直落入黑色垃圾袋中，發出落到底部的「咚咚」聲。

吃完了葡萄（雖然吃的總消耗量不到五顆），緊接著是亮青綠的棗子。值得高興的是，棗子沒發生葡萄慘案，但可能是原本水果運輸時有碰撞吧，不管是頭、是尾，或是棗身，都出現了碰傷的黃膚，拿起其中一粒聞，雖透著微香卻暗示即將邁入腐壞的警訊。好在棗子受傷的面積不大，細細洗過外皮，放入口中用力咬清脆的聲音證明果實的新鮮度，只要咬掉受傷的部份，並不影響棗子的口感。

隨著牙齒再次深入果肉，汁液流入口中，經過舌上的味蕾，如同外表的青綠，鮮甜洗去葡萄帶來的怨氣，對爸爸的悶氣也消散了。

這才是水果應該有的味道，沒變質的新鮮，就像爸爸的愛一樣，即使這是再正常不過的事，但事後一想到倒掉的葡萄，心頓時變沉甸甸的。

而在這些水果中最特別的，是被稱為「仙桃」的黃色水果。仙桃的名字雖好，但這水果因為獨特的口感：沒有水份、乾澀如地瓜或乾蛋糕，不太討人喜愛。可從我第一次吃到仙桃，便喜歡上這個不討人愛的特色。

有次正啃著一顆，突然好奇這水果的一切，便開了電腦查資料。蛋黃果，別名仙桃，山欖科，果肉含水量低，耐儲存，營養價值高，富維他命A、C、D、E、鎂、鈣和鐵。風味甚差。

看到最後一句還真有點傷心，仙桃這水果真的很不錯，只因為水份低而不被大眾接受，很想替仙桃翻身。這麼美味的水果竟然被冷落在水果攤上。想來想去，對食補觀念很重視的中國人，當然要從這方面幫仙桃翻身。

消暑解熱、甘涼潤肺、散結通腸，性屬涼。適合打成果汁，加入蜂蜜更佳。

雖然很多人看到時會好奇，問題是嚐一口真正會繼續吃下去的人沒幾個，因此，仙桃成了這部水果樂章最大的惡夢——只能靠我一個人來完結。

唉，這果債總還完的一日，快了，就快了。

評語：

王誠御：

題目十分特別，戛戛生新。

小品文寫作貴在精鍊，此文猶有贅筆。小品文宜揀擇事件大作渲染，此文雖有事件描寫，但尚不新奇悚動。結構方面也平鋪直敘，可側重結構讓情節到最緊張刺激處，兩者共相益彰。小品文貴在「小題大作」，此文已用「水果」觸及「父愛」、「好惡問題」，何不誇大渲染，語不驚人死不休。

文字平淡中可突出性格，敘事簡單中可更生動。如韓退之詩「盆池」小小盆中之水，能詠及「試教涵泳幾多星」，則水果之中，亦自宇宙無限遼闊，「胡桃中有宇宙」，水果只是債嗎？吃不完的債？腐爛果物的債？多加擴充添入感悟，可使文章更深，尺幅千里中言之有物。

吳凡：

篇幅短小，讀來卻生動有趣，筆調樸實清晰且令人不禁會心一笑。然描述的不夠深刻，亦不夠精鍊。文中提及父親的愛，卻只概寫一句，若能由此發揮，和「果債」相連接，使「果債」不僅是「果債」，內容會更豐富，情感更豐沛。

莊政衛：

題目新鮮創意，寫生活之樂趣。藉水果敘述與友人之間的互動，其中也透露父親的關愛，以及在外生活的點滴，文字平易真誠，具小品文式的幽默與結構。

陳玟瑀：

開頭問句頗為恰當，讓人看了之後，開始思索「果債」究竟是如何產生又是如何發展，讓人想一字一句繼續看下去的衝動。對於事件描寫生動有趣，亦在描述之中融匯自己的想法，敘述之中有理性亦有感性，從埋怨到接受的流轉，此段書寫非常流暢且恰當。但結尾僅提及「仙桃」這類水果，之後加上一句「唉，這果債總還完的一日，快了，就快了。」有點虎頭蛇尾的感覺，故事尚未結束卻在發展之中將之截斷，若書本上有留電話，大概會有很多人打去問結局。

彭翠瑛：

敘述口吻很順暢，給讀者講了一個有趣的故事，而題目也下的很好，非常吸引人。

（王誠御按：故事未必有趣，日日可見，但可以寫得更有趣。）

朱倪葛

小傳

你好，倪葛！

打開梳妝鏡，攤開一張紙，你好，倪葛，讓我來給你畫一張像吧！

先畫臉的輪廓，有點圓哦！這樣的腦袋裡，裝的都是夢吧？你這個愛做夢的孩子，總是喜歡自己在夢裡編故事。清明夢，聽著就好玩，你明明知道自己在夢裡，可就是不願意出來，躲在夢裡當著你的指揮家，操縱著夢的發展。這個結局不好，重來，讓怪獸被打敗吧！哪有像你這樣的，故事都是你說了算，怪獸就從來沒有贏過！

呀，你害羞了，好了好了，不說這個了！再畫你的鼻子吧，嗯，不錯嘛，有點小挺。對了，聽說你喜歡聞紙的味道對嗎？我記得有一位作家寫了一篇散文，說他喜歡摸書，摸那種紙質帶來的想像，我還是第一次聽說竟然有人喜歡聞書呢！古書是不是有股黴味兒呀？那教科書呢？哦，原木的味道，那還不錯嘛！日記？你還寫日記呀？我很懶，才不會去寫呢！那日記是什麼味道呢？柴米油鹽醬醋茶？哈哈，也是，生活嘛！那你一定很會做菜。最好聞的竟然是剛打印出來的講義呀？嗯，的確有股牛奶香呢，還溫溫的。我最討厭那種廣告雜誌了，一翻開就有種嗆鼻的漆味兒，稍微看久一點，就覺得腦袋沉沉的，難受。

對了，你的眉毛要畫細長一點還是稍短一點呀？照原樣畫哦？好！不過你的眉毛真的很長哎，都過眼睛了呢！老話說呀，眉毛過目，兄弟十五，你要不是獨生子女，一定有兄弟！被窩猜中了吧？你的弟弟一定很可愛！哇，他那麼會照顧人呀？還會做夜宵！很棒的弟弟呀！啊？他想做你哥哥呀？哈哈！一定是他覺得你太矮嘍。有兄弟姐妹真好，相互之間有個照應，日子也會過得比較開心呢！

接下來要畫眼睛了呢！眼睛很重要，這扇心靈的窗戶，畫的好就是整個形象的靈魂所在，畫不好整張畫像都會顯得呆滯。不過你的眼睛很好玩耶，一隻雙眼皮，一隻單眼皮。哦，原來一隻是爸爸，一隻是媽媽呀！你爸爸可真是個老頑童，還帶你們去捉螃蟹、追松鼠！那你媽媽呢？不會吧，你媽媽幫你抄作業？你們家還真的很可愛哎。那你出外求學會不會想家啊？會哦，所以說，旅行的目的是為了回家，你走的遠了，想家的念頭就會越大。但是你媽媽說的也對呀，讀萬卷書，更須行萬里路，多走出去看看，見識不一樣的東西，結交更多的朋友也挺好的。

嗯，笑一下，讓我看看你眼角的魅力吧！很漂亮呢！這樣一雙眼睛，應該很喜歡看書吧？喜歡看什麼樣的書呢？武俠？你也喜歡看武俠？什麼，除了注音書籍外，你接觸到的第一本書竟然是臥龍生的《天劍絕刀》！那本書很厚呢，上下兩冊，捧在手裡實實在在的。呀，原來你是偷來看的呀？還躲在衣櫃裡看，這也太誇張了吧？不過你也挺有趣的，別家小孩是先從童話開始的，而後慢慢看到四大名著。而你呢，上小學時就已經看完了原著《西遊記》、《水滸傳》、《三國演義》，上中學時終於接觸那文縐縐的《紅樓夢》，然後再返回來看《格林童話》、《王爾德童話集》，上大學時又開始迷上繪本，真是越活越小了呢！

好了，現在只剩下嘴巴和頭髮了！先畫一個櫻桃小嘴好不好？說真的，你有時候還真像個小孩子呢，任性，貪玩。別生氣嘛，說說而已！頭髮還是要齊劉海嗎？好勒！齊劉海，你還是喜歡模仿你的同桌哦。聽你說你們的故事真的很有趣呢！沒想到你也是個懷舊的人，就像你的文字呀，我讀過一些，到處都是回憶，有時候就覺得你有點不像你。啊，不是那個意思啊，我是說，有時候覺得文字裡的你和現實中的你有點不一樣。

嗯，畫好了，看看吧！你好，倪葛！

散文觀

關於散文，更覺得它是一種心情日記，是在我們有話對世界說時的文字表白。不是只有學者才可以寫散文，每個人都可以。散文的好壞不在於它的辭藻是否華麗，而是看它文字中有沒有情感，能不能讓讀者在閱讀時產生共鳴。我們看戲、看書，看到精彩處往往或暗自垂淚，或大笑叫好，這都是因為讀者和筆者之間有了交流，而這交流，正是來源於文字或畫面裡雙方共有的東西。散文亦如是。所以我的散文觀說到底很簡單，就是真情、共鳴。

店前印象

朱倪葛

很久沒有回去了呢。只是聽說，老街的房子被颱風吹倒了。「吹倒了也好，總算可以翻新了。」媽媽一邊做著手裏的活一邊說，「舊的不去，新的不來。」儘管這麼說，但我知道，媽媽對老街的房子充滿了感情，有多少次，她都要求回老街住一段，卻總被各種事給耽擱了。

在我的印象裏，老街永遠是滄桑古樸的，老街裏的人也帶著濃濃的鄉野氣息。「你家豬下種了嗎？」「沒呢！找老橫頭家的配呢！」「誰放了我家田裏的水？一群猢猻（台州方言，是對調皮孩子的戲稱）」臉朝黃土背朝天的人聊起天來，無非是家長裡短、田裏魚塘。農閒的時候，男人們總愛坐在街道上講白搭（台州方言，白搭意為閒話，講白搭即聊天。），老老少少，光著背拖拉著解放鞋的，隨便從哪家拉來一條板凳，坐下就可以開講。隔壁蔡醫師總笑著說：「你們這些男人啊，比裏常人（台州方言，意為已婚婦女。）還多嘴，講的白搭都可以炒一盤了！」

這就是我家地理位置的好處了，正處老街三岔口，是個天然曝天閒聊的地兒，除了夜深人眠時，幾乎都是熱鬧的。「老丹，借你一條長凳哈！」國來叔向爸爸打了聲招呼，一條板凳就又出了門上工了。為了給鄉鄰一個方便，後來爸爸拿著鉋子等工具，又做了幾條長凳。也因如此，我家門前的那塊臨街空地顯得愈發熱鬧了。每每到黃昏，這兒簡直就是一幅曝天閒聊圖，老街做背景，老街的人就成了畫中的主角。

後街的國強伯父喜歡捧著個水杯，泡著濃茶坐在靠門的地方，時不時呷上那麼幾口。他的水杯又大又舊，是很多年前的運動水杯款式，放到現在來說，都已經是骨灰級的杯子了。羊岩勾青片片舒展，但每片都是極其安靜，絕不會因為水杯的晃動而晃動——就這壺濃茶，國強伯父卻是可以喝上一天的。「他那滿嘴的黃牙，估計都是這茶水浸的呢！」我不喜歡他那口黃牙，像洗不乾淨的油煙機，還泛著幽幽的味兒；卻喜歡黃牙的主人，一個會吹口琴，會拉二胡，會刻木頭人的老頭。他家的庭院很寬敞，養著一株花色很好的月季，幾只小黃雞，一條不愛吭聲的肥土狗。這是我們附近孩子最愛集合的遊戲場所，滑板、跳繩、丟沙包，空間絕對夠。這是一位玩心很重的老木匠呢，時不時就會遭到他的「襲擊」，高高地把你拋起，在你嚇得快哭時一把抱住你，對你做個鬼臉。不得不說，國強伯父是個老頑童，他很喜歡小孩子，常用木工角料刻一些小玩意兒給我們，陪著我們一起玩兒。

坐在窗邊竹椅上的是橫街的眉爺爺，花白的頭髮下是張精神的小圓臉，一米七的身板硬朗朗的，總愛學老太爺們，把手背在後面裝威嚴。街上的人都知道眉爺爺有個出息的兒子在美國留學，也都知道眉爺爺有一雙妙手能醫百病，因而沒有一人敢對眉爺爺不恭的。儘管如此，在眉爺爺那張小圓臉上，無論是橫看豎看還是趴著看或是倒過來看，怎麼都看不出威嚴，有的只有小眼一眯的慈祥。眉爺爺給人看病從不收診費，甚至外搭他自采自曬的草藥。什麼脫臼呀、蛇咬呀，眉爺爺雙手那麼一用力，火刀動幾下，草藥回去煎一壺，也就好了一半了。眉爺爺總是眯著眼說：「我又不開醫館，收什麼錢？大家看得起老頭子，願意讓我搭個脈找個事做，也就知足了。又不缺錢，兒子每個月都有寄呢！再說，我也就是田頭應應急，要看病，還得找小蔡醫師呢！」其實大家也都明白，眉爺爺只是太寂寞了。

同樣寂寞的是倚柱坐的狗弟伯父。狗弟伯父是位剃頭匠，他原來不叫狗弟，只因為他死去的哥哥名字叫「枸」，大家就都叫他狗弟了。狗弟伯父沒什麼近親，他自小父母雙亡，唯一的哥哥也因病去世了。狗弟伯父不擅長言談，他總是坐在柱旁的石墩上，靜靜地看著、聽著，偶爾別人打趣地問他一句：「喂，狗弟，光頭還剃不剃？」他就呵呵地笑上幾聲。我家小弟卻是很喜歡狗弟伯父的，總愛往上街剃頭店跑。狗弟伯父呢，也願意照顧小弟，自己喜好什麼就拿什麼與小弟分享。有一回，媽媽去接小弟吃晚飯，恰巧看到一老一少正就著牛肉幹對飲二鍋頭。那時小弟還剛上幼稚園，連小男生都還是剛當上。媽媽臉色一變，生氣地拽回了小弟，還不忘回頭責怪了幾句狗弟伯父。「老不正經！」第二天，媽媽又如往常般讓小弟帶了些手打面給伯父了。

沉默如狗弟伯父，寡言有眉爺爺，當然也缺不了激情的演說家。財根就是這樣的一個人。對門石階上或坐或立，總是少不了財根的身影，可談鄉野趣聞，可說政治人生，無論是什麼樣的話題，財根都可以聊上一番，一副鄉村演說家的派頭。你可別以為財根是什麼教師學者，他呀，就是一個遊走四裏的拾荒者。一身破舊卻乾淨的衣裳，一個破口袋，財根就這樣和他的妻子一起，走走停停，拾拾撿撿。可就是這樣一個拾荒者，卻是最讓媽媽羨慕的：「你看財根兩夫妻，相距總不過十步。」也是，財根和他的妻子總是形影不離，拾荒時一個在前撿，一個在後頭提袋子；一個紅薯你半個我半個，一根煙你吸一口我吸一口；閑來時並排坐在農校門口的自行車鎖車欄上，一起數著過往的車輛。我不曾一次地猜想，《詩經》裏的那句「執子之手，與子偕老」，現在想來，說的不正是財根夫婦倆嗎？

「媽，您還記得財根嗎？」

「記得啊，就是常在對門石階上講白搭的那個拾荒人，怎麼了？」

「沒什麼，就是問問。對了媽，今年清明節您和爸還回去嗎？」

「應該要回的。只是回去了也沒什麼意思了，店前幾乎沒什麼人了。」

「沒什麼人了，這是什麼意思啊？」

「很多人都不在了唄。像你的狗弟伯父，聽說因為酗酒猝死了。對門的金花婆也走了。去年回去慶老太公（台州方言，慶老太公，意為年前以食禮祭祀先人）時，看到蔡醫師，老了很多呢，牙齒都不剩幾顆了……」

媽媽還在回憶上一次回老街的情形，我卻莫名多了一份落寞。老街真的老了，從六年前我離開的那一刻起，老街就在不斷地老去。老去了清晨石子路上漸遠的豆腐車輪聲，老去了午晝木屋煙囪飄渺的縷縷炊煙，老去了黃昏岔口門前依稀的語語白搭，老去了子夜月下柴房酣睡的老狗夢囈呢喃。時間總是如此公平，沒有半點停留，沒有任何休息。新生、成長、老去，這是亙古不變的定律。

想起年前做的那個夢，斷壁殘垣，橫雜倒下的梁木長出了青苔，雕花的木窗邊生出了菌菇。有一隻紅喙的鳥兒停留在掉漆的方桌角，悲傷地與我對視，整條街轟然倒去。這是那被颱風吹倒的老屋向我托夢嗎？丹朱的鳥兒，是曾經逝去的容顏？轟然而去的老街呵，何時我才敢再走進你的懷抱，去撫摸你那僵死的經絡？

「這回你要和我們一起回去了嗎？」媽媽問。

「哦，不，不了。」我說。

請原諒我的膽怯，老街，我的乳母。

二〇一三年三月二十五日於東大忠孝樓

評語：

王誠御：

對話爽利、結構亦分明，但篇末感慨稍平平，可以再思。

洪明融：

通篇對老街的描述爽朗，只是筆者情感面稍嫌薄弱，雖然末段點出了些許情緒，只是也突兀了些。

莊政衛：

對於老街之景敘述透徹，彷彿帶領重回記憶最熟悉的地方，情感流露真誠。句子方面也簡練，結尾部份建議多增內心情感，讓整篇架構更完整。

吳凡：

言語平實且運用方言更能貼近老街生活，喜歡結尾淡淡的哀愁，篇幅不多，卻觸動人心。

陳玟瑀：

開頭第一句話即點出主題，但話沒講白，讓人意猶未盡想繼續看下去。從後段的對話看，雖人物描寫得生動逗趣，但缺乏了觀者，而後段突然跳出觀者會讓人感覺無法接合。

在那些寫詩的日子裡

朱倪葛

校車搖擺著身軀駛向知本，午後的陽光總讓人覺得慵懶，車內的人幾乎也都去會周公了，就連窗外的稻田，也因為沒有風，整片懨懨的，像吃了敗仗的兵。唯有那不知疲倦的路伸展著腰身，不斷地將我們推向前方。

可生活就是如此詩意，總在你不經意間送你一樹驚奇。只是偶爾那麼一抬眼，那滿樹的金黃便如潮水般湧入眼簾，拍打著我的視覺。樹冠圓弧得當，枝椏舒展優雅，整樹的黃色就這樣綴滿樹杈。很少見到如此高貴的黃金風鈴木呢，竟不由得讓我想為它唱一曲。但美，總是極易逝去的，就是這樣的色彩感動，也不過幾秒的時間，只那麼一會兒，校車就將這頂皇冠捨棄在後，徒留車輪碾壓路面石子的細碎聲。

儘管只是幾秒的相遇，這幅風景恐怕已深墜腦海，永遠不會遺失了吧？回憶過往，又有多少美妙的時刻存留心底呢？在那些寫詩的日子裏，我們擁有過太多的美麗，年輕的聲音充滿著活力，就像溪水淌過山澗的鵝卵石，磨出青苔一片，引來鳥鳴聲聲。

那是些愛幻想的年紀，情竇初開懵懵懂懂的少男少女們，傻傻地做著幸福酸澀的夢。每一個人都在為座位被安排在誰的身邊而絞盡腦汁，每一顆心都在偷窺著眼眸深處的那個女孩兒或男孩兒的背影，每一聲自行車的按鈴都重複著一個人的名字。

「喜歡你嘍……」

「喜歡你嘍」，在那些寫詩的日子裏。

每天，我都會站在教室前的走道上，靠著欄杆凝視對面五幢的學長學姐們，想像著兩年後的我們；每次，你都會假裝經過地和我打招呼，然後打趣地說：「你又在思考人生了嗎？」過一會兒，你又假裝回來，趴在欄杆上一臉正經地說：「讓我也思考一下你的人生。」終於有一個週六的早晨，我們在食堂偶遇，你坐在後一張餐桌，我坐在前一張餐桌。突然你將食盤放在我的餐桌上，坐到了我對面，然後傻傻地問：「可以共進早餐嗎？」於是，就在那樣一個週六的上午，在毫無約定的雨後，我們騎著單車去拜訪了三峰寺，去踏足三峰山上的岩路，去尋找清明前最早開發的杜鵑花。

總覺得要留些文字方能紀念。那周的周記本，我寫了一首許久未寫的詩：

久雨逢初晴，攜遊笑踏青。雛芽之枝頂，殘葉依舊情。
山花水留影，空林鳥囀鳴。潭影悦人輿，春風歡物欣。
欲得一句吟，百步苦思冥。忽聞笑童語，言出眾人驚：
「舊葉梧桐棄，新杯松鼠飲。」感次萬生幸，有天兩相因。

後兩句是化用了一個兒童的妙語，可愛的孩子憐惜掉落的梧桐葉，希望能有松鼠過來將其撿回去，當做餐前松果酒的杯具。於是我開始幻想，有一天，我是不是也會有這樣一個伶俐的孩子呢？

在那些寫詩的日子裏，有你，有我，有大家。少女的情懷有多少人知道？可愛的女孩兒無論是誰都願意去逗她開心的吧？詹就是這樣一個女孩兒，你怎麼看都不會生厭的小小姑娘，齊耳的頭髮烏黑發亮，濃厚的瀏海扣住了一張小小的鵝蛋臉，單眼皮、小鼻子、櫻桃小嘴，笑的時候半眯起眼，留下兩道彎彎的睫毛。很幸運能和詹做了兩年的同桌，翻開高中的日記，高二幾乎就是我們兩人的甜蜜史。我們一起玩詩歌童音版配誦，一起喝抗流感的中藥，一起在草坪上曬書，一起玩「干蕉」（干蕉，自創的一種遊戲，即兩人對折一根香蕉，模仿乾杯互相慶祝，以示友誼深厚。）的遊戲……午睡的時候我偷偷地問你：「喜不喜歡我呀？」你依然舒展著睫毛閉著眼，笑著對我說：「我是鳶的人啦。」於是我寫了一首打油詩在香蕉上送給你和鳶，做你們的「干蕉」見證人：

鳶非池中物，窺詹在天宮。私竊相思豆，青鳥振翅東。

後來你笑了，笑的很美，很甜，刮著我的鼻子說：「你吃醋了！」

詹，還記得那晚我背著你小跑到樹下嗎？我們躺在樹底下看星星，你說：「我男朋友都沒有這樣背過我。」我咯咯地笑著，你又說：「小心把樹葉笑掉嘍！」結果就是那麼巧，一片香樟樹的葉子被風吹落，不偏不倚，正好落在我的鼻尖上。於是，我們笑了整整一個晚上。我看著你月光下的臉龐，痛快地呼吸每一片樟樹葉的味道。像夜的精靈揮起的魔法棒，每一粒文字帶著閃光飛來，舞出了一首《情書》：

今夜
讓我把這小小的詩歌
獻給小小的你

當大地披上月光而沉醉
當時間在樹輪上悄刻著流年
我把這首小小的詩歌
念給小小的你

我是多麼地小聲啊
像受驚的奴隸
從夢魘的莊園裏逃出
來約會仲夏夜的自由

我悄悄地將詩歌吐出
藏在清晨的凝露
當甦醒的夜鶯開始歌唱
小小的你啊
東方的雲霞正在你的臉上升起

畢業的時候，我看到你畢業紀念冊的扉頁寫著：「我能想到最浪漫的事，就是和朱倪葛在一起。」

如果兩個女孩兒能在一起，那可真是一件浪漫的事呢！在那些寫詩的日子裏。

關於教室拐角的走廊，十一階的階梯，三步的轉彎，閉著眼我都能走完這段路。在那裏，詹偷偷給了我一個吻；在那裏，有崔每晚夜自習結束後等待的身影。雖然崔只是想搭我的機車，想兜兜夜間的風，他一直只是視我為哥們。

我們第一次見面也是一段夜自習結束的回家路，我和老周一起走著，他和王翔從後面追上來。

「你好啊！你還不認識我們吧？」

「我知道王翔，聽鴦講過。」

「那我呢我呢？」

「不認識。」

「太可惜了！不過沒關係，我可以自我介紹！我叫崔子豪！」

接下來的每一個晚自習，我們幾乎都是一起走的回家路。

「想不想捉螢火蟲？我帶你去！」

那一晚，我們雙腳沾泥，手裏各捧了兩只螢火蟲。我將兩只螢火蟲帶回家，讓它們自由地在我的房間打燈溜達。我躺在床上，關了燈，看著這兩點亮光，想著，你也會將螢火蟲放在房間裏嗎？這個答案我一直不敢問你，直到寫畢業紀念冊的時候，你在我的本子上寫著：

「還記得那晚去捉螢火蟲嗎？請原諒我的小私心。你走以後，我就跑到女生公寓前，將兩只螢火蟲放了，希望它們能飛到她的窗前，飛到她的心裏。只可惜，那兩隻太不爭氣了，一放開手，它們就飛回了池塘……」

其實我一直都知道，也一直都很明白，可總忍不住為你心疼。女生早已有自己的心儀的男孩兒，而你卻從不曾放棄，總是默默地關心她，希望她開心。但你是否知道，也有人在默默關心你呢？

長假前的那個午後，所有的人都在忙著收拾行李，整理書籍。我騎著單車，繞著校園一圈又一圈。九曲橋邊的迎春花愈發茂盛了，串串墨綠的枝條蘸著湖水，正欲書寫又一篇好文。車輪漸漸滾不動了，在一株油桃樹前停了下來。一隻蜻蜓似乎也飛累了，收了兩邊的機翼，緩緩降落到我的車把上。好幾分鐘，我都不敢動彈，生怕驚擾了這位不速之客。但我卻是該回去了。於是我慢慢踏動腳板，車子緩緩前移。這位朋友也不動，任我載著它旅行。或許，它還從沒享受過免費的交通吧！大約行進了兩三分鐘，也許是休息夠了，蜻蜓展開雙翼，向湖心飛去。

後來我們就畢業了。

後來大家各自上了大學。

後來，在一場音樂會中，有人用小提琴拉起了一曲《梁祝》，卻讓我回憶起那個午後，那只蜻蜓，那些個故人：

熟習的故事，
熟悉的曲子，
不變的憂傷
終於明白，美，是淒落的，
讓我們銘記的永遠不是皆大歡喜，
而是破滅後那一夢幻想的美麗
曾經想做蜻蜓，只是覺得
蝴蝶太感傷，經不起
孤單的時光
憶起有那麼一個錯誤，

一隻蜻蜓與我作了幾分鐘的故人
陽光不一定要明媚，風也不一定要溫柔
只是一個偶然的相遇，我一直忘不了你
那是我真正意義上的十八歲吧
唯有你向我透露了這個秘密
你停在我偶爾揮起的手臂
只是短暫的休息，
我不敢驚擾你，輕輕將你捧起
我們仿佛曾經約定，卻找不到任何
有關青鳥的訊息
而你也只是過客，
所謂的停留只是片刻的憩息
我在這兒憶起你，在日子的淘沙裏
只因蝴蝶雙雙
飛過秋千去

憶梁祝
才知道中國的愛情都寄託在這兩只小小的蝴蝶裏
生命的閃光只是浪子
風情的永遠是故事

真想沿著公路往回走，好好看看那一樹的金黃。

2013年04月16日於東大忠孝樓

（文中詩作均為高中時所作）

評語：

王誠御：

評「久雨逢初晴」一詩：「吹」字轉韻，下便不宜再用「冥」字；「飲」字仄聲不入韻，不可用。

評「鳶非池中物」一詩：昔者打油詩之類亦必押韻，此連打油詩恐亦稱不上。

莊政衛：

董某有云：「生活周遭皆是詩。」文章從生活出發，道出過往憶事，並以詩為主幹延伸，讀來甚感唯美，讓人也沉浸其中氛圍。個人情感寫得出色，詩文部分突出，意象悠遠，從相遇到離別，總有一絲歲月的浪漫、時間的寂寞，思念濃厚，記憶則漸遠，讀來深有所感。

洪明融：

詩的感情精鍊，字句中透出深深的愛，對話如同在輕快跳躍，只是文讓人悸動之處較詩少，文裡的字詞可多推磨，也能如詩一般美妙，使人渴慕愛或被愛。

陳玟瑀：

感覺出來每一首詩都有其回憶，都是生命的歷程，可在加強詩後的故事使之更生動。

彭翠瑛：

真誠的友情與甜蜜初開的情竇，很純真、很夢幻的學生生活。在那些寫詩的日子裏，作者寫下了簡單卻美麗的情感，像一個小女生唱出自己過去美好的時光。時間是一道不能翻轉的門，我們終究還是要長大，但曾經付出真摯的感情，留下的永遠是最美的記憶。

吳凡：

文風有淡淡的美感，不奢華濃豔，卻清新淡雅。內容描寫兩個女孩得友誼非常細緻，平易近人的對話更顯出作者的思念之情。穿插其中的詩有畫龍點睛效果，讓人更能感受那種淺淺卻刻印肺腑的感動。

我的台東早點路

朱倪葛

媽媽的規矩使我養成了早起吃早點的習慣，哪一天要是睡晚了，錯過了早點，湊合吃著大家笑稱的早午餐時，總會有種罪惡感。怎麼說呢，在上午十點半十一點的樣子，去搓一頓不知道是早餐還是午餐的食物，總有一天，你的身體會抗議這種縮水了的員工待遇的。

我是個習慣中式早點的傢伙，早起喝碗粥，最好來點豆腐、小魚乾，要不就來個煎蛋，蛋一定要撒點蔥花才美。偶爾呢，媽媽會去街上買幾根油條，切成小段裝盤，配上醬油醋，算是給我們換換口味。我和弟弟都是很喜歡油條的，只可惜，媽媽不會給我們多買，她一定會這樣說：「油條吃多了不健康。」哎，媽媽總歸是媽媽，永遠都是最為你著想的考慮。不過有時她空下來，也會給我們炸幾個甜餅，讓我們帶到學校去當點心。每每這個時候，我都是全班最羨慕的一個，媽媽的甜餅很好吃，班上有口福嘗到的同學都期盼著下一次我能多帶幾塊。

媽媽的甜餅，越是想念越是嘴饞呢！在臺東我是吃不到這個味兒了。初來臺東的那幾天，一早醒來，都不知道去哪裡吃早點。第一個早晨便是週六，沒有食堂，更沒有媽媽，也沒有任何食材可以讓我自給自足，手裏拿著前晚老師給的美食地圖，漫無目的地出了東大的校門。因不願意多走，就近在校門左轉的「美之晨」早點店坐下了。在師大的北門小吃街吃慣了所謂的「臺灣正宗手抓餅」，心想，這回是真來臺灣了，怎能不嘗嘗真正「正宗臺灣手抓餅」呢？於是我的第一頓早餐便是臺灣手抓餅配豆漿綠茶。

豆漿綠茶，這名兒可真可愛呀，豆漿怎麼能和綠茶放在一起呢？茶酸不是會讓蛋白質凝結的嗎？在我的疑惑中，豆漿綠茶已經擺上了桌。既言是茶，怎能不品呢？看一看，這一杯豆漿綠茶，不如豆漿白嫩，不似綠茶色青，更像一杯加了過量牛奶的咖啡，灰著張臉死沉沉地靜看著我們；看相實在是不怎麼的，聞起來卻還有那麼股殊味兒，輕吸一口氣，豆漿的濃郁中帶著份綠茶的清香，輕佻你的鼻尖，吸引你的脾胃；聞起來這般如此，抿一口，絲絲香醇滑過舌尖的每一顆味蕾，撩起你整個清晨的胃口。

還在回味豆漿綠茶的沁香時，老闆已經笑眯眯地端上了手抓餅。咦，這就是臺灣手抓餅？看起來真像師大北門的千層餅呢！整個餅已經被撕成小片，片片看似雜亂地堆在盤中，卻並不擁擠，每片之間都存有空隙。用竹筷夾一片放入嘴裏，嗯，外脆裡綿，蔥香中帶著些許麻香，真的是很有味道呢！儘管如此，可惜我是個擁有地方口味的人，多吃幾口便覺得有些膩了，開始回味家鄉的冷飯麥餅了。

第二頓早餐是在一家素食店解決的。因為從小就不喜歡麵包吐司類的東西，就叫了一碗素餃。很快，餃子上桌，取筷，夾一個入口，嗯，高麗菜的鮮甜、粉絲的滑軟、豆干的茴香，多種素食材料溢滿口腔。素餃材料豐富，只是有些偏甜了，不是我的菜。我的早餐又開始陷入了迷茫的雲霧戰裏。

這樣的迷茫沒過一週，在董恕明老師的幫助下，我找到了傳說中的「早點大王」。這是一家老店了，據老師介紹說是一位退伍的老阿兵開的，有些歷史了呢。這樣，在隔天的清晨，我起了個早，按照「正氣路」「菜市場對面」這幾個關鍵字眼去尋找。菜市場我熟悉呀，就在觀光夜市附近呢！信心滿滿的我就這樣踏上了早點之路。十幾分鐘後，菜市場是找到了，但繞著市場轉了好幾圈，硬是沒有找到「早點大王」四個大字，垂頭喪氣地站在市場門口向四周張望。

「嘿，是你呀！要去哪兒呀？需不需要我帶你一程？」一輛機車停在面前，我抬頭一看，原來是老林小店的林叔。

「哦，是叔叔呀！我正要去早點大王呢！」

「正好，我也沒吃早點呢，和你一塊兒去吧！」

在林叔叔的帶領下，幾分鐘的腳程就到了早點大王。

「今天人太多了，我先走了啊！」說完，林叔就騎著機車離去了。後來我不止一次地去想，林叔一定是已經吃過早點了，他定是怕我不好意思開口問路，才裝作也要去早點大王的樣子，領我到那兒。哎，台東的人呀，總讓人有種說不出來的溫暖。老林小店、早點大王，這兩家餐館充滿了我們的回憶，有時覺得，我們享受的更多的不是食物的味道，而是為我們帶來這些食物的人的情感。

嗨，差遠了！接著說那條早餐路。話說，我雖到了早點大王，心中卻不免有幾秒時間的疑惑：這裏就是早點大王了？店內看起來幾乎要人滿為患，外面還有很多人排著隊等待外帶付賬。我抬頭一看，招牌上的字幾乎快要脫落殆盡，難怪我繞了幾圈都沒看到這四個字眼呢！這張招牌應該和這家店同齡吧？時間的流逝，沖淡了字眼上的漆，卻深厚了人氣，沉積了味道。

聲聲「借過」中，尋得一個空位坐下。環顧四周，整個小店乾淨樸素，白粉牆上掛著一塊很大的價目表，旁邊還有一張小板，上面寫滿了電話訂餐的顧客資訊，正對門的牆壁上方有一塊匾額，上面寫著「榮民之光」四個大字，果然是老阿兵的店呢！

「您好，要用點什麼？」跑堂小姐拿著點單微笑著說，馬尾紮在後腦，整個臉龐乾淨俐落、親切可愛。這位後來被我喊做「立君姐」的小姐，和我一樣，也是個話劇迷呢！當然，這是後話。最後，在立君姐的推薦下，我點了一碗半塘豆漿、一根油條、一個餡餅。豆漿濃郁、甜度適中，油條酥脆，餡餅噴香。總之，在三月天的中旬，我享受了一頓令人回憶的早餐。

2013年5月於東大

評語：

莊政衛：

文章充滿生活步調，有著到外地念書而探索的心情，有別於常見的鄉愁意識，在心境顯樂觀享受，以「早點」而視，可見平日作者情感。結構簡單乾淨。但文章有部分太口語化，不乏冗言贅字，結尾也有草草結束之跡，此部分應注意改進，避免影響文章品質。

吳凡：

題材新穎，以非本地人角度描寫所吃的早餐，並且微微透露著對於家鄉和母親的念想，卻不致失了「台東早餐」的焦點。全篇流暢平順，但在辛苦找到最後一家早餐店「早餐大王」後，結束得有點太過倉促。「一頓令人回憶的早餐」是為何？味道又是如何呢？

陳玟瑀：

以中國式的詞彙書寫台灣，讓人一看就覺耳目一新，「服務員」成了「跑堂小姐」，有種步入武俠劇之中的客棧。開頭口語化敘述、冗詞贅字過多，像是「我是個習慣中式早點的傢伙」等，若能再重新潤色會更恰當。越到結尾便越漸入佳境，不僅形容詞運用恰當且敘述順暢，想必是對於作者而言，吃早餐不僅是媽媽吩咐所形成的習慣，更是每天幸福的開端。為了滿足挑剔的嘴巴而踏上尋覓早點之路，此篇最佳之處莫過於形容「早點大王」招牌，一開始僅是慕名而來，接著看到脫落的招牌並未對這家店產生失望，而是以它的年紀來解釋它之所以好吃的原由，讓讀者看了都想要去嘗一嘗它的滋味呢！

彭翠瑛：

這一篇散文比起前三篇作品較口語化，感覺就像與作者一起去吃早餐的路上，邊走邊聊的話題，是一篇能清楚展現出作者個人風格的作品。遠地到來的學生，時間一天一天過去，總會有想念家鄉到流淚的時候，但還是得學會習慣與家鄉不一樣的人、事、物，而在此作者與讀者談了一段如何習慣異鄉生活的歷程。不過建議可更改更符合內容的標題。

方品惟

小傳

方品惟，多愁善感的個性導致我對於文章的描寫，充滿了許多濃烈的情感。每個人心中都有小小的夢想，希望能夠展翅飛翔，而在這途中，夥伴絕不能缺少，一起並肩作戰，高傲的飛翔是我的夢想。

散文觀

對於文章，希望能夠寫出那種細水長流卻又能夠震懾人心的故事，我覺得真正好的散文不在於用了多艱澀的字詞，而是像一瓢清水，沁人心脾的舒適，令人久久無法忘懷，而我，一直在努力著，希望有天能夠綻放光芒。

漂浮青春

方品惟

清脆的鐘響，敲響了心中的小宇宙，回憶如雪片紛飛，在我心底緩緩放映著。是否曾想過誰可以一輩子伴你左右，又有誰只是匆匆走過的美好過客？瘋狂的曾經，拍打著我們青春的浪花，踏過的足跡，緩緩踏入心扉。朋友的定義是在經歷過許多事，遇過許多人後，認為能認識對方、遇見彼此是此生最有幸的事和人。輾轉了多少個春夏秋冬，誠實狂吼的爭吵、坦然面對的痛哭、情竇初開的竊喜，都是與你經歷的美好。你像暖暖的春，綠了我的青春年少；你像狂熱的夏，灼了我的年輕歲月；你像蕭瑟的秋，落了我的真情流露；你像寒冷的冬，凍了我一生往事。回憶的鏡頭，拍下一張張過往，相遇時客套羞澀，相知時爭吵摩擦，相惜時擁抱安慰，我幸運著我的人生，有你。

還記得最瘋狂的事，總是有許多神來之筆，惡作劇的整人計畫每天都在實行，為自己的青春拼命塗鴉，不想留白。有一次，你嚴肅的告訴我校長有緊急事件需要風紀股長集合，不疑有他，當我呆坐在校長室會客椅上，校長不明所以的問我，同學你有什麼事情嗎？當下連地洞都不想鑽了，只想帶著熊熊的怒火快速燒回你眼前，看著你笑的沒心沒肺的，燦爛狡猾的笑容，足以熄滅我滿腔怒火。而後，一起大笑，笑我們的瘋狂笑我們的癡傻，像塗鴉一樣，在我們的空白本子上畫上一個風光明媚的露齒笑。

然而，生命的歷程中，有雨季。所有豪情壯志都在一霎那間被打濕了，像濕了翅膀的鷹，沮喪的凝望陰霾的天空，想要振奮，卻掙不斷細細密密的網，想要展翅，卻甩不掉羽翼上凝聚的重露。

最難過的事，面臨選組而被拆散，不同的班級不同的生活，意味著形影不離將被迫分離，有新的人事物在等著我們去適應。漸行漸遠，曾經覺得吃力，我努力地想要維持，拼命地想抓住海浪的狂潮，不忍心看著美好的曾經，葬身大海，最後用沉默來哀悼病入膏肓的友情。不過我們終究沒被上帝遺棄，感謝命運的流轉，讓我們有了促膝長談的機會，哭過才知情深，醉過方知酒濃，給予快樂要以對方的需要為出發，而不是以自己認為的方式去給予，否則，將變質為痛苦，沉默不是保護，張揚不必猖狂，高傲不能飛翔。簡簡單單的道理，我們用盡所有淚水，才一目了然。

時光荏苒，白駒過隙，似水年華，轉瞬即逝。我們不再像一群迷路的螢火蟲，泛著微弱的光，卻妄想點亮全世界。鐘聲敲響，回到現在，嫣然一笑，你是藍天我是雲，沒有你我不能翱翔，我們不會退縮，狂奔的念頭，絢爛的衝動，有你和我，當我們一起走過。

謝謝你曾經給的，謝謝我們一起乘風破浪，沿著歲月的腳步，這些回憶被鍍上一層光芒，璀璨內斂，只因你陪我度過許多風雨，回憶很動人，因為有你，閃耀著我們的友情。彩虹過後雨過天青，愛一直在你我間流轉。

評語：

王誠御：

文中有句：「凍了我一生往事」，既寫青春，何來一生？又有句：「你像蕭瑟的秋，落了我的真情流露」，不知所云。且落了真情，所以寫作此文是無病呻吟？

文字不差，但大抵陳腔。結構平淡，所寫之事也不能入人心懷，感同身受。篇幅既短，宜集中筆力，擇要皴染，此篇枝節太多，使文章氣勢、主旨散漫，不無無病呻吟之感。

感慨平常，什麼是與年少好友的刻骨銘心之事？如真的刻骨銘心，怎麼寫來平淡鬆散？記友之作，可參白先勇樹猶如此，看其佈場（花木皆是象徵）、敘事（數十年由生到死，歷歷分明）、感慨、結構文字（平淡中情感飽足）。可惜，此文皆無。但多作發揮，必更出色。

莊政衛：

內容脈絡清楚，從相遇到分離，歡鬧至相知相惜，結構排列明確，只是篇幅短，氣氛未到，可再續寫。主題既有「漂浮」，那是指青春自由奔放之「漂浮」，亦或散無常？兩者文章皆有，但不夠深入，僅有文字表面意象。而結構上顯擁擠，一頁篇幅盡寫相離，節奏太快，建議擴大篇幅多再鋪陳。

吳凡：

善用排比，結構平整，文句亦有美感。但因篇幅短小，沒有將友誼細緻描寫，讀來平淡，稍嫌無特別之處。文章中常出現四、五字的斷句，感覺是寫句子不像在寫散文，若能鍊就完整的意象和句式，會更佳。

（王誠御按：前三句不無溢美之嫌，文句小有美感，但也須多磨練。結構句法略見上評，此處不贅。）

陳玟瑀：

首句的思緒過於跳躍，讓讀者沒看到後面會想擱手，也許是這樣的情緒太難以開頭了，可以多加參考其他作家的作品再修改開頭，第三段的「神來之筆」運用的非常不恰當，若後面是書寫朋友之間以文會友那就可以這樣描述，倘若寫的是惡作劇，那以「驚奇不斷」之類的話語來描述會比較恰當。結尾以「時光荏苒，白駒過隙，似水年華，轉瞬即逝」四字句讓人感受到時光流轉極為快速且是必然的，也將回想過往的感情意識從漂浮之中打撈回來，這句話下的極佳，讓原本無法轉合之處快速的轉合且不著痕跡。文章中有些口語化若多加注意會更好，尤其是「彩虹過後雨過天青，愛一直在你我間流轉」這句若改為四字句，或濃重的句子，會讓結尾感覺更有深度。

彭翠瑛：

友情的美好就是能永遠互相扶持，一起走向未來；回憶的美好就是曾經擁有，卻不能重來。第二段用四季來形容友情，能看出與朋友走過了許多美好的歲月，而這美好也會一直陪伴到永遠。整篇文章能感覺到朋友之間的真摯感情，但敘述過去的一些片段回憶可以再加深描寫。

吳凡

小傳

愛好文學，亦鍾情歷史；愛好一人閒靜，亦鍾情友伴喧鬧。內斂而開朗、古典而嶄新，優柔寡斷、陰晴不定，常以余之矛攻余之盾。不懂禍兮福所依，福兮禍所伏，為小喜所惑，更常為小悲所苦，總身陷花團錦簇、奼紫嫣紅，不察其金玉其外，敗絮其內。

文學波濤洶湧壯麗，難以凌駕，自勉竭力編織一強韌細緻的網，不求徜徉其中、滿載而歸，只願彌心之罅隙、填魂之空洞。

散文觀

散文為何，竟該怎寫？沒有獨到觀點，信手拈來，獨樹一幟。追求至情至性，不矯態、不造作、不為寫作而寫作，鍊字鍛句固然重要，然文成篇立，情感必為上。散文情狀千變萬化，可如碧草蒼翠、如槁木灰敗、如朝陽溫煦、如遲暮悲涼，亦可如湜湜淺流，用心品味方能啜飲富涵深度的沁甜。

有情方可為文，但僅有情氾濫於筆墨之間而不見文采亦不可，散文貴於言之有物、文情並茂，若失去自我風格而流於陳腔濫調、無病呻吟、內容空泛，實無法稱一佳作。雖道情感為上，然亦不可棄駕馭文字之能力、捨包裝筆鋒之錦衣。

徒濯空杯

吳凡

愛情被喻為一朵開綻於危崖上的刺玫花，懷抱勇氣之人方可摘取。莎翁並未提及無畏的勇者是否必得那花，於仲夏夜之夢的終成眷屬，於奧賽羅的淒涼慘痛，自喜劇的驟然接轉悲劇的刻骨皆尋未果，我料他不敢妄斷。

當你繫好膽氣的繩索、帶上果敢的岩盔攀上萬仞峭壁只為那朵妍麗嬌嬈，必將預想墮落的下場。當你採擷愛情、營逐繁華，你必走一回貧寒，落一身蕭索。

我曾深愛，我曾齧咬嫩葉，啖食華蕊，啜飲蜜液，卻也曾目睹它凋殘為一片哀鴻遍野。憶起往昔，多少幸福悸動蔓延胸口，那些美好的奢念曾真確的存在於生命之中，而如今餘下的是什麼？只有抿成直線的嘴角飽含苦澀的告訴我，什麼都沒有。

長睫在漂亮的瞳眼下紛飛了蝶影，在陽光灑落間閃著晶瑩而錯落不一的光，忽明忽暗，隨著羽睫顫動好似擺盪著那雙翩翩翅膀。一聲輕盈呼喚，我望見他眼神裡滿是柔軟，流洩無限憐愛。如此恬美宛若粼粼波光的眼，我如何有幸得到那樣的深情萬種，又是多麼竊喜能聽到我的名，被以一種除去萬般雜質只剩下精粹的愛情包裹的聲調呼喊。

昂首，天一片無垠的藍靛，溫暖而無瑕如同那人的愛、那人的眼，像一座寬闊的湖泊，接納且融化了所有寂寞。我同他說他有一雙漂亮的眼睛，笑彎如月牙，他笑著說我的眼是與他相合的另一彎月，少了便不再完整，然後以體貼的力道擁我入懷。我以為矢志不移就是如此簡單，我以為占據他的心就是佇立在世界中心。我不懂逝去的悲哀亦不解無力挽回的苦痛，逕自享用這永不枯竭的寵愛。

朝夕相伴於左右，卻不得不面臨距離的鴻溝，使我們隔閡於兩地，踏上不同的人生道路，總會有走向分歧之時。那時他低垂著臉，張口欲言卻又緊閉唇瓣，我同樣保持無聲緘默，輕撫上那烏黑的髮揉按著。我感受到他依靠在我肩上的重量，如脆弱的孩兒故作無事的倔強。

「別哭……」我吐露的兩字，鑲嵌著最虔誠忠貞的信仰與情愫，足以勝過所有天荒石爛的盟誓。我沒有看見他哭泣的模樣，卻感覺自己被淚水灼燙得難以承受。

長長來路，行人匆匆，我就這樣將一世所愛寄於我生命的第一位旅客。杏風吹起，馬蹄達達而至，初揭簾幔，笑靨如花。我起身向他迎去，以羅帕輕拭他肩上微雨，並端上溫熱的茗茶為他洗去一身塵埃。天地為證，我願和他成翼鳥連枝，然而當山寒水冷、朔風冽冽時，只見飛雪雰雰凍結我望穿秋水，那人竟無情踩踏千咫瓊玖而去，徒留几上一只空杯供我洗濯。

回憶再多再滿，思念再深再劇，最後仍一眼便見杯底的素白。

我將悉數奉獻的真情與摯愛釀成甘美的露水、闢作膏腴的土壤，仍抵禦不了害蟲蛀蝕，莖葉上一圈一點焦黃的痕跡仿若在我心臟鑿挖一個黑色空洞，掏光我仰賴的空氣。攝魂動魄的花在看不見的黑暗緩緩枯敗，直至最後一瓣花飄零至我決堤淹水的眼眶，無聲無息，乍然消逝。

蔚藍蒼穹無情變色，一片片剝落，轟然傾頹。他的雙眸失去昔日光彩，眼波流轉盡是堅毅的決絕。他向我張開雙臂不停給予的宥恕重複著歉疚，嗓音不再飽含那美得近乎使我泫然欲泣，唯恐失去的溫柔，而自口傾瀉而出的二字更如鴆毒，殘酷抽乾我靈魂的泉水，扼殺我的命。

「別哭。」

剎那間他的胸懷狹窄擁擠，好像再也抱不住我，我只能感覺到溫度凜冽得把我狠狠凍傷。我知道我們已走至盡頭的淵潭，我知道時間改變了所有，來不及回頭望去，我已被逼著看破一切。

我記得牽手時我掌心總是慌亂的汗漬，他羞赧而沾染頰上的一點紅暈；記得三月細雨下一把藍白格紋的傘，跳躍著叮叮的雨聲。記得頭一次替我戴上頸鍊，銀亮的墜子在胸前輕晃出的弧度；記得夕暉底下我們的依偎被拖曳成長長影子。看過春季的花開，賞過秋日的楓紅，記得我們為夢想築建的長梯，連接通往海角天涯的門扉，沿途開一扇四季流轉的窗。

那被棄如敝屣的過往被我竭力珍藏，但後來呢？

皚如山上雪，皎若雲間月。曾效法文君以表達白頭所願，我卻忘了旅人的盤纏不過是破了洞的麻袋，裝載不了過多的企盼與繾綣，旅人亦沒有司馬長卿的聰穎絕倫、錦心繡腸，既能了悟我的一往情深亦能懸崖勒馬、迷途知返。不是鳳也不是凰，只能這樣蹉跎了彼此的年少輕狂。

凄凄復凄凄，承諾的飛鳥終究解了鎖。情愛錯付，最終人成各今非昨。

曾只因希冀禎盤和暖、渴想璧日熹燦，竟想縱身自焚以愛一人，恨不得振翅翱翔飛往他所在的高處，以微薄羽翼抵拒夜幕垂簾，以削弱形骸屏絕星月蠶食。我以唇吻吮飲誓約，以眸眼望觀宿願，我的肺腑烙下至死靡他的深擁。我尋覓灼熱的炎日，追逐熾烈的豔陽，卻忘了伊卡魯斯的忘形得意。庸碌愚鈍如我，自以為將永浸馨芳雨露、恆浴沁香和風。最後我被灼傷，我被熔毀，終於無法展翼，終於跌墜。碎裂前的那刻，我乞憐卻徒勞無功、一無所得，只有塵土漫天飛揚譏嘲我抱甕灌圃，哀悼我自食惡果，祭奠我蠶絲斷魂。

那麼多人看著我，看著我眼底盈滿絕望、看著我靈魂豐饒悱惻、看著我的皮肉一片一片被刨削而下，我原該被供奉的尊嚴撕扯著，眼卻酸澀的沒有一滴淚可掉。原來我飲於河、渭，卻仍道渴而死。原來我是夸父，原來日之美好不在於臨，在於遠眺。我才明白太陽原不是我一人可以獨占，我怎敢探手欲將之囊括於己身？

站在蒼茫對岸，過往是一條陌路，而浮不上水面的單思，只能恣意任他沉落在泥濁的水底，幻化成一片死寂荒無的青苔。我還能挽救些什麼？僅能舞一支樂律娉婷的送葬曲，讓情意在悠揚的音符中逐漸死去。若咀嚼一場鮮血淋漓的風景，涕泣一篇摧心剖肝的哀書，能使我不再為世間貪、嗔、癡、愛蠱惑，不再耽溺於鏡花水月空中樓閣，我也願慷慨赴義，欣然收我所種的果。

若無酷熱，焉知蔭涼；不經極寒，安明爐暖。沒有我這千瘡百孔的身軀，我豈會知曉人皆有朝秦暮楚之思、見異思遷之心？世道輪迴，古今多少人沉沉浮浮尋尋覓覓，等待無垠滄海中與人邂逅一場，與他一夕迸發、盛開最燦煥奪目的煙火、焚燒最奔放熱烈的炎焰。卻又在激情過後，殘光殞落之時，猶似雨絲墜於碧藍澄翠的湖面，稍不留神便散了漣漪，杳無蹤跡。

彼時誰還牽記那份易脆的羞澀，還惦念那份唯喏的純情，還回味你曾為誰沏一壺香醇的美夢？又有誰還會留下來再品一杯濃釅的初衷？輕拍一下肩，掂幸福的沉重，輕吹一口氣，察愛情的湮滅，然後睜開雙眼，哪段過去無不成歷史。

跌跌撞撞，磕磕絆絆，幾回我承受地獄的火煉，戚戚惇惇，惴惴悒悒。我以為我捱不得似鋒刃剜骨、利箭錐心的劇痛，然而從愛情萌生跋涉到死亡，從緣分初始跌宕至休止，終憬悟唯有聚散之苦、合離之艱方可提煉醍醐以灌懵懂愚昧、以澆昏聵無知。至亟至鉅的痛楚搗成齏粉敷灑在我腐潰的傷口，我如何還能酣睡如泥只為貪戀那片刻的空幻，而不從呂翁的青瓷枕上大夢初醒。

凡是這世間之物，有形抑或無形，哪有不變之理？誰的臉容不為光陰蒼老，誰的真心不被歲月朽壞？無奈永恆總葬送於望舒盈缺、潮浪起落，用情至深為你自傲，也將為你唾棄。當天真淪落夤夜的牲禮，純潔隱沒星宿的跫音，那不過是一個曾經熟悉的名字，似一塊靜靜躺臥半道的墓碑，和凋敝的玫瑰埋入荒煙野蔓。

抬手抹去我眼角殘餘晶瑩的悲愴與憂傷，還有什麼值得不捨？最後一分懷想與眷念，遺留給我們過往的一片癡狂罷。旅人自有歸途，何苦死命守候。

是非綢繆，愛恨纏綿，不過來時奉茶，去時送客。

僅如此耳。

評語：

王誠御：

文筆頗有特色，辭藻新奇，甚見感慨。但文白似嫌雜濟，對文字修飾頗多，但句法宜與之相副；鍊字後須鍛句，鍛句後須謀篇。此文字句經心，然用代詞太多，如剌玫花、頳盤、夤夜、瓊玖之類。避生就熟，陳言務去，自然可嘉；然用代字太多，易使全篇晦澀，字句拘謹，王國維人間詞話對此每有譏彈，而宋祁修新唐書亦好用代字，詰聲聱牙，十分作態。此篇若要搬用代字，宜考鑑全篇風格，使之渾成一片。

此篇文章甚短，可於佈局出奇，尺幅千里，層層駭浪。此文可分三層：第一，是「我曾深愛」，此段鋪敘太少，若少，則須更精。務在二三字之中，寫盡往昔榮光。此文用玫瑰作譬，不妨就玫瑰鋪寫作成隱喻（此文之譬喻，少有貫串全文者）。第二，乃敘情愛逝滅之痛，是全文大旨，此處敘寫不錯，但無妨抽絲剝繭，步步寫痛、深痛、痛至不能自己，而情到深處總無情，則可順勢渡入第三層。第三層寫要脫去貪嗔癡，似已釋懷。但此後又轉入寫痛，佈局凌亂；若要如此，則可添第四層，寫至深至鉅至亟之大痛，頓使前幅解脫之語，反成反襯。如此可疊起末段氣勢，峰迴路轉之花必更美。

何焯評李義山夜雨寄北一詩，讚其結構如「水晶如意玉連環」，此文實可嘗試。又寫情一路自說自話，不妨運實例，佐情景，可使文更形象，更感人。題目與內文聯繫稍少，可多添注。

莊政衛：

題目與文章內容聯繫有些不明，建議稍從內容或題目改變。對於愛之華的美與渴望，緊扣內心情感，並連接遭棄之痛，浪漫氛圍能見，似有張愛玲筆影。然字詞上錘鍊有加，可句子卻顯澀硬，讓審美度大受侷限，建議應注意字詞結構對句子的影響，免礙於晦暗。

（王誠御按：去張愛玲甚遠，此處牽扯張愛玲兩面不討好，不說張之筆路豔美深邃，無奈蒼涼與此文無關；恐作者也未必承認受張影響。追溯源流，應更審慎。）

彭翠瑛：

題目佳。

別人說一杯水是冷是熱，只用聽的就無法體會；惟有你自己拿起那杯水喝下去，你才會知道那是什麼滋味。我覺得你喝了那杯水，也把那滋味描述了出來。

王盈婕：

情感隱晦，散文中融入半詩的譬喻，逐漸貫穿愛情的主題。用文字將抽象的感情記成章，很美，很詩意。

一簡遙想

吳凡

刺鼻的霉味和著潮濕縈繞鼻間，吐露一絲腐敗的惶恐和不安。然竹香幽微地糅合陳年的老舊氣息，也並非想像中那般難聞，反帶給我一種不言而喻的安定。解開緊繫簡牘的線繩，「唰——」細起的竹片倏然攤開，斑駁的往事頓時撲襲而來，使我想見你的奢念，得償宿願。你如是躍上我的雙瞳，燁然炫目，如夢似真。

我饜足的上揚嘴角。請容我在這古老的筆墨中奉上虔誠而遙遠的思念……

東漢末年，民不聊生，餓殍遍野，瘟疫、水災、旱災、蝗災併劇，卻無人可撲救百姓於水火深處，雒陽城內皇帝養尊處優，被外戚宦官之言所蔽、為絲竹聲色所惑，耽溺肉林酒池；百官腐敗無能，視人命如微小草芥，盡作撈食油水之能事。桓帝駕崩，靈帝即位，國勢已病入膏肓，奄奄一息，近乎無藥能醫，可愚蠢劉宏之輩，枉費大將軍竇武親自迎其入殿內，從一解瀆亭侯轉瞬被加冕為皇，萬乘之尊卻不知人間疾苦、不諳世事人情，比起其父有過之而無不及，使朝綱更為淪墮。

痛哉、哀哉！只能怪上蒼無道，鋪設好一條邁向終亡的道路予大漢，「張常侍乃我父、趙常侍乃我母」，竟讓一個認閹臣為父為母的可恨可恥之人，執天下興亡、掌帝國生死。可憐舉世皆醉而獨醒的士大夫們，撩虺蛇之頭，踐虎狼之屬，以至身被淫刑。而如明月皓潔、似璧日通亮的宏圖志向也一併並被禁錮於牢籠、誅殺於囹圄之中。

而公瑾……我可以這麼喚你吧，公瑾。你便是在這世道混濁、時局紊亂的熹平年間，出生了。公元一七五年，一陣嬰孩的啼哭聲傳遍天際，響破靜謐府邸。是你，你背負著一族、甚至背負著漢室的榮辱存亡，以睥視昂藏之姿、高視闊步之態，與常人無異的從母親汩汩血流中降生。你緊閉的雙眼在睜開瞬間，小小黝黑的瞳孔閃爍一線過人的睿智光芒，驚煞眾人。周異擁著柔軟白嫩的你，那瞬間便知，你必將生得碩壯俊美，生得謙遜寬容，並將練一身好劍、彈一手好琴；你將結識當世才俊，迎娶國色嬌妻，你將助孫家在江東鞏固基業，統領上萬水師，於赤壁大敗曹賊以一炯炯火炬，於史冊上被留下一筆燦煥的字跡。

是啊，沒錯，如今我果真在成堆竹簡上的上千上萬個大名裡，一下便拾到你晶瑩剔透的名字，擷取了美玉清洌的芳香，我為之傾倒。

稚嫩的你生長在動盪不安的亂世裡，我知道你嗅到了張讓、趙忠等奸佞小人蠹害、蛀蝕國柱而隨風飄揚的散粉木屑，流溢腐朽惡臭；看到了黃巾起義、盜賊蜂起，大賢良師呼喊的蒼天燃為一盆符水，飲下而成「殊不畏死，父兄殲殪，子弟群起」，以造黃天當立。隨著你成長的步伐，你還聽見了一個小小噴嚏，差點兒吹掀聖上搖晃額前的旒紞、掃落龍案章表文書，使廟堂文武盡成貪生怕死之鼠輩——董仲穎浩浩蕩蕩入主皇城挾持天子，權傾朝野，並燒殺擄掠、姦淫侍女、穢亂宮闈，將國家社稷視為掌上之玩物。

但你究竟還是青春年少，怎會真懂局勢之顛沛、世道之破碎在於人心的喪亂沉淪，又豈會明白那固若金湯的雒陽帝都，是軍閥擁兵自重、群雄割據的最終標的，四海之內多少人以復興漢室、拯救天下黎民為冠冕堂皇的理由，卻一心覬覦那塊虛空的傳國玉璽，誰不想一腳跨過百階，一屁股坐上天子御座，秤秤自己天命所賦予的重量，自詡實至名歸。

當你意識到你竟所處於此等惡劣艱險、有朝一日必乍然而裂，高祖斬殺白蛇所釀，精粹百年時光的濃醇老酒將隨之流光，殘剩忠貞愛國之烈士冷卻凝固的鮮血——以一漢字包裝的殘破酒甕裡，你瑟縮結實的雙肩，忍不住掉了淚，在舒縣的江流裡流動著……那時你與自己立下至死不渝的誓約，告訴自己時勢造英雄，而英雄也將造時勢。而後你終於茁壯成挺拔的青年，眉宇之間無一處不流露攝人心魂的英氣。

我都看見了，你在夜裡滑落兩頰的淚珠，透著明亮的月色。你的身影多麼令人愛戀，即使一如襁褓中的你無助，卻又擁有無比的勇敢與剛強。這樣的你，怎會被妒忌蒙蔽了雙眼、堵塞了胸口，又怎會在最後恨碎了牙，操碎了心，昂首質問老天，啃食仇恨所贈的痛楚便撒手人寰，以失敗夭亡告終，徒留一「量窄」污名？

與你總角之好，骨肉之分的孫伯符遇刺身亡，你奔喪還吳，飽嚐生死離別、彷若刨開皮肉所承受的極深苦痛，血流如注。身披素白弔衣，你在靈柩前更加篤定自己的心念，深深烙下孫策的臉孔以及整片江東美景，以一雙滿載凌雲之志的眼眸。而後來你果真沒有白費了你名門望族的聲譽，也沒有負了整個江東上至吳侯，下至販夫的寄望與信任。

公元二〇八年，北方曹操率軍南下順利佔取荊襄，並朝孫吳逼近壓迫，企圖掃蕩、吞食整片江南之地。此時此刻，你面臨了生平最偉大最驚懼的敵人，不是那亂世梟雄、漢相曹操，而是一個讓你恨如世讎，卻又敬若孺慕的朋友——渡江作說，舌戰群儒，年方二十七的諸葛亮。

世人皆以為你心性高傲，器小易盈，容不下才學、謀略、眼界皆高明於你的諸葛孔明，每每起殺機卻又被其識破無法斬草除根，彷若一根魚骨梗在咽喉，扎得你心裡泛著鋒利的疼痛。諸葛亮焚燒起你滿腔妒火，讓你不惜一切代價也欲將之大卸八塊。然事實真是如此嗎？你真如羅本筆下，是一個不顧大局，無視孫劉聯盟如唇齒相依，即便兩家反目成仇亦無妨，怒目視之只當報一己私仇的反面人物嗎？

歷史洪流源源不斷，悠遠纏綿，早已不知沖刷乾淨多少人之血汗，淹埋多少顆有恨未雪、有恩未報的含憤之心。沉澱冗厚的一層砂礫，即使俯身欲撿拾其中瑰麗圓潤的石，也不過攪混河底泥濁的黃沙，模糊了浸於其中的雙手，難以有所收穫。數千年前的人事，我等豈能夠辨明是非真假，聽前人所言之理，見前人所行之義，不過是追逐探就汗青所載字字句句，方得以鑄造一口莊嚴大鐘、堆砌一面偉岸高牆。

公瑾，我見不著你，也聽不到你清脆沁人心肺的琴聲。公瑾，我多欣羨程德謀有幸與你共事孫吳，一齊秣馬厲兵，並肩而立於雄壯的戰艦上，感覺自己若飲醇醪，不覺自醉。我也想站在你面前，品一回迷人的薄酒，淺嚐你身上高致淡雅的醺香。看你容姿端麗、雄姿英發，髮帶輕輕擺動在江上的徐風裡，如青綠纖瘦的柳條。

八十萬軍飛一炬，風捲灘前黃葉。曹操百萬雄兵葬於赤壁約莫十幾萬，為阿瞞起兵以來遭遇過最慘痛的敗戰。赤壁大捷讓許多名字熠熠生輝，絢爛的耀於三國這卷遼闊畫布，潑灑一片七彩輝煌，魯肅、黃蓋、呂蒙、甘寧、凌統等東吳名將皆被史家所持春秋之筆紀錄而下。而最奪人眼目，讓我眷戀不忘、欲飛馳而去以睹其英姿颯爽的名字依舊是你，懷抱雄烈膽略，文武雙全、智勇兼備，統領熊虎水師，年不過四十便立下不朽的豐功偉業，連蘇軾都因你談笑間使檣艣灰飛煙滅的蓋世功名，感慨自己滿鬢斑白卻一事無成的憂愴。

上天殘酷的令人髮指，祂欲手刃大漢江山，卻忘了予你一條生機，忘了你還肩負重責大任，便要取回當年賦予你這空洞形骸的萬丈靈魂，讓你回歸塵土安然沉睡千古。你那時定心有不甘吧，不願赴死的渴望滿溢而出，充塞於這天地之間，你知道東吳的百姓，甚至天下的百姓還在守候著你，你不能就此撇下他們，消逝而去。你的天下二分之計才剛要實行兌現，怎就因為南郡的一箭流矢使你堅毅的生命瀕臨死亡，最終染上重病而殞命巴丘？天將失一擎天棟梁，祂豈能不哀慟，豈能不降一場滂沱大雨替蒼生落那痛徹心扉的眼淚以表悼念？

你不知道我，我卻自認為知曉你啊，公瑾……在趕回江陵駐地的路途上，你還一心懸於荊州城裡雍容自若的孔明嗎？那不是真正的恨，而是一種將痛失知音的恐懼與徬徨圍攏住你。你蒼白而無一絲血色的面孔還是如往昔翩翩，清新俊逸的光芒直入雙眼，而逐漸從手中流逝的光陰依舊似錦明麗動人。你捲起車駕的簾幔，瞇著眼眸遠望荊襄土地的明媚與豐饒，然而印入眼的我想定是吳地那片安逸富足，你所鍾情的山川——盎然原野上馳騁兩匹精壯良駒，馬啼聲傳遍若朗朗笑聲，年僅十來歲的你與孫策嘴角盛開自信的韶華青春，嚷著安定天下的夢想。

也許你是真輸了，輸給了孔明超越群倫的智慧，或是說輸給了你始終一片赤忱的丹心，也或許你到最後依然不願服輸，不願承認自己的一意孤行賠掉了性命。你自口中吐一束濃豔的紅花，開綻於你一塵不染的衣衫，我知道你要走了，你要飛越南方的江，北方的漠，去一個能讓你酬展抱負、實現畢生所願的所在。

「既生瑜，何生亮……既生瑜，何生亮！」眼角的淚滾落，沾濕了枕。

你胸前漸乾涸的鮮血又覆蓋一層鮮活的顏色，最後一絲力量化作痛喊，破碎的自你口中流瀉，迴盪不斷，似你初生時那陣放蕩的啼哭，驕傲昭告世人你的降生，而你現在又以這樣的壯烈姿態離開。公瑾，旁人只說你以窄量和失敗告別人間，與諸葛亮生逢同時命該倒楣。但在我眼中，你卻是以一個完美的典禮儀式告別而箭步遠去，我僅能看見你寬大的背影越變越小，最終消失於晨曦光芒的縫隙之中。

獻帝咬破手指泣涕而成的討賊血詔流落何方，被人踐之在地？皇叔在益州採收民心以灌西川的富庶？誰還欲縫補劉氏這張撕扯破碎而哀鳴不已的錦繡玉帛？曹子桓繼奸雄之血，最終以天子禪讓的美名登基為帝，一次了斷身處深潭的劉協最後一絲殘喘氣息。而後來天下分裂魏、蜀、吳鼎足而立，結局若何？合久必分，分久必合，只可惜沒人可效光武帝照亮風雨晦暝，大漢至此正式沉沉酣然入夢，不再甦醒……

我不再在乎了，公瑾，你已然昇華天上層層浮雲，那後來一切的一切，盡交由歷史憑說吧。瑕不掩瑜，上等美玉天然閃耀的晶漾，連在黑夜中都如燭火螢亮，豈是一小小黑點可遮蔽磨滅。你且放心去吧，公瑾。啊，還想望一望豪竹哀絲，你回頭顧曲，虎帳談兵歇的模樣……輕輕捲上手中泛黃的簡冊，空氣瀰漫的依舊是那股味兒。胸腔壅塞得擠滿了不捨與酸楚，剎那間我好像也遠離了你呢。

但你有一個很美的名字，不會遠離我的心中。瑜。

評語：

王誠御：

能處理歷史題材，併略作翻案，甚有識見。組織見功夫，可惜散文性不高，除史實鋪陳外，宜多情感、評論、與現在之連繫，而非僅止於呼告周瑜。或可賦予歷史全新意義，成一家不刊之言，如方苞云：「其言未出，世未嘗聞此意；其言已出，世不可無此言，是謂立言」（見《古文辭類纂》卷二，韓退之〈對禹問〉評語），歷史散文尤須此氣魄。

全文以周公瑾生平為骨幹，僅止於「遙想」，想甚麼呢？僅像稍有文采與感慨之傳記，寫歷史散文斷不可不慎。如余秋雨之散文，資料亦多，卻感慨遙深，布局亦極經意，可備參。

首尾使用「簡」串起，「簡」未免不合於今，今何有「簡」？未必不可用，但全文連繫可更深。

文筆漸轉坦易，反少個人特色，人言固然可聽，也可不聽；個人特色為首要之務，擇善固執，有何不可？

前段指名叫罵，稍嫌無謂且激憤，如果能將此激憤延佇直貫篇末則未嘗不可，但似乎沒有。

莊政衛：

史料部份佔太多，恐歷過散文性質，如二、三、四段皆為歷史，若細寫敘描，就和記史無異而非散文。寫對公瑾追思之情可再更具體深刻，寫史部份建議刪改，點到即可，個人對歷史的體悟、情感才是應寫重點。

彭翠瑛：

有融入自己的情感但不是很深，像在用自己的話講一個歷史故事。不過文字吸引人，使讀者一直沿著文字把故事聽完。

陳玟瑀：

此篇題目清新，讓人看一眼會開始好奇這「遙想」是想甚麼。首段並未直接點出那個人是誰，而是以「你如是躍上我的雙瞳，燁然炫目，如夢似真。」的伏筆讓人更加好奇那個人究竟是誰。與藍弋丰〈明騎西行記〉的筆法頗有相似之處，慣用四字句、用典讓文字充滿古典的風味，描述歷史事件再加上自己的想法，讓原在亮瑜之間一直被當配角的他成了主角。除了平反公瑾的歷史評價，更讓讀者在文字之間能夠想像公瑾的樣子，不僅作者喜歡他，看了此篇文章的人也就把公瑾印在心中了。

被被與皮皮

吳凡

每個人都有自己心愛之物，是寄託、是依靠，也是一種戀舊、一種懷念。有些物品帶來純粹的快樂；有些卻疼痛了心，時深時淺。

妹妹五歲的時候，母親去布莊挑了兩匹色彩鮮艷的布，藍色和橘色，著人裁了件合適可愛的洋裝給她。而衣裳完成後餘下的布，則被母親靈巧雙手縫製成一條小被子。雖是剩布拼湊而成，乍看之下不起眼，但母親的愛卻一併被縫了上去。我能感受那暖呼呼的柔軟，妹妹更是，她甚至說那上頭有我聞不出來的，母親的香味。

母親所施展的神奇魔法迷眩妹妹未經世事的雙眼，頰上張狂朝氣的緋紅，像極一顆水嫩可口的蜜桃子。她拍打肥短白皙的雙手驚叫著，對於和自己身上所穿連身裙相配的被子，感到萬分歡喜。從此那塊被母親善加利用的布，成了妹妹至高無上的寶貝，無論何時何地，她的手上總是抱著那條藍橘色塊拼接的被單。她還替它取了個小名——被被。被被陪著年幼妹妹，代替了和她年紀相差甚遠的母親和兄姊，給她強烈的安心感及依靠，似一雙掌牽領著她，也似一副寬厚結實的胸膛，包容她尚不懂偽裝的喜怒哀樂。我聽著妹妹快樂地同被被說話，對於她不被外頭世界汙染而一塵不染的潔淨，欣慰的笑意揚起，卻不禁滲了點黯淡的無奈與感嘆。

我也曾有這樣如視珍寶的東西，藏在我心裡宛若一座教堂的所在，堆積著一層厚重的塵埃，連同我生了鏽。

一隻綠色的奇異單眼生物，頭上搖晃著兩根長長觸鬚，齜牙咧嘴的笑容流露骨子裡的反派邪惡，彷彿能聽到它咯咯的狡黠笑聲，看上去卻有那麼點滑稽。它是我的皮皮，來自曾霸占我心頭一方樂土的他。眾人都認為它只是個沒有生命、隨處可見的平凡娃娃，不足為奇。但他們不知道的，是皮皮塞滿棉花的軀殼裡，盛裝了我無法衡量的冀望和夢想，沉甸甸得使人絕望，使人窒息。

皮皮躺在我的枕邊，陪著不成寐的我捱過一夜又一夜的孤寂清冷，然而皮皮終究不是它原來的主人——一個姓名被深深鏤刻於我心扉上的人。他授予我的不單是皮皮，猶如母親縫製的不只是被被，他們同樣以真情真愛相贈，讓我與妹妹愛之如命。

我曾有一段美得像是作夢的日子，他和皮皮看過我唇角綻放的花，也看過我眼裡深灰色的悽楚。有喜有悲笑淚交織的韶光歲月，令我早已離童真遠去的年華再次鼓譟、澎湃，如徐風拂過的密林、如拍打礁石的碧波。

如今妹妹已經十歲，當年的小洋裝早穿不下，而被被原本濃麗的色彩和活潑的印花也已褪了大半。母親當初一針一線布滿細心的痕跡也因為長期拉扯而鬆動，迸出亂糟糟的線頭，依妹妹的要求，母親還替它動了不少次手術，盡力維持它誕生那時迷人的面目。凝望妹妹蓋著被被香甜入睡，小手緊揪胸前縫縫補補過的布料，我多麼希望她能一直如此懷抱那條象徵她童年的被被，永保那樣水晶般閃亮的純真，不用體嚐現實的苦痛，不用被分離的矢刃凌遲、被失去的夢魘逼迫。

我怎會不知道總有一日妹妹會長大成人，會蛻去嬌憨淘氣的外貌、會泯滅天真無邪的童心？我又豈會不明白那條小被子定會被妹妹遺忘在某個時刻，可能在她結交新朋友的手舞足蹈，或是初次戀愛的慌亂無措。因為人總要經過揮別，才能往下個景點前進，只是在邁開腳步前，我由衷希望妹妹已有承載傷痛的勇氣和覺悟。被被肩負著守護妹妹成長的重責大任，卻不懂兔死狗烹、鳥盡弓藏，不久後的未來，妹妹終將棄它而去，告別幼小的無助和依賴，一如他棄我而去。而總有一日，也許我也會、我也可以，捨棄他留下的皮皮吧……

他帶著皮皮，與我在風華正茂的年紀，向無邊無際的蒼穹盡情展翅飛翔，但急景流年，水逝雲卷，現在僅剩皮皮靜躺在我疲憊的身側。皮皮綠色的臉上依舊掛著奸詐的燦笑，但沐浴在皎潔月色下，卻癱軟著一種比哭泣還要難看的表情。皮皮是否知道，作為被切割、被拋下的人，要怎麼做才能治癒傷痕累累的過去？又要歷經多少時間、花費多少心力，才能徹底不再感到疼痛？

妹妹柔順的髮在我來不及察覺的時候，日復一日快速地生長，覆蓋她削瘦的臂膀。我知道在她面前等待的，是一片美麗煥然的鮮亮，卻也知道她將要面對的，何只是情感上的受挫，還有許許多多艱難的瓶頸與關隘。然而妹妹青澀的眸光沒有染上一絲恐懼與躊躇的顏色，踩踏稚氣未脫的輕盈步伐，向未來奔去。如果某天，她不再整日擁著嚷著那條日益破舊的被被，而被被也老得無法再承受任何縫補的針刺，我想那是她替自己立下的，一面鎏光閃爍的里程碑。

而我是否也能拾起勇氣走向前景？

物所以珍貴，是因與有情人心心相印而輝亮，待心生別意，便是情盡物滅，再美的物都將成勒痛心肉的韌繩，繼而成明日黃花。淘汰陳舊方能迎接嶄新，我卻一直活在過往的漩渦之中，如處窄小黑暗的胡同胡亂繞圈。我能夠突破血淋淋的枷鎖，將痛穿的心肺縫合，將至深的思念埋藏嗎？待到那日，我會將皮皮擺至木櫃底部的抽屜，正式和他、和摯愛、和泛黃的記憶道別。

妹妹離被被遠去，意味她的茁壯，而我回收皮皮身上脹滿而出的靈魂，讓它安歇，不是我選擇遺忘，是我釋懷——美終究無法永恆收藏。

是我提起了腳步，學會了放下。

評語：

陳玟瑀：

篇名讓人好奇內文究竟為何，這樣的名稱很容易吸引讀者翻閱，此篇文筆雖然沒有前兩篇華麗。在淡薄之中依舊瀰漫著濃烈的古典氣息，雖未寫古典，但作者文筆的天性，總會讓讀者的意象導向濃烈懷舊氣息，若能多加發揮此點去吸引讀者，想必未來大有可觀，不過此種文筆固化了也不太好，建議可以嘗試讓生活以新的角度切入會更好。

彭翠瑛：

很吸引人的題目，使人想像可愛又溫馨的家庭故事。但除了溫馨故事以外，是作者借由妹妹對被被的珍惜來說出自己也曾經珍惜的皮皮。然而總覺得在文中被被的分量比較大，而皮皮的故事沒有很深刻的描寫出來。人總會要長大，跌倒後總要站起來，皮皮與被被就是提醒作者要繼續往前走的警鈴。

莊政衛：

文章感慨深，娓娓道出人在成長中所失去的一切。人都會有寄託之物，無關生命存否，那是心靈的依靠，也是最純真的靈魂所在。但人總要成長，滄海桑田，物換星移，心靈有逐漸蛻變，可以獲得新事物，但也在遺忘舊往，有時必須捨下某些事物，才能前進，歲月無情固然心痛，但若能坦然放下，才能釋懷。

美人恐遲暮

吳凡

人常言以色貌取人者為膚淺，然愛美之心人皆有之，對自己，更對他人。而何為美？何為醜？天下皆知美之為美，當然亦天下皆知醜之為醜——人皆應眾聲、隨眾步，美，競相目睹；醜，不屑一顧。

女子顏如渥丹、螓首蛾眉、眼似秋水、弱柳扶風是美；男子面似冠玉、劍眉星目、唇若塗脂、昂藏七尺是美。然于謙云：「世間萬物有盛衰，人生安得常少年」，年華與美麗豈能永不衰敗？綌青絲不會開成朵朵白華？綺年玉貌不會淪為黃髮鮐背？百金買駿馬，千金買美人，萬金買高爵，何處買青春？而美之於愛猶如唇之於齒，輔車相依，覆巢之下豈有完卵。當時光似水一去不再復返，你還期待所得之愛可以永駐於心？

昔者彌子瑕矯駕君車，又把吃剩的桃子給衛君吃，皆未犯上於君，為何？因彌子之美，罪也可成無罪。於吾輩來看，可說彌子得天獨厚、風姿綽約，有幸得衛靈公之盛愛。然最後彌子依舊為其疏遠，又為何？君曰：「是固嘗矯駕吾車，又嘗啗我以餘桃。」

果真如是？非也。彌子瑕所行並未與昔日有所不同，衛君前之寬恕與後之責罪實只因其美貌不再，愛亦不再；愛不再，無罪也成大罪罷。

我曾聽一男子言：「昔日彼年輕，不施粉黛顏色即如朝霞映雪，欲吃蝦十隻，吾便替其剝殼二十；今彼色衰，胭脂水粉亦遮不去老態，替彼寬衣解帶尚無願，況剝蝦耶？」此話宛若尖刀，爽利地刺插於我心，這是多麼輕浮、佻薄卻又直率之語，我雖無法苟同欲抨擊之，卻也無法駁斥其所言，到底這是人之常情、人之本性，歲月流逝本就使人喪失熱切初衷而厭倦，更遑論容顏老去、體態走樣。雖滿腔慍火，怒不可遏，然我何德何能推翻這番說詞？

愛憎之更易，源於色之興衰也。若那名女子永保貌美，是否此人將永遠為其耐心剝落蝦殼，愛慕之心將終生不渝、至死方休？可惜誰也無法知曉答案——因美之永存純屬無稽。難道世間之愛僅只築於外貌之上？後漢宋弘，嘗言「貧賤之交不可忘，糟糠之妻不下堂」，試問今還有幾人如此？人皆篤新棄舊，人皆求靡衣玉食而輕敝衣菲食，雖懷無限傷感，但此卻為不變真理。

李夫人風華絕代，豔絕一時，卻在病重臨死之前以被遮面，寧惹武帝發怒甩袖而去也不願其見她槁項黃馘、早已不再傾國傾城的容貌。莫非她對武帝沒有滲入骨髓的相思之意？莫非她真不願行將就木之時再見她畢生所愛之君？李夫人深知美乃宰割人心的雙刃劍，受其薰染越發耽溺其中，同時亦越發不可接受追隨美貌身後之醜陋。當愛隨人姿容之盛而燃沸至高點，甚至前所未有、舉世無匹，也將冷卻得比什麼都快——因人之韶華總不知不覺轉瞬即衰、即老。

李夫人縱使香消玉殞，就此長眠，卻在武帝心中劃下深沉疼痛的刀口——曼睩眇眇、倩影亭亭，其絕美不隨肉體消逝而破滅，反使武帝眷念之情更甚，特命齊人少翁為李夫人招魂。若武帝所見寵妃最後一面竟已面色枯黃、骨瘦如材、病入膏肓，其是否還能受如此青睞與追思？

得之不易才魂縈夢牽，逝如雲煙方銘心鏤骨。孰非如此？若唾手即可得，還需珍藏？探囊便可取，還需吝惜？又滿心期望將之獲取，竟非想像之中那般佳冶如夢、綺麗如幻，豈不將之擱置一旁、棄之於地？手持一作工精巧之華美金釵，待細細端詳斑斕珠墜，竟察美玉有瑕，屆時孰欲簪之？而果過熟軟爛、腐汁四溢不再飽滿晶瑩，孰欲啖之？

嘻吁！物已如此，況人乎？

「吾對卿之愛，亙古不移、永世不滅」，此話說得感人肺腑、扣人心弦，足以令人感慕纏懷、潸然淚下，死亦無憾。當愛戀之初、美貌正盛，所言應當不假，然當你風華淒淒，已成兩鬢斑白、老態龍鍾之風前殘燭；當你站在歲月的斷壁、青春的殘垣，回頭望去，對你說過這話的人還在否？即便在，你還能否聽到其翩飛於春之百花爛漫中，你耳邊萬般疼惜的裊裊輕音？

色貌盛豔得人愛幸，色貌枯萎則見棄於人。而「卿心美則貌美」、「不論美醜皆愛卿如一」云云也不過誑語矣。人皆尋不變之愛，愛雖有，不變卻無；無萬世之美，怎有永恆之愛。

惟草木之零落兮，恐美人之遲暮，因色衰而愛弛，愛弛則恩絕。

評語：

王誠御：

論辯文，尤其是辯證人所咸知的論說文，對作者的要求尤其高。筆力須嚴峻，此文大約做到，但猶可深拓；但批判對象太抽象，筆鋒稍不集中，流散於色衰、愛弛、時間流淌、愛不久持。又論辯文識尤見須出奇，遠邁俗流，才須一辯，此文談色衰愛弛，沒有深刻的鉤繫色衰與愛弛之間的因果聯結，且對於色衰與愛弛的論證，簡單的歸諸時光流淌，使文章刀鋒略攖。是以讀到篇末，甚少精彩新見。

文中舉彌、李二人作例，穿縫經心，但所析論大抵並不度出原典與人意中，甚是缺陷。比方談衛，原典之中已經申明彌之愛衰緣由，作者大抵插入感概，發揮甚不足。李夫人例亦同。

再者，論辯文結構尤須謹嚴，波瀾層遞，次次深入。小辯在前，大辯在後，此後結論迎頭痛擊，使人毛髮聳立。此文開筆與結論，聯繫不大，我提供一個方法檢視論辯文開筆與結尾作的好不好，即截頭截尾看，如果首尾起伏震盪，且不得不讓人看完中腹論難才快意，則該文即十分成功。（此移用宇文所安《晚唐詩》論七律首聯尾聯論點，不失為一速成法門）此文首尾截看，聯繫不大，層次不多，可見中間舉例與論辯不夠清楚，才讓結尾文勢失之空泛。

而題云，美人恐遲暮，是離騷以降，中國文學的大傳統。如能多方縮合，可讓此文集中於色衰愛弛的論證外，富弦外之音。

寫論辯文，代表作者有話要說，且不吐不快，對生命世界有所鑑照思辨，極佳。且一路看來，作者題材亦多變化，寫論辯文初試啼聲，勇氣可加，多作揣摩，或可意到筆隨。文白亦鎔鑄頗佳，不復以往雜濟。文筆頗清麗，但基調甚哀，來日或可多方墾拓。

莊政衛：

青春人人迷戀嚮往，卻是短暫得叫人唏噓，顏色故，容貌衰，當一切無存，摯愛又將離去，可謂痛心疾首。文章流露出一種悲觀意識，字字有嘆息，鍊字修辭頗精美，可見其用心，內容也寫有到位，文白交匯，便為個人風格。可是綜觀全文，意境似乎有嫌狹隘，若能在從不同角度去抒寫，擴大文章範圍，可大好。

陳玟瑀：

此篇節尾雖有帶出主旨，但整篇文章的起伏不大，通篇讀下來會讓人感到煩躁，若能在每個舉例之中多帶點舒放跌宕，那麼將會帶讀者進入那些起伏不堪的故事之中，讓讀者能更深入的體會人生之中改變是世間常見的事。以論說文的形式開頭，卻以抒情文的形式結尾，這在一般文章之中非常少見，運用方法亦頗險，可再多想想此篇的結構。

吳忠旻

小傳

高雄人，民國81年（1992）生，國立臺東大學華語文學系學生。喜好文學閱讀與小品文創作，在寫作上喜好追求文章流利易讀，具小說般的情境表達。

散文觀

散文，可說是最自由的一種文體。但在不同人的眼中散文即有各式各樣的標準，也出現了許多不同的散文觀，不過對我來說散文的寫作不外乎追求下列幾點。

一、文字樸實而情意深重

散文中的文字雖須刻畫修飾，但要避免文字晦澀難懂而有詰屈聱牙之感。同時應將情感融入文中使文章不致呆板生硬。

二、借鑑而後充實轉化自身

散文可自借鑑他人文章而起，但不可流於模仿，應將借鑑得來的經驗用於充實轉化自身上來創造、壯大自我風格。

三、不限寫實而能融入想像

為文可不拘寫實以避免散文淪為個人的人生寫真集，但在想像的融入上也須注意不可毫無邊際。

四、簡單而富含意義

散文應追求言簡意賅，剃除繁枝末節、瑣碎記述與冷硬字辭，同時還需要盡量使簡單的文字富含意義。

抓一把叫當兵的花生米

吳忠旻

聽母親說哥哥最近又要放假了，我想他八成又會在家過他快樂的懶人生活，畢竟好不容易排到假，又怎會輕而易舉浪費掉這麼好的休息機會呢！對身為職業憲兵的哥哥而言，他的工作不外乎文書、巡邏、課程及不定期的站哨。像收假後沒多久就來了班哨，下哨後接著是林林總總的文書及雜務，完成後才剛小睡了一個多小時便又來了班哨的事屢見不鮮。除此之外，有些突發的臨時事務也令他必須隨時準備工作而無法好好休息。鑒於如此緊湊的工作，也無怪乎他在家的生活有逐漸和豬靠攏的趨勢。

對於哥哥這種服役的人而言，他們的軍旅生活大多辛苦又無趣，為了適應這種生活，他們只能努力苦中作樂的說笑來讓自己輕鬆一會。這些苦中作樂的產物，經常是他們休假時向家人炫耀或吐苦水的資本，更是與友人談天話題的不二選擇。讓人驚訝的是，這些軍旅、說笑話題就好比鍛練口才最具功效的教科書，讓這些軍人個個有如專業說書口若懸河，他們對這些軍中瑣事、雜記趣聞的敘述總讓旁聽者有觀賞一部電影的感覺。

在生活方面，營區雖提供了睡覺的地方，但別想把營區的寢室跟家裏比。營區中的寢室是上下層床的大空間，塞十幾二十個人總是不成問題的；但如果同寢的人中恰巧有人是人型睡眠擴音器的話，除非把他雄壯的鼾聲當搖籃曲或徹底無視，否則睡眠品質不會好到哪去。在哥哥那寢中，碰巧有位仁兄正是如此，這位仁兄的鼾聲讓他達成了眾人皆醒我獨睡的壯舉。寢中夏蚊成雷及鼠藏四處的情形也是所在多有，夏日就寢時不間斷的嗡嗡聲與揮手驅蚊的情況，對士兵們而言早已成為定式。而在翻食物或衣物時，翻出幾隻老鼠或睡醒時驚覺有位不速之客在床上與人大眼瞪小眼，更是稀鬆平常。

在飲食方面，基於需要一次煮出上百人的餐點，鍋鏟這種對伙夫們來說有些小家子氣的炒菜工具實在不堪重負；於是他們只好使用鏟土用的大鐵鏟來有效的處理海量的食物。而在處理食物像撈麵的網子上，除非想和自己的食慾過不去，不然最好不要太注意它的上個用途是什麼。據父親所言，以前這些工具的額外用途還有更令人受不了的，讓人不禁想像究竟有多麼糟糕。至於調料上，除了不要錢般的鹽、味精等調味料外，偶爾某些特別幸運的士兵們還能吃到些像是蟲腿或伙夫們不經意加入的獨家調料。而在賣相和滋味上，軍中的伙食當然無法與外面相較；更別提它冷掉之後，以至於哥哥在家老打趣說：「我辛苦的上哨後，回營還得吃看起來像廚餘一樣的晚餐。」

而就勤務上來說，當你上哨時長官只在意你儀容有沒有整齊、有沒有摸魚；至於天氣是颱風、下雨、酷熱還是嚴寒他一點也不在意。任你汗流浹背、衣褲濕透或凍到發抖還是得站。在人手充足時站兩歇四很正常，但扣掉其他林林總總的勤務後有站兩歇兩就不錯了；如果有事件的話站四歇兩也不奇怪，還別說抗暴時有站八歇一的情況。此外諸如夜間巡邏等雜七雜八的事務，更讓憲兵恨不得將二十四小時拆成四十八小時用。對憲兵而言睡不飽、人不夠是常有的事，但勤務還是得照出，誰管你人夠不夠？所以憲兵們只好自力更生，騰出所有能用的時間來休息，以抵禦這種一個人掰成好幾個人用的情形，但即使如此休息時間還是不夠。於是睡哨、睡課的情形便像雨後春筍般出現，像某人上哨時居然還能站得直挺挺的睡大頭覺，讓人忍不住佩服他。同時摸魚的情形也不斷出現，像摸魚這種老兵的專業技能總能讓他們過得輕鬆又自在，但過太爽的結果就是準備倒大楣。許多正在快樂摸魚的士兵們常會不小心摸到大白鯊、甚至是皮卡丘，導致被電得死去活來。

訓練也是軍中生活的一大要點，長跑、障礙、擦槍再加上國軍戰技、憲兵戰技還有踢正步等等，份量不可謂不重，再配上接踵而來的測驗可說是十分勞累。其中尤以體訓最為重要，體訓不好體測也會不好，或許士兵們不介意；但對長官而言，既然不介意成績，也就不介意假放得是早還是晚，所以士兵們為了早些放假也只好努力鍛鍊。但休假也不代表沒事，先不談每日必須的回報和反查，偶爾也會有突發事件像天災、演習、慶典等狀況將他們緊急召回。至於國慶日放假？那是不可能的事。與此同時，要說哥哥他們最討厭的人，莫過於總統府前的抗議群眾了，因為這群宣揚各種自由、解放的人們一出現便代表憲兵們的自由、解放成了那隻飛走的煮熟鴨子，一去不返。「媽，哥他在家嗎？」「他昨天被司令部緊急召回，已經回台北了，他接到電話時氣得跳腳呢。」這種對話在哥哥當兵的幾年來，已經不是第一次了。

其中最令我印象深刻的莫過於哥哥還在受訓時發生的事：當時他們接受一個催淚瓦斯的體驗訓練，幾十個訓練兵員被帶到僅有一個出口、四面封閉的房子中。正當訓練兵還在躁動時，站在出口的教官已不慌不忙的戴起了防毒面具，一股氣體頓時瀰漫在室內，凡是接觸到的訓練兵無一不覺得皮膚刺熱、眼淚欲滴，即使閉上雙眼也無濟於事，最終連鼻涕、口水也流了出來。受不了的訓練兵們急忙向出口奔出，但教官就如堅壁般阻擋著出口不讓他們出去，出門無路的訓練兵們終於向教官舉起了拳頭。霎時，拳如雨、腿如風的向教官襲去，但卻阻止不了教官擋門的決心，於是手肘、膝蓋紛紛上場，最終雙拳不敵四手的教官終於倒下了。自由的訓練兵們瘋狂的向外衝去，幾十個大男人臉上帶著淚水、鼻水和唾液，口部大張的在廣大草地狂奔，這副景象我想應當能止小兒夜啼吧。

整起訓練共傷者兩名，一為教官，另一個是位訓練兵；這可憐的孩子逃跑時認錯了方向，直直地撞上牆壁後昏了過去，與教官一同被擔架抬了出去。願他們盡快康復！

也許這些話題不是很華美，但卻是經歷者無法忘懷的記憶，它們是這些經歷者提起當年勇的常客，也是歲月桌上美味的花生米，在這群過客的口中，瀰漫著回憶的芬芳。

評語：

王誠御：

文字平淡，但冗言贅字不少。敘事自有一種聲腔，可惜淹沒於冗言贅字中（收入本書時亦略經削正），先使文句清潔，復發展特有的敘事口吻，則自成一家，或可期待。

結構方面，每段起始各標出敘述重點，如：「在生活方面」、「在飲食方面」云云，故各段尚能集中；但揀擇片段、事迹宜更生動、特別，才能突出該段主旨。又使用此方法使結構非常刻意，無行雲流水之妙，也使各段之間，聯繫極少。平板有餘，不能流轉。又似乎極力幽默，但火侯未到，自娛尚不能娛人。

題目含義最後一段才有說明，太刻意。況且「花生米」實與文章全體風貌、主旨無甚聯繫。題目新穎，但也要能與文章彌合，否則譁眾取寵而已。試看莊裕安文章，可有此弊病？

最大的問題乃是，敘述哥哥軍中經歷給你甚麼樣的感慨？或啟發？最後一段的感慨人云亦云，且略無病呻吟。什麼叫作「歲月桌上」，已經是七老八十的桑榆之年嗎？如果只能寫哥哥事跡而沒有自己的感觸，也只是為他人作嫁而已。但通篇仍多有可為，多作揣摩，勉之。

莊政衛：

題目新穎，富有創意，內容從家人為主，述說當兵之事，其中有不少樂趣，字句平易，讓人讀來輕鬆。但內容與題目似乎有差距，文章僅與「當兵」稍有連結，「花生米」似乎關係不大，建議在立題時應注意與文章之聯繫，否則文章再好，若無關題意，也大打折扣。

吳凡：

將當兵的回憶比作桌上的花生米，為一貼切的妙喻，很特別。然而敘事如能更加生動、詼諧，讀來會使人更感興趣。

陳玟瑀：

題目名稱頗吸引人注目，感覺花生米是平凡的事物，每個人都必須經歷，必須去體會「花生米」的滋味為何，才能了解「人生」為何物。通篇筆法過於口語化，雖說描述性文章或多或少都會口語，但將冗長文字轉化為精簡是可以做到的，像是「他們的軍旅生活大多是辛苦又無趣的」可改為「他們的生活多是辛苦又無趣」，前者已有服役，不必再添加「軍旅」。除了哥哥當兵的事情之外，對自己未來當兵的想法亦可多加描述。

彭翠瑛：

很特別的敘述口吻，給讀者彷彿正在聽說書人講故事的感覺。題目也下得很特別，預告了作者與讀者之間一段吃著花生米閒聊。內容講哥哥當兵的事，是個很有趣的話題，但文章的前半段與後半段似乎少了連結，可再加強連接性，使整篇文章更順暢。

朱倪葛：

一向嚴肅的兵，一個常會接到突然通知的哥哥，在作者的筆下是如此可愛。花生米最大的味道在於它作為下酒料時，香脆、酥濃。一小碟花生米，是借酒發愁或助興人齒間的餘味。兵似酒，毫而烈，那卸了任務後的兵的生活正似這饞味的花生米。我喜歡這個題目，更喜歡文中點點滴滴的歡樂。幽默的用詞，幽默的語句，一把幽默的生活瑣事炒出來的花生米。

林熒熒

小傳

我不是完美主義者，只是天秤的性子尚未崩壞。
我不是素食主義者，只是可口的肉塊尚未出現。
我不是你，你不是我。

散文觀

是生活中一些小確幸的體悟，是生命中一些揮之不去的意象，從我的胸臆晃漾而現，勾勒出最真誠的情。

渡

林熒熒

看起來像風景明信片那樣簡單的人生，當你試圖抓緊片刻、填滿空囊，才發現自己貧窮得像條瘦河，無法負載即將渡河的旅者。

我橫了心的坐在樾蔭下，任憑野犬周旋在我腳邊也稱不上惶恐，喃喃自語著那七八歲時的美好，空茫茫地迎著那黃燦燦的烈日，山巒周邊縈繞著雲朵，雖然只能用心去攀登其仰之彌高，但上頭應該有著更令人驚喜的驚喜吧？我悄悄的在心裡期盼了幾回。

狹仄的巷弄竄出一股軟懶味，提著菜籃的母親們催促著快趕不上校車的孩子們；幾個拄著杖的老者爬山歸返，腳步停留在街坊與鄰人閒聊了起來，笑咯咯的說著芝麻小事、蜚短流長。

豁豁陽光在面頰來回盪漾，稚嫩的臉孔被抹上一簇酡紅，著一襲純白的制服，噴濺出燦金汗水，倏然的柔風吹散了那一綹綹烏黑髮絲，心跳跟著腳步奔馳，愈騰愈烈。空氣中瀰漫著熟悉的聲音，我趴在圍欄上，奮力踮著腳，用不認輸的志氣打敗了不足的身高，勉強與那即將換季的木棉樹平視。我竟不臆測自己的能力，亟欲抓一把棉絮來犒賞自己的好奇心，於是伸出手兀自挑戰這世界上最遙遠的距離，突然「啪！」的一聲，落在我正努力伸展的手臂上，我轉頭，恰好將眼眸擺放在一雙澄淨黝黑的眸瞳上，一抹笑意逡巡著我的心房，兩端懵懂童稚的彼此，竟也足以讓我泛起波心：「子的眼睛好漂亮啊！」身旁的欣和佳催促著：「快走吧！只剩下五分鐘可以玩了！」便直覺的托起我的纖纖小手，連綿的暖意由另一頭的掌心傳遞開來。

裙裾搖擺，四個純真又稚氣的小女孩膩在專屬秘密基地裡傳遞著童言童語，呢喃著好多甜蜜耳語，將何等珍貴的童年埋藏在時光寶盒裡，對於夢想有著倚靠魔法那樣的淘氣想法，背靠著背比較誰又比誰長高了一點，天真的把永恆視為唾手可得的事情：「我們四個要當永遠的好朋友喔！」

「等等下課秘密基地集合！」眼神一個微妙的接觸，佳用唇語向我們發出了信號。

「記得帶魔法棒喔！」子看見了也舉起「筆」在空中揮了揮。

我跟欣坐在位子上偷偷瞥了還在黑板上振筆疾書的老師，以遲疑的手勢，悄悄的回應他們，輕巧的點了點頭。四雙澄淨無雜質的眼不安分的在教室裡轉啊轉，心裡偷偷默背著下課時要施法的咒語，等待著下課鐘聲再次叮叮噹噹響亮在我們的耳際。

藏在體內的毛細孔，伺機跳動著，不安分的我將椅子稍稍往後仰，陽光正好一綹綹的吹進教室，停靠在子新買的鉛筆盒上，是我最愛的寶藍色。透著光的樣子，閃出光芒，像是被藍天遺忘的一塊拼圖，躺在木頭桌子上。

剎那，一團飛向我後腦勺的紙條，打斷我的視覺神經，我愣了一下隨即轉頭，卻一個不小心忘了那還懸空著兩腳的椅子。「啊！」一聲驚叫，我緊閉住雙眼，不敢想像眼前即將襲來的痛楚，身子不聽使喚的向下墜，瞳孔裡依然透出螫人眼的光亮，純潔無瑕的顏色包攏了我，就快要親吻到地板了⋯⋯就快要親吻到地板了⋯⋯

陽光在一堆潑墨似的雲層裡掙扎，透出了原有的那道燦金，野犬在一旁愜意的曬起了日光浴，極為享受的模樣頓時變得毫無殺傷力。我揉了揉雙眼，心裡暗自慶幸自己安然無事的後腦勺。奇怪！剛剛還在黑板上派寫著今日回家作業的老師呢？我的魔法棒呢？還有那讓我看得出神的鉛筆盒呢？隨即轉身望向四周，來來回回的不斷用眼神掃射景致，剛用唇語向我發射完信號的佳呢？子呢？欣呢？怎麼大家都不見了呢？

我呆坐了半晌，聽見了黃粱敲響光陰的鐘，才驚覺自己睡得生鏽了，在時光邊緣磨磨蹭蹭了許久。

風停，樹靜，一切回到了現實。

我從背包裡頭拿出一本斑駁著黃點的小日記本，上頭有著我們最愛的卡通人物。翻開，像解開囚禁已久的枷鎖，一股霉味直衝鼻腔，我看見上頭幾個似經歷好幾個世紀，墨水暈染的步伐：「永遠的好朋友——熒、佳、子、欣」——永遠二字撞開我眼簾，準確地在心窩某處不顧我的意願強行登陸，喚醒了我沉睡已久的瘡疤，又刺又癢。

而喚醒的，豈止是痛苦，還有遺憾。

充滿稚氣的字跡斜飛在日記本裡，但妳們的身影卻從泛黃紙頁的空隙裡，溜走，溜走，溜走，溜走。

我曾認真去收集那些熱烈的鮮豔，去譜下最童貞的圓舞曲，但當停下腳步回頭看時，卻發現原來自己什麼都沒有握住。我們在七歲時相遇，經歷了生命中最美好的邂逅、最純粹的眼淚、最單純的約定；我們在十三歲時分離，經歷了人生中第一個鳳凰花季、第一滴離別的淚、第一段食言的約。原來時間帶走的是我們即使窮追不捨也帶不回的。我在記憶的洪流裡漂泊，違逆命運的安排渴求妳們拉起哆嗦無力的我，但卻遭受到更強烈的踐踏，一口一口地將我吞噬進無止境的深淵。

物轉星移，十幾年過去了，風風雨雨，酸甜苦辣，我們又各自經歷了多少事，忘了多少事；遇見了多少人，同時又忘了多少人？忙著談情、忙著追夢，卻忘了忙著繼續編織屬於我們尚未完成的甜夢，即使再度相遇在這世界的某個角落裡，連個招呼可能都稍嫌擁擠。

哪首歌曲不奢求被謠唱；哪段情義不乞求被信仰。

遇人之合，離散之事，同時是因也同時是果。人生路漫漫，而我只是信步的旅者，偶爾會貪圖良辰而停駐；偶爾會被現實擊潰而泊靠，不斷地在這期間走走停停，汲取昨夜的甘霖，再剪幾尺青春放在陶盤裡欣賞。關於那些被殘蝕的記憶我豁達的稱它為人生中的小風小雨，來來去去，雖然將我淋濕好幾回，但儘管將我掃落吧！我深信總有停歇之日，即使它摻雜了一點黯淡在陪伴我成長，也會倔強地把它當成養分，滋養著來日的芬芳。

人生就像列車，我們會遇見同自己相仿的旅者來來回回穿梭在其中，可能互相交會，甚至交談，但鳴笛聲一響，列車門一開，又有多少人上上下下在其中？即使再怎麼投緣，還是得揮揮手道別，然後往屬於自己的方向再出發。

每個故事總會有結局，如同每段情終會歸零。即使攜手到白頭，仍舊逃不過孟婆熬煮的一碗湯。人們信口說的地久天長，許下的山盟海誓，只能變成一筆無法勾銷的債，求來世再還。然誰能料來世還能再見面，又該怎麼還？

大口灌入的愛是何等割喉。於是我明白，於是我鬆手，於，這段情。

評語：

王誠御：

寫幼年童伴之文字，以景輔情，自然不錯，但三段寫景俱無變化，情感嬗遞，景物亦不妨隨情改易，相輔相成。某些字辭甚不合理，於鍊字謀句時，也應考慮邏輯。結構沒有問題，但可用結構再加深前後今昔對比，末段感慨才更悱惻動人。

又末尾六段抒情，章法凌亂，甚至與前文無關，比如上文寫童年回憶，此處怎有「天長地久」、「白頭」、「山盟海誓」？可見離題甚遠（但亦非不可寫，可緊密組織，層層推衍到世間萬事萬物之情）。

文字尚清麗，但此文之中，少有獨屬於妳、非妳來寫不可的情、事，寫回憶之文當要獨一無二，否則形同流水帳。此文中所記之事，泰半皆人意中之事，甚或白日空想也可得，作者一再強調「永遠」，那可更細思此段童年事蹟有沒有獨絕之處？又題目云「渡」，與全文無關，只與第一二段有關，且第一二段所發之感慨與末段連繫亦少，可稱懈筆。

莊政衛：

文章架構別有特色，前文敘述童年友誼之景，後鋒筆突轉，竟為黃粱一夢，後寫其感離散無常，情感真摯。但結尾部分有些凌亂，有草草停筆之跡，強弩之末似顯前華盡現，應再多下功夫。

吳凡：

以一場夢境喚醒童年純真的回憶，讓人不禁感嘆韶華易逝，友情亦為流沙無法永遠掌握。文句優美且頗有意象，鍊字方面有用心，但末段的感嘆稍嫌不足，和前文有點搭不上，似乎在描寫愛情的消失。若於前段描寫童年時即能層層鋪寫情感，則更能加深感觸。

（王誠御按：優美二字，形容未恰當，評價稍高。然甚有潛力。）

陳玟瑀：

開頭從意象逐漸步入回憶之中，漸層處理得非常恰當，但許多語句贅字且運用錯誤要多加注意，「我呆坐了半晌，聽見了黃梁敲響光陰的鐘……」之後的段落結構稍顯凌亂，感覺不知道如何書寫感觸而造成的混沌感，可多看簡媜等善於描寫情緒意象作者的作品，以詩化筆法加上兒時回憶的記事，形成了半架空半現實的情境，可惜的是結尾並未寫到關於題目「渡」的意象，若可與首段呼應整篇文章會更有結構。

洪明融

小傳

在北海岸金山成長的我，一半原住民的血液，充滿熱情當然不在話下，不過也曾在國中時滑入低谷中，烏雲環繞在我的臂膀，卻遲遲不降下雨來；快要乾渴之際，在高中，我的中文能力被國文老師所開發，便開啓我對文字的著迷。

散文觀

心中有話不吐不快，比起發作起來口沫橫飛，抒發在文章總讓人感到較為斯文；不過斯不斯文就看內容了。我的散文就是我心中的話，我的心所感觸到的、受傷的，怎麼開心怎麼痛，白紙黑字一字一句顯現給賞臉觀看的讀者；懷疑是虛是實或認為過於誇張美化了，這是讀者的自由，作者心知：「那是我的獨白、我的感受，我在寫散文。」就足夠立定那是散文。

悲歌

洪明融

一株株植物在行走著，搖搖擺擺，很是不情願，一群不愛行光合作用的植物。

金山高中國中部的運動服，淺綠色的上衣、短褲，深綠色的長褲，因為夏日豔陽所造成的小麥膚色，將學生硬逼成為木本植物，瘦的看起來更脆弱，壯的更沉重。腦子裡裝的不知是國文物理，還是豆漿燒餅，總之，一早起來，脫去甜蜜的睡意，坐在教室裡，要面對的卻是明明是綠色，卻莫名叫做「黑板」的教學用品。

坐在前人開疆闢土，坐落在墳場的大樓，我坐在悶熱而幼稚的教室，我還沒意識到它是我的墳場之前，我已經身處墳場。雖我是個正港的男生，不過要是全國國中男生辦場幼稚大賽，我想會是英雄好漢如雜草一般破土叢生展露頭角；逃脫了老師的綑綁、書本的枷鎖，釋放了內心深處的小鳥，在幼稚的眉間停駐高歌。可是很抱歉，本人不會搭理這項比賽，這些幼稚行為只會讓我頭痛、胃潰瘍；我還真的得了胃潰瘍。

原來我壯得很空虛。輝煌的小學成績及名氣，剛入國中的意氣風發，一場病下來完全是個屁，只成闕在家中的無恥病患。

黑雲下雨、打雷、喜愛昏暗，洗淨地上的汙穢，也沖去了大樹脆弱的根、死皮賴臉所抓緊的土，最後根也斷了。成績掉下，教室成了名符其實的熔爐，臉皮表面趨近於心境，開始分崩離析，流下汁液；噁心故作鎮定，椅子下方一灘自尊心留下的屎尿。兩眼已經沒有知覺，黑板上的白線正在恥笑我這精神脆弱的國王新衣，只差一個實體人類來揭穿我的懦弱。趴在桌上又起來，趴下再起來，看見小鳥在高歌、在微笑，不，是烏鴉，牠們逃脫了、解鎖了，牠們整群黑壓壓地占據了一株蟲蛀嚴重的病樹。牠們愛跳就跳、愛抓就抓，反正我也只是一動也不動，蟲更入了我的心。

枯萎可以持續三年而不死，享受沒水的日子，享受不去學校的日子。

兩眼面對著死白，再面對一片死黑，懸掛於窗外的風鈴，哀悼著有氣無力的軀殼，風也停止在葉子間穿梭，烏雲憐憫著乾枯的喉嚨要止渴。廢鐵在睡夢中驚醒，自以為堅強地漏著汙油，白色的床單殘留著痛恨；時鐘滴答滴答地輕快，若有似無地嘲笑著無力反駁的啞巴，「啊！啊！啊！」糾結在棉被與床之間；良心在跟病魔還是膽怯或者是嫌惡在拉扯，殺掉思緒好像能夠快活。門外陣陣碎門聲，父親的憤恨拾起了他的責任跟我的義務，重重擲向已經毀了思緒的深淵，我，甚麼都聽不見。他強行開了門，點開房內的燈，倒影著床上隨氣息振盪的面具，膠帶故作堅強地黏貼著，掩飾顫抖的血肉。我的眼皮跟他對望，房間沉重的寧靜，突顯心靈無盡的挨餓，他餓了我也餓了，在他滿懷厭惡、愛恨、羞愧地扯嗓乞討下，最後我們收拾了自己的行囊，我縮回了被窩，他滾去上班，體諒我的母親關了燈闔上門，黑幕繼續籠罩明亮，淚水點醒眼皮下血紅的雙瞳，每個早晨未完待續。

我還是能夠下來行走，誰說無火的燈籠不能提出去，黑暗持續吞吃嗜血罷了；腳下白色磁磚越來越冰冷，越走越窄小，黑線白面如蜘蛛結下迷樣的網面，錯綜而明瞭；現在靠近是糾纏是死亡，遠離是解脫？我是不是早就看見我的脆弱，天真眷戀花蜜的甜美，翩翩飛向等候的陷阱，迎接的總是殘酷。手透著慘白的奸笑，轉開門把，外頭的明亮穿越黑幕，我分不清是現實還是夢境，重要性其實也不足以我去探究，走出去好像是一個微小的責任在發光，讓我無法在房間待著，至少刺眼。無聲，無聲，小學的上課鐘聲，路上無腦的喇叭聲，我都可以將它歸類於無聲；斜靠在一旁，輕躺在一處，遙望在一方；翻躺在一處看，遙望著夢；傾聽無聲。我濕了魂地遊走，侷限在下著酸雨的第四層公寓，廢鐵發著「嘰！嘰！嘰！」繼續腐蝕中。失去面對自己的顏面，碾碎心中的堡壘，迎向能讓自己縮到最小的電腦螢幕，只剩打字能通往慰藉。

自認為聽歌可以療傷，可悲的是我唱不出聲，似乎覺得沒有資格，心底的聲音是這麼說。對歌聲的渴望變成苛求，要衝破舌頭，卻噎著了歌詞，就這樣病死在喉中。一次次含著眼淚，這原本是我最愛的事；想要怒吼，拳頭先越過聲音擊碎疼痛，也衝不過煩悶所灑下的網，一拳一拳，力道猛烈，憤怒收不回來，惱怒的我只看見滿手傷痕更加惱怒。在我耳機裡出來的不再是音樂，而是有人在教室裡嘲笑，對象在第四層公寓裡，電腦螢幕出現的ＭＶ劇情不是導演導的，父親、老師在裡頭對著我搖頭，只有母親在堅強地試圖抓住希望。最後音樂變成榔頭撞擊釘子的聲響，將我的耳膜穿透，直達傷口，撞上沒有出口的隧道。我苦笑掩飾我心中動盪的鐘，正在停止轉動，只是也沒人會看見我的苦笑，我關上螢幕。

躲在家裡要隨時小心開鎖的門，進來的也許是偶爾來到的爺爺。我要迅速清除我的蛛絲，他不能知道我在。不能怪他讓我如此狼狽，我早就如此狼狽，更不可能因為他知情孫子的狀態，而我能得到他的關愛；我們家只會剩下狼狽，他放下他種的菜就會走了。

我會繼續無恥地敲打鍵盤，換過一個又一個的遊戲，換來更多空虛，好像滿足又虛無，心底的缺有新的東西補足，依舊刻著裂痕，痛楚可以遺忘，瘡疤永遠在提醒，如同車燈反射的警示牌，飲酒駕駛的始終會撞上，看到又如何？也沒人幫你。

我能讓人看到我的笑嗎？我可以展現我黑暗中點點光源嗎？算了吧，別人只會看見久未洗刷蠟黃的牙。好笑嗎？一個不去上學，躲在家的怪人，小學放學的鐘聲就當作這一天的解脫，好像沒病了沒憂愁。

我的妹妹，妳看我像誰呢？甚麼都不是，一個需要妳上課時順便拿病單給我班導的男孩，因為我沒有膽子。妳還是會跟我說話，我不知道我是誰，哥哥？我拿甚麼自尊倚著牆指著妳使喚妳，只是聽了母親的吩咐，也是妳還保有著還沒汙染的童心，看我還是哥哥，幫吧！反正順道。

走著走著，打個招呼，欸，一個病人；來來回回，嘿，你是？喔，病人。每週例行逛醫院。一早搭著金山鄉公所指派的小巴士，從金山來回台大醫院，手很不情願地緊握著媽媽的手，很懷疑是誰的堅持，能夠堅定不放棄，病因已經找到了？依舊在床上躺著啊！坐在習慣坐下的位子上，椅子的溫度傳到胃裡，還是我上週所留下的胃酸所噴灑的溫度，又臭又悲痛；桌上的早餐飄來的味道，沒有味道，不是我媽做的。我看見坐在對面的她，故作堅強地堆起笑臉，原本垂下的手，仍然受母性本能提醒，撐起右手為我擦掉嘴角的奶油。今天吃的蛋糕很澀。

要向左倒還是向右倒已經習慣了，總之側著身就對了，喝下一口麻藥，將你要我咬的東西我死命咬著，你不死心，仍繼續用膠帶讓我的口跟那東西緊緊貼牢，你知道我無法控制口水，放衛生紙在我臉龐周圍嘲笑；終於，你將條狀物放入我的口中……

胃鏡進出我的喉嚨、食道、十二指腸、胃，好心的醫生還會讓側著身的我能看到螢幕，見證我是多麼壞心地折磨我的胃，提醒我該如何好好為那些傷口贖罪，還有我媽的傷口。結束後，妳也沒多說什麼，我的臉寫著我已經習慣了這些檢查；午餐時間到了，妳帶著我去吃。

一個下著雨的早晨，妳要拉著我的手上車，那天我強烈不想去醫院，沒有腦子地甩過妳的手，氣憤地坐上巴士，我隨機地選了一個不是平常固定會坐的位子，妳默默地坐在我的旁邊，我的臉撇向窗戶那側，看著雨滴從窗戶頂邊滑落，掉在剛起步的柏油路上；我皮膚正吸收悔悟的淚水不讓妳輕易察覺，我已經後悔甩了妳的手。

台大醫院、長庚醫院、榮總，我跟妳走過大大小小的白色走廊，探訪坐在一個個小房間裡的可憐醫生，訴說著我的可憐故事，妳在我旁邊聽了無數次，也好像跟我一起說了無數次；我看不見醫生的表情，只見他的眼神空洞，我不怪他，因為我看見妳歡喜的臉，我的胃潰瘍好了！但妳的確信，不是我所相信的，很殘酷。

一口一口品味著，曾經嚼過的口香糖，黏著砂礫，磨著說不出話的牙齒；有人快放棄了，我。

依舊，我跟床榻為伍，棉被是我的愛人，也是我上吊的工具。家庭的關係正在猛烈地衝撞，我在自己的國度，其他人在外邦；你們不瞭解圍牆裡的事情，所以你們窺探、猜測，發下狂語會讓我走出來，探著我的虛實，想找出我的實，但我清楚我只有虛。我已經懶得提我的不堪，你因為是我的父親，試著改變北風的驕橫，脫去外衣也許需要太陽的關愛，你溫柔地持續衝撞我的沉默；我看得到你藏在太陽背後的烏雲，清楚到可笑，只是我笑不出來。你看了某心理醫師的書籍，從心理上為切入點，剖析我的問題；你的手術刀下得精準，但你可否知道你用的手術刀品質低劣，成為不折不扣的加害者。我從各大醫院的腸胃科移植出來，到了身心科廣大無邊的盆栽，我的土不夠添滿。父親無論是自行開車，或者坐專車、轉搭捷運，帶著奄奄一息的我，去敲名醫的塑膠門。

「人生跑道上的過程，無法預測自己最後的名次，也不用多想終點後頭的獎品，重要的是，你如何面對這個過程，是享受這趟旅程，還是封閉自己，抱怨跑道崎嶇難行，全由你自己來決定。而我想說的是，過程總是比終點來得重要」，醫生很明顯將問題丟給我，一好球，站在我後面的父親很滿意，拿著球棒傻眼的我，眼看這球，將我推向三振的終點。

一顆安眠藥，一顆半安眠藥，兩顆……，熬夜到天亮不容易，安睡到天亮更不可思議。

我拴緊了那能反射面容的窗。爸媽在上班，兩個妹妹照常去上課；房子好像增大了一倍，我的世界好像只有房間。外面的風雨下得犀利，一陣陣刺穿我的空虛，腳底冰冷，我仍光著腳踩在我家地板，我躲回我的房間。雙人床只躺臥著一人，看著另一側，沒有比躺著的那一側孤獨。如同服下毛地黃，狐狸套上手套，悄悄地揪住我的心，用牠的利爪輕輕撫摸著，想著何時能結束跳動。我的心哪！只想關起窗戶，只想看到自己；外頭點點雨滴輕打著玻璃，也無法讓我起身開窗。

失敗成為我給自己的名字，沒人叫過我，我是妳驕傲的兒子，更不可能這樣稱呼我，這是我介紹自己的開頭；每天在鏡子前所看到的自己叫失敗，這是多麼讓人笑不出來的事情，妳就別怪我不笑了。妳歷經了我得胃病後的瞬間衰敗，一起找出骯髒濕臭的心理因素；我已經無奈了，妳仍說我是妳所驕傲的，沒有那麼容易凋殘破碎卑賤，要我跟著妳一起笑，我只想哭。妳比我堅強，妳承受的壓力也不會比我小，可是妳依然笑著面對我的失敗，將我從自卑中拉起來。我不敢看妳的臉，我覺得對不起妳對不起父親，雖然妳時常用笑鼓勵我，我仍會因為妳不笑而縮回我的假笑。妳從不是逼我要快點好起來的人，因為那是我扮演的角色，父親是讓我持續飾演這個角色的加害者，他提供緊張的情境，我接收徹底，完全融入，他的出現總是壓力，我也會毫不留情地加壓，演到極致。

寒暑假成為我放風的時間，不用設定鬧鐘，就算在上學時間我也只是義務性設定，父親沒有理由讓我在早上七點三十分之前跟我的床鋪分手。好像暫時沒有了牢籠，但我知道它只是收起來而已，一年裡它可以玩我九個月，寒暑假的放風時間對我來說還是少。每次假期都會有下學期重新開始的天真期待，好像天使就在我身邊環繞，唱著「下學期會更好」一樣。開學後，我只看到振翅用力過猛遺留下來的黑色羽毛，琴瑟弦音都成了奸笑；我的希望之窗總是上著鎖，而我是上鎖的人。一次又一次，升到三年級。

接近期中考試，我總用一星期看三分之一學期的進度，過不久我不得不去學校，那兩三天一定要。一切好像正常了，壓力單純只剩段考的壓力，我名正言順在家看書。心也縮成只剩紙張，死硬的文字在飛舞跳躍，閃爍在壓抑的黑幕，成為心中的小星星。黑洞吞吃得也快，應該要去學校也能成了無法去學校；我的呼吸瞬間急促，氧氣找不到方向，雙眼向上翻找腦袋裡還殘留多少理智，我只知道身體不是我的了，有手將我拉向地板，滲過水泥，穿過鋼筋，有人在我耳邊呼喊我的名字，我都認不清那是我的名字了。蟲已經滲入腦中太深了，持續在黑屏裡蠕動，尋找可下嚥的綠葉，可牠不知道已經枯黃了，我的腦幹被牠啃咬。最後，我的身體沒有了力氣，更別說我的心了，任人擺佈，要我去學校，走吧！墳場走一遭，看還能帶點些肋骨嗎？在輔導室除了家人的關愛的笑容，有專屬的位子給我坐，漫畫在櫃子上，我可以帶著羞愧拿過來看。會有之前一年級認識我的老師來看我，他們的心裡覺得可惜，我怎能將自己傷成這樣，原是最被看好的學生，怎能淪落。有些從小學就認識的同學，知道我在輔導室，紛紛來探望我；他們滿滿的三年國中生活，在陽光下成長，團體間競爭、扶持，我在黑暗裡。我以為自己會排斥他們，但原來我已經渴慕太久了，我需要他們安慰，我的朋友面對的不能再是那失敗的自己，那鏡子要換了。國中的時間也要結束，用畢業槌碎這面鏡子。

一隻羽毛奇異的雀鳥飛裂我眼前的景致，一條粉紅色的殘影，停佇在倚著竹竿的樹苗上，呼喚著我，振著兩翼粉紅。我相當緊張望著牠，我輕輕的靠近，輕輕的吐納，正當我認為能停下腳步靜靜看著牠時飛離了。基測時的休閒時間就這樣被隻雀鳥耍掉了，繼續回到教室，用三年的黑暗看換不換得回光明，我希望那隻飛雀是我。電風扇在天花板懸掛轉動，風灌入我的耳中，激勵我尋找牠，如同牠會指引我一般，能再次學習飛翔。

評語：

王誠御：

字句凝重，風格道大。所書寫之題材可稱本集中最言之有物者（最言之有物並非文章最好，比如報紙比一切文學言之有物多矣），可惜字句跳脫，敘事不清：一方面因太務去陳言，一方面因字句中時有缺字、順序倒置之問題。務去陳言並非晦澀至於不可解，李義山詩「一篇錦瑟解人難」，是因為字句之多義，而非字句使人不可解。務去陳言還必須立足於陳言之基礎上，翻新出奇。歌德自述作十四行詩之情形為：「戴著腳鐐銬跳舞」移以形容務去陳言之情形，十分貼切。

雕飾並無不可，「看似尋常最奇崛」！平淡也需要鍛鍊，史稱王維吟詩至於走入醋缸，故鍛鍊實屬必要。但要鍛鍊，則必須謀求全篇風格之統一；要鍛鍊則全篇皆須鍛鍊，沒有一字可放過。此文部分極鍊，部分口語化；風格羼雜，容易有句無篇。且往往將主語省略，易使人混淆。

有時一段之中，堆垛意象。但讀者分不清究竟是敘事或比喻，此部分很重要：可思考要融合更完美，或分別更清晰。全文稍隱晦，泰半由此而來。

結構平鋪直敘，但平鋪直敘也少順序。第一大部分由小學接入臥病家中，尚稱自然；但由家中轉回學校，十分突兀；馬上又由學校轉入醫院，佈局太緊湊；此後各段跳脫太大，可以增強聯繫；之後又由寒假寫到開學，也沒層次；再寫到基測，三年已過！並無交代，甚措手不及；結尾提出雀鳥，乃是一象徵，導向光明，但摹寫不足。總之，結構須更有聯繫，起承轉合須注意，比方心境可有純真、失望、絕望、渾沌（漸有起色）、光明之層次，轉換必須與意象、事件緊密配合，方是佳構，才能動人。

題材非常值得一寫，文字亦有特色，但感慨不多：此年經歷只是使你十分渴望國中生活？病中對世界有何看法？病後之感悟如何？題材極好，探索自己心靈世界的人是偉大的。（王誠御按：以上就未修正前原文立論，至於修正後如何，筆者已舉一隅，讀者當自求三隅反。）

莊政衛：

文章可於結構部分再下功夫，避免內容豐富而紊亂的情形。鍊字方面注意雕飾痕跡有些明顯，而在其他句子尚無法連接。另外有些句子可簡化，盡量去除冗言贅字，才能讓整篇文章讀來更流暢。

吳凡：

題材頗好且格局大，語調直白尖銳，一針見血。灰暗的字詞帶出腐朽的氣味。但文有句有些跳脫無法連接，主體不夠明顯。可於末段增寫內心的情感，是「振作」，還是依然「墮落」？建議注意全篇結構，字句可修改使文章更順暢。

陳玟瑀：

五千多字的文章，想法改變應是漸進式，從前面到中後段一直陷在同一個迷思，僅換了形容方式。這是一篇篇向內心思索與現實結合的文章，寫了現實轉變卻未寫內心如何轉變，如此讓文章結尾變得突兀，只知道結尾想表達「享受當下生活」，其他一概不了解前面哀怨情緒與結尾的關聯為何。前面寫國中生又馬上跳到了高中時代，想法太跳躍，但這是散文不是詩，想法跳躍不僅不會讓人覺得有創意，只會讓人覺得是一篇文筆不夠成熟的散文。

（王誠御按：評語過苛，筆路確實還在摸索，但總體主旨作者心境已非常成熟、可觀；惟漸進式云云極正確）

和朋友

洪明融

一個刻意壓抑自己情緒的女人、一個在黑夜裡騎車帶著車隊回家的男人……

等待，時常是一群人要一起出遊，準時的人所要面對的過程。隔日放假，於是三五好友晚上結伴要到望園聊到通宵，不多不少九台機車十二個人；九道光束緩慢撕裂街道，不均勻的亮度，不整齊的行進；車隊因為紅燈而切割，前頭帶頭的我向後觀望遺漏的騎士；我們時常要憐惜在後頭的人，有時他們不是自願要留在後面，阻隔他們的東西，是我們前頭的人僥倖碰不著的。車燈依舊照亮原是路燈所負責的柏油路，我們的電稍稍補足了縣府拿不出的經費，台東的路燈實在太少且太沒有精神了，還搶了支線道路閃黃燈的工作。台東大學的學生晚上出遊是將生命掛在機車大燈前頭的。

臨檢的警察還不忘誇獎我們還在好的時間到望園出遊，也許是我沒忘了自己的身分證號碼，認定我沒喝酒騎車；晚上冷風的吹拂將那白天悶熱的線索摧毀，了無蹤跡。

我很興奮，夜晚的時分時常是我腦中惱人的回音摧殘我睡眠的時候，現在的我仍舊在外頭脫離床鋪，在黑夜裡騎騁奔走，帶著一夥人前往我們選定的心事抒發地。

望園，形式簡單，用黃色燈泡整齊地掛滿房子的邊，營造出光彩炫目的感覺；一個簡單的園地，裝載了多少歡笑、怒罵、哀痛、傷疤、嫉恨、壓力；歡笑總是單純，壞心情則是有很多面貌能拿出來嚇人，把它關在這個園地裡，成為池子裡的青蛙狂叫的原因。

十一個台灣人一個韓國人，那唯一的一位外國人為台灣人泡茶，如果她是個日本人倒是不會彆扭，可是為什麼呢？其實簡單解釋就只是因為她是懂泡茶的，但是彆扭就是彆扭，恨不得她說的韓文成為日文。嘻笑是我的工作，我也很習慣，一桌的笑聲不會是一種工作壓力，無聲也不是少有的工作經驗，只是當作工作中碰著的挑戰，而笑容是我的薪水，我先給貨後收錢，別人很難不買單的。茶跟零食交錯，談笑間煩躁灰飛煙滅；每個人在別人的心情世界裡漫步，到此一遊的筆觸仍殘留在心中，讓我不得不站起身來吹吹涼風，吹掉那心悸。

一個刻意壓抑自己情緒的女人走到我的身旁；她是一個很可愛的女生，戴著黑框眼鏡，框架著原應閃亮的眼睛，留著些許亂翹的短髮，嬌羞的聲音帶著純真。她問我：為什麼大家總是理所當然地「請」她幫忙？原本的熱心變成別人好使喚的女僕是很讓人痛心的，卻還要看顧別人的觀感將不平鎖在小小的身軀裡，繼續做她原本樂意去做的事情。我繼續聽，在她眼瞳裡看見了她的靈魂，正鼓起勇氣繼續將自己的心事傾倒在她所選定「心靈導師」。

望著前面被黑暗籠罩的山，女孩的心越說越碎，臉上的面具在劇烈震動，善良快抽蓄成了偽善，眼中裝著混沌和激動；她在哭訴。高山一直在她身旁跟隨著她，她只是在樹下隨風搖動的小花，她的養分、她的陽光，全數被搜刮走；不用舉槍逼迫她，繩索已經懸掛在她的靈魂上，她的細根正用僅剩的力氣，脫離唯一能供給她生命的土。

原是善良、原是不虛榮，一面樸素的牆逐漸瓦解。她問我：為什麼？沒有人欣賞我、沒有人在乎我，別人很閃亮沒有錯，可是我也是一個活生生的人，不要忽略我；她在怒吼，她的笑臉也正龜裂。

我看著她，有誰能感受她的心，被外在、被自己攻擊得傷痕累累的心；可是又是什麼在觸動著她跟我說這些話，冒著風險揭開她的面具。我提供了我的建言，不知她是戴上了面具還是撕下了面具，她對我微笑。

談話中不知不覺過了半小時甚至更久，背後的人在疑惑我們的談話，揣測著內容，也催促我快點來炒熱氣氛，茶已經冷了；我將女孩的石頭收進口袋，繼續嘻笑，繼續我丑角的工作。

沒有星星，沒有了茶葉，杯子冷了，位子坐膩了，話題接不上上一個話題，有人開頭收起了背包。誰帶頭，誰也收尾，我成了名符其實地有頭有尾的人；知本的要騎回知本，知道回台東的路的回台東，不知道路的人跟著我。送了五隻不知如何走小路回知本的小羊，我騎在台9線要接往中興路的路上，寬大的路只有我一部機車，路燈的光線看起來特別地明亮，眼睛在冷風的吹襲下開始發乾，抬起左手看看手錶，已經凌晨兩點左右，回到家躺平後不知道會早上幾點起來了；獨自等著一個接一個攔阻我奔回家的紅燈，除了風在耳旁疾速釋放它的咆哮和二十年二手老機車引擎內部齒輪與齒輪碰撞拉扯的聲音，中興路的夜晚很寂靜。路旁還是能看到小孩玩耍遺留下來的紙屑和壞掉的玩具、老人下棋的桌子忘了收起來、剛剛以及多年前的不良少年所漆上的塗鴉，當時的聲音只能靠著想像來填補現在的安靜。

一個熟悉的聲音衝破了等紅燈的靜默，原本應該跟著知本的那群車隊一起的兩臺車，因為我的忽略，他們只好照著原路想回到集合地點後回家，不過那是繞遠路回去；我只要在騎五分鐘就能回到家了，我看著他們，睡眼惺忪的樣子，我對著他們喊著：跟著我吧！我帶你們回去。

小路，在烏雲佔滿天空的夜晚，住家房間的小夜燈成為唯一的光線。三盞機車大燈刺穿前方的幽暗；稻田、香蕉園，一閃即逝地明亮，好像有人在當中，是人影還是稻草人，或是不巧長得像人的植物，不知道，我寧願當作是有人吧！就算兩臺車在後頭，沒人能說話，想像多點人在這無生機的鄉間路，也不是壞事。邊騎邊確認自己剛剛所下的決定。現在的我，原本可以舒舒服服地洗著澡，柔軟的被窩在隔壁房間等待著我，在夢裡放下一切在白天裡的課業和工作。

義氣，一直是我面對朋友的方式，我總認為我這樣對朋友是對的，他們會記得我為他們所做的。人心如海難以斗量，最深處的心思只有那顆心的擁有者才知曉；雖人生路二十載不算長，經驗歷程不厚實，但多多少少經歷的人當中，仍有因朋友而傷的，更多是因放感情較深的朋友所傷，因為重要的朋友的定位方式，每個人不同；一直熱臉貼冷屁股，總有一天會被冷屁股壓死，又臭又殘酷。

停在他們家路口前的全家便利商店，他們向我招招手道再見，也許還有感謝的成份；這樣我也滿足了。

捲曲在床上，獨自面對房間的黑暗，朋友們談話所呼出來的溫熱空氣，已經消散，皮膚只感受到冷氣的侵襲；夏被好像只是屈就，無法抵擋我的手臂的力量，被強迫地進入我的疲累。

評語：

吳凡：

文章以和朋友夜晚出遊為開端，從出發至到達目的地著墨不多，卻能夠讓人想像當時的情況，於此題目即有發揮。到達望園後，突然出現一名女子和作者訴苦，這名女子的出現過於突兀，也並沒有提及她是誰，是同行的友伴？還是在望園遇到的人？談話內容又意義何在？

回程將一個人的寂寞描寫得當，深夜的風更烘托四周環境的死寂。最後在朋友求助下以義氣相挺，將朋友平安帶回住處，「也許還有感謝的成份；這樣我也滿足了。」此文可見作者對於朋友的重視。

莊政衛：

從出遊玩樂中體會朋友間的存在與情誼，在生活中發現自身的態度和心靈。內容有點遊記風格，參雜著一點抒情味道，不過內容主軸還不夠有力，就單純以遊玩來闡釋友誼，似乎有些牽強，而結構還有鋪陳修飾空間。

彭翠瑛：

透過一趟出遊而說出與朋友的互動和感情，傾向邊走邊說的敘述方式。整篇文章的感情因素並不明顯，主要都是出遊的記事，建議再加一些敘情的情節，不然這就只是一篇平淡的遊記散文而已。

毀容

洪明融

褲子恥笑我的骯髒傷口，裂嘴到了極致，一絲一線勾勒出他的笑聲，口水肆意地侵濕嘴邊，利齒撕下我一直掛著的自尊，一片片飄落在隱約反射我右邊腫大的臉的地板，血跡斑斑。

被刺耳的手機鈴聲驚醒；我故意略過今天的晨禱，對上帝偷懶了一些，向祂的手借取睡眠的時間。驚慌之中準備著電話裡被交代的事：「今天有兒童的服事喔！快點來喔！」

外頭下的大雨猛烈地不斷尖叫，刺耳也震撼心臟的跳動，激烈到打起了產業道路上的石子，路上全是雨所留下的穿孔與土黃色的血。我穿上兩段式的雨衣，就算是這樣的大雨，也無法侵濕我。發動了機車，它的咆嘯在大雨的怒吼裡都成了低語，剛睡醒地昏昏沉沉的頭，更無視了它低語裡地默默擔憂；照著之前做過無數次的姿勢，大腿橫跨車身的另一側，在大雨中，右手拍下洙點遍佈的安全帽護鏡後，握上油門，往常一般地駛出大門。

產業道路在平時已經很難騎了，小石子、雜草還有不時竄出的該死野狗，總讓我更加施力在車身的平衡。雨滴冰冷的溫度刺入我手上的皮膚，皮膚表面的細小血管變得更加敏感，黝黑的皮膚也看得見被刺傷的泛紅；我仍舊專注在眼前的崎嶇路面，我從房子出來不到一分鐘。

前面一片泥沙，我已經意識到要小心應付，我的龍頭稍稍轉左，騎向我認為比較不構成危險的路線，對這一大片沙泥，在那一兩秒鐘裡，我絲毫不放在心中，又能奈我何；接著前輪失控滑向左邊，我本能將龍頭轉向右並催起油門，對抗我一時看輕而即將帶來的災難，沒想到是撞上更意想不到的災難。

機車完全失控滑向右邊，我的雙手握緊了剎車，身體跟著機車倒地，一路滑向沒有加蓋、汙水湍急的水溝。沒有意外地，我掉進了水裡，整身浸在大雨沖刷而下的垃圾和泥水。右臉的疼痛讓我不致於昏在這水溝世界去見天父，雙手在水的衝擊下抽出，找到水溝邊上端成為施力點，將厚重的身軀撐起；全身濕透，安全帽不尋常地翻向後腦勺，原本該保護的臉部腫大，血和水成了一夥滑下地面，我的心中迴盪著一首歌：《一切歌頌讚美神》，我出來不到一分鐘，我全身泥濘走回大門。

我躺在急診室的病床上，醫生在問我話，我只剩左邊嘴角可以發出聲。我的阿姨在一旁，我住在她家，走向的大門是她的，載我過來的是她的車子，我是她可憐的侄子；我教會小組的輔導也在一旁，她是一位美麗的英文補習班老師，到醫院之前，在車上我告訴了她我所發生的事。醫生在我右臉打上局部麻醉，等到麻醉開始生效，醫生的鑷子在我臉上取出小石子擠出汙水。那感覺很像右臉成了皮包，沒有痛感，剪了它的皮革，只會聽見皮的撕裂聲，細沙不情願地從皮包抽出，只有拉扯的感覺，就好像拉扯沒吹氣的氣球；血跟髒水一起流出，弄紅弄黃了棉布，醫生將傷口縫起，留一個小洞，好讓髒的血水繼續流出。

一位教會的哥哥是這家醫院的腦外科醫生，結束了一晚上的手術後趕下來看看我的傷勢；我、輔導跟哥哥一起為我得著上帝的醫治禱告，沒信主的阿姨也一起閉上眼睛，在禱告的宣告中一起「阿們」。

我的褲檔破了個大口，可以直接看見我的內褲，我跟護士要來棉被遮一下。還需要等一段時間醫生的報告才會出來，臉上已經有一個大傷口，再來個感冒可不好，阿姨拿出出門前就準備好的乾淨衣物讓我到廁所換上。在鏡子前面，我更能看清我的臉。「你是誰？」我這樣問自己。「因為你的自大、噁心的自信跟疏失讓我成這副模樣你知道嗎？」我的臉這樣問我。換好衣服走出那片鏡子，醫生的報告也剛好出來，我可以回去了。在回阿姨家的路上我想著：「我要用這副臉過幾天呢？」。

癱在沙發上，迎面而來的是質疑、疑問還是關心我已經不管了，反正就是人在對我說話，臉上完好如初的人，貌似同情的話語，看見我的漠視，也就一點一點地收回熱切的興致，留我自己繼續癱坐。我只覺得有一塊不屬於自己的肉掛在右臉上，很自然地不自在，無法隨意將它從臉上拿開。不過一定會好，回到受傷之前，這點無須質疑，憂慮變得很不需要成為這復健期的一部份；只是麻醉還沒退，痛楚還沒降臨，很奇妙地，那夜晚上睡得很安穩。

昨天晚上因為不想吃東西，早上肚子特別餓，不過肚子的急迫跟進食速度不成正比，我只能用左嘴角吃流質的東西，看著表弟表妹快速地吃完早餐，姨丈也出門上班了，我還在餐桌上緩慢添補肚子的空虛。

外面持續下著大雨，我在家裡聽著雨的聲響、雲的哀鳴，一通電話過來，教會的小組要過來看我，大雨中前來真叫人安慰，不要騎機車就好。下午四點，沙發坐滿了我的朋友，拿著吉他彈起了《一切歌頌讚美神》，我的眼淚不知不覺流了下來，不需要故作堅強地面對他們，將自己全部攤在他們面前，這是我受傷後第二天，我最放鬆的時刻。他們的笑話讓我右臉的縫線快要被笑到撐開，肉跟線的牽動直痛到腦幹，我的嘴角卻欲罷不能地撕裂，右臉在顫抖。我意識到我感覺到痛了，我的右臉不只限制了飲食也限制了我大笑。我的臉開始腫大我不自知，只希望他們多留一些，讓我持續在這歡樂中，最後我還是只能望向在大雨中的他們，看著車子的尾燈離開我的視線。臉上的皮包開始蠢動，等待夜晚到來。

因為右臉的不舒服我提前就寢，我還在朋友來探訪的歡樂餘韻，肉跟線又在拉扯，我可能還在笑吧！不對，我已經笑不出來了，右臉已經要將我的眼珠擠出它的地盤，手術線原本就不是臉的一部份，傷口之間的不和睦也是醫生硬生生將它縫在上面，沒有選擇地受到支配，現在又成了傷口排擠的對象，承受痛楚的是心不甘情不願跟水溝親吻的我，在床上打滾也不是，喊叫也叫不出聲。忍著臉部脹大的劇痛，傳簡訊給輔導姊姊知會她我的狀況，請她為我代禱，我也在床上默默向阿爸父請求將那痛楚除去，不久姊姊就傳來了訊息，除了勉勵激勵的話語也不少有關醫治的經文在裡頭，我最有印象的是《聖經》裡〈彼得前書一章二十四節〉：「他被掛在木頭上親身擔當了我們的罪，使我們既然在罪上死，就得以在義上活；因他受的鞭傷，你們便得了醫治。」，是啊，耶穌在背著十字架時已經為我們受了鞭傷，祂的痛苦比我現在承受的高上千倍。右臉持續地膨脹，我的禱告也一直持續著，直到我癱軟在床沉沉睡去。

隔天早上鏡子裡的我，右臉一口一口品味著獨自的餐點，用瘀血占領每片肌膚，右眼腫大到如一個大肚子的黑人胖子，肚子已經撐到裂出了隙縫，微微地看見他的胃裡藏了一顆眼珠。兩眼努力想看透鏡中的自己，任性地想追尋原來的面貌，只能在左臉看見想念，右臉持續傷害著希望，一道利刃畫過心池，破碎倒映的從前樣貌，我閉上眼睛，不讓自己潰堤，我想將眼淚留在康復的時候流下。

一天過了一天，右臉是有消腫，但進度不大。不想一直待在房子裡，走在阿姨的庭院裡，舉頭望天，不想看積水中的倒影，群雲遮蔽日頭，強風吹走了星宿，心中更加無奈，到底為什麼會碰到這樣的事，我問頭戴荊棘的王，釘子槌進手心裡是什麼感覺，是痛到麻痺口水直流嗎？還是深知天父的旨意，所以毫不在乎那異物將手緊緊黏在十字架上，我想都有吧！可是至少祢知道為什麼會這樣。主啊，我還能做什麼啊？祢大有智慧，舉手就能造天造地，我的手指甲都是你造的，我能做什麼呢？片片雲朵遮蓋祢的善工，我不知進度也不知結果，我只求這是祢允許的，允許我受傷，知道我能完全復原並且成長。

《聖經》中約伯原有千萬家產，生養眾多，一家和樂融融衣食無缺，撒旦跟上帝打賭，如果牠去擊打約伯，約伯必定離棄上帝，轉向墮落的人生。撒旦也夠笨的，怎麼會跟一個知曉全局的神賭呢！耶和華上帝當然允許了撒旦去施行牠的作為；牠放下烈火燒盡約伯的家畜，叫盜賊搶奪家中的財物珠寶，砍殺了抵抗的奴僕，大風吹垮了房屋，壓死了兒女，在喜宴中聽聞此事的約伯過幾天全身長滿毒瘡。想想自己也不比他慘，我的「毒瘡」只有一個在臉上，現在的只期望不要遷徙到心上。

幾天的大雨終於止息了，上帝造的光穿過了濕度飽和的空氣，擦亮了我的眼睛；祢跟挪亞說，虹是祢與兒女立的約，祢的約是如此地真實，天空此時披上了七彩絲絹，我洋溢著笑容，右邊的嘴角使力舉起無力垂掛的右臉，我還在這裡，站在祢所造的天地。

我抓住了上帝的話：「這樣，耶和華後來賜福給約伯比先前更多；他有一萬四千羊、六千駱駝、一千對牛、一千母驢。他也有七個兒子、三個女兒。」足足是他被撒旦降災前的兩倍，我不求什麼，我只求回到起初那模樣。我拿著水管噴灑，滋潤草皮，澆灌蔬園，求祢淋下豐盛甘露在我的心田，讓傷痛的我持續在上帝的愛裡心甜，一片片樹葉飄落，聲聲蟬鳴入了耳中，吟唱著「知了、知了」；我們細小的祈求，上帝知道。

評語：

彭翠瑛：

一場驚險的車禍，雖不至於毀容，但也是提醒騎車的人要注意自身的安全。文中有很濃郁的信仰色彩，那就是是作者心中強烈的宗教信念。

莊政衛：

身遭大禍是人人所不願見的，但往往背其意願，只能怨聲載道受害者為何是自己。當然，雖然肉體負傷，但能堅強站起，便是意志堅定。從住院到歸家，作者儘管失落惆悵，但心中依然有上帝之寄託借以撫慰，但綜觀作者文章風格，都流露著一股悲觀的消沉意識，讀來讓人窒息，建議情感應該多少收斂，在悲觀意識上不能太氾濫。而文章主題有些偏激了，作者雖然負傷於容，但不至於到毀容這般嚴重，應再斟酌。

張英嵐

小傳

在炎熱高雄生長的熱情小女孩兒，喜歡交朋友，熱愛閱讀、旅行與品嘗美食。

喜愛一個人閱讀與旅行，因為獨自的閱讀會使我更加豐富，而一個人的旅行能讓我在喧鬧中享受寧靜。

感性總是大過理性的我，愛哭愛鬧愛發脾氣，一句話或一部戲便能使我淚腺發動，真誠待人是我的行事風格，所以文章也希望能以誠動人，若你被我的文章感動，那你便會更認識我。

散文觀

把內心深處那抹感動化作文字，誰說文字是冰冷無感，投入你最暖的情，放進你最真的心，那便會撼動人心溫熱人情。很多人說寫文章很難，需要修飾文字，但，我說：「非也，唯心而已。」

春之憶

張英嵐

春日的午後，表姐剛好帶著甫兩歲的姪女來訪，那時我悠閒地享受春天帶來的暖暖陽光，手捧著龍應台的《目送》，好不愜意。這時，一隻小小白嫩的手放上打開的書，抬頭一望，原來是我那可愛的小姪女，清澈如湖的圓眼，配上軟軟童音，一聲：「大姨散步步」，任誰也拒絕不了。

放下手中的書，牽起她的小手，我們迎向舒暖午陽。配合她短短的步伐，我們散步到後院的一方小園圃，裡頭是父親閒暇時種下的草莓，因過了產季，所以地上只有綠沉沉的小草罷了，而旁邊擺著養魚的陳年大水缸。

看著這兩樣童年就有的東西，再想想長大後有多久沒細細看過它們了呢？

牽引著幼時記憶的線倏地將我抽離，輕輕地落在回憶製造的漩渦中。四周場景回到十五年前，空氣中可聞到甜酸草莓香和著潮濕青苔味，有些冷冽的風吹來，暖實大手握緊了掌中的小手，大手傳來淡淡菸草味，聞來是熟悉是心安。

低沉的嗓音問：「想不想嚐最新鮮的草莓呢？」嘴饞的小女孩頭點如搗蒜，口中還嚷嚷著：「要、要、要、我要」，女孩兒的父親笑笑地鬆開了大手，彎腰微蹲，快速摘了一顆，火紅欲滴的果肉，搭配上嫩綠鮮明的蒂頭，看了令人口水直流。女孩像得了珍寶似捧在小手中，張口一咬，酸甜汁液微微滴落，女孩捨不得吮了一吮，抬起滿足小臉望向嚴肅臉龐，此時清肅卻被女孩滿足的笑臉融化了大半，帶著幾條細紋的眼角透露出慈愛。父親大手輕拍了女孩的頭，再次牽起小手走向另一邊的大水缸，蹲下的身軀剛好與杏眼對視，大手拿起一旁的魚飼料，抓起一小把放入女孩手心，用鼓勵眼神，使女孩促起勇氣將飼料餵入了水缸，也餵入了那色彩繽紛斑爛的魚胃中。看著平時自然優游的生物，此刻為填飽肚子爭先恐後地將頭伸出水面，怕晚了就得挨餓了。看這景象出了神的女孩，突然感覺小手晃動，大眼仍依依不捨望著水缸，不想理會這陣擾動，但這感覺卻持續不斷，逼的女孩不得不將注意力轉移到手。

思緒瞬間被現實抽離，低頭望，是一張小臉，充滿著無趣與不耐煩。我露出抱歉卻又感覺好笑的眼神看著她，問她：「妹妹想不想餵魚魚？」姪女前一刻還略帶生氣的眼神，此時像川劇變臉般興奮雀躍；我大笑拿起擺放位置依然不變的飼料，抓起一小搓放入姪女手中，她立刻將飼料丟入水中，同樣的景色又出現，一樣爭先恐後的場景，只是不知曉裡頭生物是否依舊。

春日的太陽不似夏天炙烈，柔暖照向水面，將那彩色混著水面的晶瑩一起反射出來。但對於現在僅兩歲卻生活在充滿高樓大廈、車水馬龍都市中的小姪女而言，卻十分新奇未見。嘴裡一直嚷著：「大姨，魚魚漂漂」，我笑了笑回她說：「好了，我們出來太久了，你媽媽一定在找我們了，我們回去吃舅婆做的點心了喔！」

伸出手，她小小的手抓住我其中一隻指頭，小嘴裡還嘟嚷著。和煦的春陽輕柔灑落照拂，我低頭對姪女說了一聲：「妹妹，謝謝妳」。

評語：

王誠御：

浮詞可刪者不少，再鍛鍊可使之更清順。

文寫侄女之天真勾起童年之回憶，此人人意中皆有之事，尚無翻新獨造之處，不免又落窠臼。比如末段已隱約觸及姪女現代化生活的困境，可以多渡入悲憫或關懷。童年可寫事情極多，摘草莓一事是全文主旨所在，力道似不足架起全篇。琦君〈髻〉以髮式縱寫父母之情、愛，與小姨半生流離，格局以小見大，此文之草莓也能如此嗎？

中間一段轉換回侄女時，人稱代名詞可再斟酌，使層次更分明，人事有代謝，往來成古今（孟浩然詩），何不寫侄女與妳之歷史傳承？如此則文旨更深。

題云「春之憶」，春天發生的這些事，必然有發生於春天的必要嗎？不能秋冬？此處是可以著墨但未著墨處。杜詩：「正是江南好風景，花落時節又逢君」為何必定要設景於春日—「化作春泥更護花」也（龔自珍句），正是春色蓬勃，你我二人相逢此地，善自珍重，善謀前程！「春之憶」的春日有做到這種含意嗎？

吳凡：

讓人感受到姪女的活潑可愛，且我與姪女和過去父親與小女孩的描寫平易卻真摯動人。然而寫回憶之事較無特別之處，如果能將格局發展擴大會更佳。雖然沒有深刻描寫感觸，末句「妹妹，謝謝妳」卻流露淺淺感動。

莊政衛：

文章敘事鋪陳尚可，人、景、物皆有到位，但應避免文章口語化。也要去除不必要的字，精簡字句使內容清晰。

陳玟瑀：

整篇文章的起承轉合得宜，開頭即讓人進入畫面，且中途沒有被截斷。但對文字的使用方面可多加練習。

彭翠瑛：

有種懷念的感動。題目與文字內容好像沒多大關聯。有些句子太長了。

陳脩韻

小傳

美術產業學系，陳脩韻。

我喜歡圖像也喜歡文字，喜歡用文字呈現圖像，喜歡用圖像表達文字。

散文觀

對我來說，散文可能是時代的片段，是軟歷史，是盛在一段時間刻度內的生活，人們來來往往，所思所想所有感而發，不論多麼個體或是庸俗也都是各個時代獨特的聲音。

出租

陳脩韻

飛機路是個迴旋封閉的小巷弄，在巷子的最底端是一個被房屋圍起的死巷，說大不大說小也不小，這樣人為又自然形成的空間就成了鄉里之間聚會聊天的好場所。附近的居民在午後飯飽閒暇之餘在那乘涼，有時下下棋。阿姨、大嬸們會在那說三道四的聚會八卦，附近的小朋友則是喜歡在那玩木頭人或是打彈珠、跳房子等。在巷弄中的聚會，村民彼此之間的默契成了習慣，似乎不用吆喝，只要時間一到，大家就開始往那裡集合。

這樣熱鬧的光景從我出生時就有，飛機路不長不短，但卻活像一個城市的縮影。巷底的聚會所加上轉角的雜貨店是市中心，人潮分布比例向外銳減，外圍形成了不折不扣的邊疆地帶，似乎連被看見的權力沒有，被阻隔在熱鬧的死巷外，不曾被記憶過。

七歲的一天，我發現了她。

長長的頭髮微捲，就像兩條沒有整理過的海帶癱瘓在女人瘦弱的雙肩上。

她挺著大大的肚子，踩著破舊的藍白拖，到店裡跟媽媽要了一小包的黑糖，看了我一眼，對媽媽說道：「妳女兒長的真好，可以找個好人家嫁了！」

媽媽笑笑的回答她：「哎呀，阿月，別亂說話！小蓮才七歲剛上小學呢，說什麼嫁不嫁的話。倒是妳，身體可要顧好阿！」

那女人和媽媽道謝之後，便挺著大肚子往巷尾走去，在死巷的最底端向左走了進去。我站在雜貨店的最高的板凳上看得一清二楚，那不是死巷嗎？怎麼那位大肚子的阿姨走進去？我搔了搔頭，怎麼也想不通！一股腦的就向媽媽問去。「媽，剛剛那位阿姨是誰阿？她也是我們的鄰居嗎？為什麼她走進去我玩彈珠的地方後就不見啦？」在後面整理貨品的媽媽敷衍的回我一聲：「小蓮乖，媽媽在忙！妳先幫我顧一下店，等妳寫完功課媽媽在給妳五塊錢買蹦米乓！」聽到媽媽這麼一說，我終於想起來今天星期三，阿發伯會騎著他會噗噗噗的小金旺到聚會所賣蹦米乓的日子！一心只有香噴噴蹦米乓的小腦袋馬上就忘了我剛剛內心的疑惑，飛快的飆完了眼前的功課，握著手裡臭臭舊舊小小的五塊錢，滿心期待的等著噗——噗——噗的機車聲到來。

對於一個六、七歲小朋友而言，只要有好吃的食物和好玩的遊戲，道理和疑惑是不復存在的。

今天阿發伯晚到了半個小時，聚會所早已經擠滿了附近居民。阿發伯用他宏亮的聲音喊道：「來呦，好買的蹦米乓又給來囉！！！」大家蜂擁而上，可憐的我緊握著媽媽給的五塊錢想往裡頭衝去，不料實在是太多人了而被擠了出來，手上的五塊錢叮叮咚咚的掉了下去，滾到了巷子的最尾端。我跟著五塊錢滾落的方向奔去，遺落的五塊錢像顆平凡無奇的小石子，舊舊的、小小的，消失在死巷的巷尾不被發現，反被遺忘的轉角石子路上。

不見了，我的五塊錢！

我抬起頭看了看前方，遺落錢幣的小石子路上有一戶人家閃著燈光。我踏著小小的步伐小心翼翼的走近看，破舊的房子外頭種了三盆不同顏色的小雛菊，門前掛了一盞舊式的煤油燈，許多隻小黑蚊聚集，不知只是休憩於此，還是真的因為死去而不得以停佇；牠們頑黑的外表實在沒辦法分辨是焦黑的屍體，還是暫時休息的過客，一動也不動得幾乎快佈滿了整座煤油燈。屋外的小雛菊，紅、橘、黃，在黃昏的餘暉中閃耀，剛澆過水的花朵，水滴飽滿碩大的停留在花瓣上，像一顆顆閃耀的鑽石，陽光從葉子的縫隙中灑落，倒映在細細長長的石子路上，像一條鋪滿黃金的道路，和門上的油燈形成對比，落在那女人的家門外。

原來這就是阿月阿姨的家，在我打破心中疑問的同時，雜貨店隔壁的大嬸發現了我，體型豐腴的她單手一拎就把我拎出了石子路，口中唸唸有詞的說到：「唉呦，因仔！拎阿母謀尬哩共麥低加迄逃喔！」說著說著就把我帶回了雜貨店，進到店裡和爸爸打聲招呼後，走進廚房和媽媽說了好久又八卦了幾句，轉頭看了看我說到：「妹仔，哩嘜乖喔！麥黑白亂走，麥後拎媽媽歡擾！」接著就拖著她肥大的身體緩緩的走回家了。當時的我實在是不解，為何媽媽從此以後禁止我再去小石子路那裡探險。那是我未知的世界，況且我只去過一次，想看的都還沒看夠呢！她們就此限制了我到那裡探索的權限。那裡就像被遺忘的邊境一般，連被看見的權利都沒有，就這樣被遺忘了。

因為家裡開雜貨店的緣故，自然就成了各種八卦的聚集地。隨著我的年齡增長，聽得懂的八卦也就越多。巷子口的阿娟帶著小孩回娘家住了，原因是因為身為大老闆的老公每天忙應酬，一個禮拜只回家兩天，前一個月在外頭搞了個小三，索性連家都不回了，氣得阿娟一哭二鬧三上吊的求了一筆豐厚的贍養費，帶著孩子回娘家了。雜貨店隔隔壁王叔叔的兒子是個品學兼優的資優生，面相清秀，高高帥帥的，是我們這條路的狀元代表，一路求學順遂的他一畢業就考上了台大法律系，為我們村裡增添了不少光采。但一年後卻傳出了他在宿舍跳樓自殺身亡的消息，沒有留下任何一封遺書，生前也沒有任何一絲訊息透露著他即將邁向死亡，就這麼走了。王哥哥是我小時候崇拜的偶像，也是我第一個玩伴，出殯那天我獨自望著他的遺像回想他跟我說過的話，似乎早已透露的他準備離開的訊息。最後聽到的是有關阿月阿姨的事，聽說這是他的第五胎，其實在這個年代裡誰家不是生五、六胎以上的。只是阿月阿姨比較特別，人家生的都是自己的孩子，自己的心頭肉，但阿月阿姨生的是別人家的孩子，她租借自己的身體、自己的子宮給不孕的家庭繁衍後代。

在台灣當時的那個年代，代理孕母這職業還不是那麼盛行，更是非法的交易！但還是有許多女人為了生活去做這樣高風險的工作。我曾在放學途中看見阿月阿姨挺著他大大的肚子跟我家隔壁的大嬸對罵，阿姨一手撐著她的腰桿，一手指著大嬸的鼻子說到：「妳憑什麼說我是妓女！我又不賣身，我只不過是出租我的肚皮而已！我這樣根本就是在做善事！妳到底憑什麼這麼說我？妳說啊！妳說啊！」講著講著，阿月阿姨的兩行眼淚稀哩嘩啦的流了下來，就像她垂在肩膀兩旁的那兩條海帶一樣，落了下來。因為村長的勸導才使對罵中的兩人分離，大嬸和一群婆婆媽媽們往市場的方向走去，口中還不忘的碎念著剛才的種種，阿月阿姨一個人獨自朝她家走去，不發一語的擦乾臉上的兩行淚水。

消瘦的背影和我小時候記憶中她門前的那條細細長長的石子路一樣，只是不再是閃著陽光的金黃色。

慘白如月光，歲月如她。

許久不見的阿月阿姨又消瘦了許多，不像一般的孕婦除了肚子不提之外，正面背面都長了橫肉。而她卻日漸消瘦，從遠處看她只見圓滾滾的肚子朝眼前走來，我默默的低著頭想假裝什麼都沒看見，含著淚水的她跟我打了聲招呼：「小蓮，剛放學呀？妳媽媽她最近好嗎？」本來想裝做沒看到她的我，默默的抬起頭禮貌性的跟她打了聲招呼：「阿月阿姨好久不見！媽媽最近很好，只是老毛病又犯了！常說她腰酸背痛的。」阿姨照慣例關心完媽媽的老毛病後又看了看我說道：「小蓮真是女大十八變！阿姨跟妳說喔，將來真的要找個好人家嫁了，別像阿姨一樣四處讓別人取笑。」阿月阿姨說著說著又流下眼淚，一個人孤伶伶挺著大肚子，往巷尾走去。

回到家中，我向媽媽問了從小到大不敢開口的問題，沒想到媽媽很平靜的跟我說了個故事：

「我們家還沒開雜貨店的時候，媽媽那時在食品加工區上班，能夠有這份工作都是因為阿月的介紹。她是我的好姊妹兼好同事，阿月年輕的時候就是個美人胚子，很多在工廠上班的小夥子都非常喜歡她，在午餐放飯時間，他們都一窩蜂的湊在食品加工區的休息室外頭張望，想要一睹妳阿月阿姨的風采！不料，阿月她早已心有所屬，跟他故鄉的青梅竹馬已經有了婚約，但身為長男、長女的兩人都因為必須幫家中分擔家務而到離家有些距離的工廠上班，賺錢以供家中弟弟、妹妹完成學業，導致兩人的婚事數度中斷。但因兩人的感情真的很堅定，雙方家長認為不該辜負在外辛苦工作的他們，所以開始籌備他們倆的婚事。但不幸的事情發生了，阿月阿姨的準丈夫在結婚的前夕從工廠返回家中的路上發生了連環車禍，他就是那場車禍中唯一喪生的人。阿月聽到消息後就崩潰，毫無音訊的消失了。直到幾年後，我跟妳爸在附近的平民住宅區看到她，消瘦的只剩下一片薄薄的紙。我們把她接到了家附近安頓下來，也就是她現在住的地方，沒想到她竟然接了幫人家生孩子的工作，說是答應她的青梅竹馬要生好多好多的孩子，組成好大好大的家。」

聽完媽媽說完了阿月阿姨的故事，心頭酸酸的。

不知道這時的心情，是什麼樣的酸。

是鼻酸還是心酸？PH值是多少，我不知道。

靜靜的走進房，躺了下來。

不發一語的望著天花板，牆角有一道細細長長的水漬痕跡，像神經細胞，舊舊的的咖啡色，由內而外，由深至淺，像一朵含苞待放的花向外慢慢展開。

像排卵期出血的痕跡，荒涼淡漠，怎麼流也流不乾。

就像是阿姨每位胎兒身上冀留下的希望。

卻被遺忘在牆角，發出腐朽的嘆息。

評語：

王誠御：

前二段鋪陳甚佳，已略揭題旨與情節，但筆力可更集中渲染熱鬧與孤獨（啟下文代理孕母與居民之衝突），而非使之只是抽象的形容詞。可揀選更有畫面感，代表性的意象、動作為伏筆，則前後綰合，感染力更足。

文章的敘事角度採第一人稱（七歲的小蓮），聲口還算酷肖；但有時接入第三人稱評斷（如：「對於一個六七歲的小朋友而言」之類），頗為突兀，宜多作針織，縫合無痕。

敘事手法層層推進，甚有佈局。但後半小蓮從八歲，突然成了十八歲，略使人措手不及；可於半途略提示時日的流淌。又文末說阿月與母親是好姊妹，但從前文看不大出此一關係，比如母親甚而告誡小蓮勿接近阿月（也有可能母親是要避免小蓮學壞），但實可增強母親與阿月之描寫，才不突兀。

描寫場景佳，但一花一草除了描繪細膩外，宜有隱喻或象徵；作畫也有含意，花花草草油燈道路豈無深意？黑蚊意象極佳（描寫誤入死巷的阿月家時），可惜沒有跟阿月命運多作勾連。此文語句有時重覆疊見，前後呼應，使人聯想起前文之伏筆，又推進情節，文心細密。

此文抒發代理孕母之處境、生平，結構流暢，手法圓熟。但可讓文字更有特色，更具個人風貌。此文藉阿月抒發感慨，可惜點到為止。題材極好，然對代理孕母之心境可多作揣摩、悲哀可多作發揮、處境可多作探討，甚至窮究此一問題之利弊（以上皆有發揮，但可更深入）。而重點在於：寫阿月給自己帶來什麼樣的感悟？只是憐惜阿月而已嗎？對往後人生觀有何影響？

因筆法甚近小說，如上文所論太抽象，試舉魯迅小說〈藥〉說明：此篇小說重點描寫一件事，鄉下人民於天明處斬革命烈士時，帶著白饅頭去他們的血吃！據說這樣可以治病。事件窮極聳動，而舊社會之愚昧，歷歷眼前。（革命烈士一腔熱血犧牲，鄉下人民只是需要他們的血，作迷信的藥引。多諷刺。）此文之阿月可否成為代理孕母的典型？阿月的悲劇所指涉的意義、所象徵的內容，能不能如魯迅一般深刻、永恆？

莊政衛：

此文章情感、鄉土意識豐厚，字句平易而精鍊，寫出了鄉村人民的生活與價值觀，針對主角因情感執著而從事特殊行業，窺見其滄桑悲涼，歲月漫漫，青春易逝，良人已去，獨守虛閣，使人感慨，同時也道出那年代對特殊行業之看法，反映深藏巷弄不可告人的悲哀。全文讀來感觸尤深，耐人靜思，字裡行間處處流露人情事物，水準甚高。

吳凡：

主題非常特別，前段略帶懸疑的鋪陳和小說式的氣氛讓人想一探究竟，而結局不禁使人感到沉重的哀傷與感嘆。行文流暢且結構完整，雖沒有華美的字句與修飾，卻讓人回味、省思。

陳玟瑀：

以描述舊眷村為開頭，從一個小孩好奇的眼光帶入，不先點破主題，而是讓讀者與小孩一起去思考探索死巷最尾端的祕密究竟為何，直到有一天小孩長大去問了媽媽問題，答案才水落石出。有些秘密在時機未到之前不可告人，鄉土語言結合詩意的筆法讓人耳目一新，但此篇有點貼近小說與散文的界線之間，若可再修改添入現實面轉為散文或添入虛構面轉為小說會更加恰當。最後一段稍顯突兀，從鄉土眷村直接跳到詩意，中間可再加一些緩衝語詞，讓詩意和鄉土之間界線模糊。

（王誠御按：散文未必要恪守散文界限，破體出位有時更佳；東坡以詩入詞、稼軒以文入詞，如何？今人有謂韓愈以詩入文（錢穆、何寄澎皆有此說），甚而其〈毛穎傳〉也以小說入文，逴論〈祭鱷魚文〉小說色彩極濃，以上皆不佳？又此文採小說筆法，未必不是現實。何必轉入虛構？對散文見解未免太拘泥。且詩意與鄉土未必不能並存：試觀中國的田園詩，詩經的十五國風，不即鄉土與詩意挽合甚佳，況西方亦久有牧歌、農事詩傳統。末段點睛之筆甚好。詳見序二）

朱倪葛：

懷了孕的女人更像謝了花的石榴果，一旦果粒外露，殘留的花瓣也會消失。日漸消瘦的阿月因為錯過了春風，丟失秋收的夢，為了拾回這個夢，阿月出租了自己的肚皮，在盛夏火熱地為他人作育。這則故事有些淒美，淒美故事總不好說。幸好，我們的作者是位很擅於平靜說故事的人。以孩子目光來回放這一段舊人往事，讓人有些心疼。喜歡這種敘事方式，越平靜之湖水，湖底越存暗流湧動。

陳憶萱

小傳

混吃等死的書蟲一枚，閒時耍耍白目搖搖筆。

散文觀

我寫散文純粹是想寫就寫，完全沒個條理可循。我的散文不過就是一些零碎小念頭的集合罷了。說穿了，「散」文而已。

六朵花

陳憶萱

外曾祖父姓王，連我外婆在內，一共生了六個女兒兩個兒子。在那個嬰兒潮世代似乎只是「差不多」的程度而已。

但僅只這樣，也叫進家門的媳婦女婿們傷透了腦筋。大舅公很早就過世了，因此他們只須要認得一個舅舅。難的是六個姐妹五個姨一字排開，不許錯認。我老媽跟表姨們閒聊時，總要取笑自己丈夫當年的失態：「怎麼那麼多阿姨！」

其實真的不怪他們。就算是從小從大姨婆數到六姨婆的我，也難免會有認錯人的時候。更何況當年剛剛過門，對「走親戚」又期待又怕受傷害的他們呢？

王府六朵花聽說當年也都是響噹噹的人物。只不過出名的並非容貌，而是六個人都能幹。還有就是，瘋。五十幾年前那個封閉的年代，居然敢爬到男生家的圍牆上呼喝一起出去。曾祖父母倒是都睜隻眼閉隻眼。不過到了婚姻大事，除了我外婆和二姨婆，似乎都是父母之命。王府的六朵瘋花，再瘋，骨子裡怕也是順命的。那個年代不只是女人，似乎連男人都是如此順命。所以不管他們的配對在現在看來有多麼神奇，六對夫妻還是走了幾十年的婚姻路。就算吵架吵到拿菜刀，就算嘴裡一再數落對方的不是，總歸還是一句「嫁（娶）到，有什麼法度。」然後回過頭，用一點也不溫柔的態度扯著對方繼續走。

除了嫁到雲林的我外婆，其餘幾個都是就近在村裡嫁了。後來二姨婆跟六姨婆才搬到台南市區。總歸是離不出「大台南」的範圍。但這可不影響六個姐妹的感情。我從小最常見到的場景當屬外婆開著車載著五個姨婆出去，也許出門前大家都說好了要去哪裡哪裡，一路上一群歐巴桑跟小女孩似的吱吱喳喳講個不停。等到了目的地，外婆方向盤一打，「咻」地一下又回家了，停都不停。六個老姐妹下車時都是帶著笑的，能樂呵上好幾天。這樣的兜風，在那個當下，在我們小輩看來簡直莫名其妙。

但年紀漸長，似乎也朦朧地明瞭了什麼。其實目的地是哪根本不重要，也許他們在那狹窄的車廂中回到了那個六個姐妹擠通鋪，躲在被窩裡講著小秘密的少女時代。那是一種儀式，連結了她們的現在與過去，連結了懵懂童年與滄桑老年。

即便如此，就跟天底下大部分的手足一樣，要她們從來不吵架，那根本是毫無可能的事情。她們最常吵架的所在是老家的廚房。至於吵架的由頭，那是大大小小百百款。常常是兩個開始吵，其他四個進去勸，接著就跟著吵上了。吵到後來幾個老姐妹活像六隻臉紅脖子粗的鬥雞，鼓著翅膀做足了出擊的架式。不過二十年來我從沒見過他們真的動手，只是落下翻舊帳的橋段，過往六七十年的事全扯出來說嘴。我有回還聽到大姨婆罵二姨婆五歲那年手賤剪破她的花褲子。

這種時候是沒人敢去勸的。就是外曾祖父在的時候，也拿六個剽悍的女兒沒皮條。不過她們也從沒有為了吵架委屈了我們的胃，嘴上在吵，菜也是一盤盤的出，就聽那一片吵嚷聲中時不時穿插幾句「ㄚ頭！菜端去！」、「啊飯都『啪』起來了怎麼還不進來盛飯？撐死鬼啊你們！」於是一夥人頂著隆隆砲火在甲級戰區奔進奔出，等坐定位動起碗筷，那邊還在戰區里的六位巾幗又會發話：

「敢把青椒挑出來你們就知死！」、「那個肉燥給你弟弟多澆一點啊！」

很多時候我會懷疑，那真的是吵架嗎？亦或是她們的又一個儀式？

最大的受害者當屬舅公。他是經營養老院的。二十幾年前養老院剛開辦時經費不足，於是六朵花自願當不支薪的廚娘。結果六個女人差點把廚房炸開了鍋。聽說那幾年養老院熱鬧得過分，連帶著住進養老院的老人家也一起蹦達——當然那些已經癱在床上動不了還插著鼻管的，想蹦也沒力了——整間養老院比幼兒園還鬧騰。至今舅公想起來還頭疼。其實也就是一群老人家聚在一起打牌談天，頂多就玩玩運動器材吧？只是人的情緒是如此容易被煽動，廚房裡那票中年婦女專職散發躁動氛圍，外頭那群老人家也不平靜。一個誇一下自己的兒子，另一個就非要說自己家的更好。於是一群老人家爭得面紅耳赤，倒是很少見話題的主角出現。

漸漸地，養老院的經濟情況好了，六朵花也各自回去做自己的工作了。養老院便沉寂下來了。像一灘死水，在寂靜的水面底下散出一股子詭異的異味。就我的記憶裡，並沒有老媽她們所說的那樣雞飛狗跳的場景。養老院裡的老人家似乎都帶著一種平靜的認命。天氣好的時候院子裡一整排的輪椅蔚為壯觀，可椅上的人卻都是一動也不動的。那幾雙混濁的眼直直瞪著前方，我也弄不清楚他們究竟對門外走進來一個人有沒有反應。

慢慢的，進來的老人家的年歲，跟六朵花拉近了。甚至有些還更小。這幾年，六朵花也是陸陸續續地進過幾次醫院。以前的養老院裡的老人喝茶，舅公是不會一起喝的。現在卻都是他負責泡，旁邊圍了一圈穿著透氣內衣褲的老人家。一群老男人聊天能聊上幾個小時。六朵花常常送東西到養老院，一進門就拉著兩個表舅直問有沒有想要接下去經營養老院？我說：「你管人家那麼多呢！」外婆瞪眼睛：「哪裡不管？我以後要進來住的！」

我驀然注意到，她那幾次染色的髮中又冒出了銀白。

評語：

王誠御：

此文記人，但「六朵花」面目不足，水滸傳寫一零八好漢，金聖嘆評個個面目鮮活，容或誇張，但此文六人，數目較小，卻不清，可加描寫。

又寫人之餘，有無感慨？張愛玲之金鎖記，夏志清評為中國最偉大之中篇小說，固然寫活曹七巧，但究中感慨、對舊社會之描繪，何遜於曹七巧之塑造，試以此文比較，如何？以上論點，可以思考。

文字尚通順，結構亦可。但文字有無自己面貌？獨特之處？又若嘗試以散文向小說跨位，小說性必須兼顧散文性，憶事懷人之作尤須韻味，凡此皆可注意。

吳凡：

前段描述六朵瘋花，卻沒有個別寫出六朵的獨特之處與特徵、形象等。若於此添上再寫彼此互動，更活靈活現。筆調詼諧，讀來舒暢，然情感方面的感觸不足。六朵花乍看之下活力十足，但也漸漸衰老，是否能於此抒發感慨？

陳玟瑀：

筆法比較類似五〇、六〇年代的小說，若將此篇拉長，想必會更加恰當。語言的使用方式較為老派，但用在描寫當時人物卻恰到好處，結尾未完的語調讓人想像無窮，有些語句太過口語化，像是連結語使用過多，形容詞過於白話，鄉土語的描寫可再增加，會更有韻味。

彭翠瑛：

文筆順暢，但有些句子偏口語化。六朵花來比喻六個人頗適當，彼此感情也有點出來，但有些事情可以更深地描述（如：吵架的原因、成長過程……），不然整篇的內容看起來只是輕描淡寫了長輩的一些事而已。

禮門記

陳憶萱

四月八日，清明假期結束。報紙頭版標著，台南孔廟的禮門塌了。從一六八三年至今，它在這座百年古都挺過了三百多年。颱風地震都拿它沒轍，偏就扛不住身旁病榕樹一記泰山壓頂。我得知這個消息時，已在火車站的月台上。火車轟隆隆的在我背後呼嘯而過，夾著咯噠咯噠碾著鐵軌的聲音。前一天下午剛去過孔廟；我每回台南必去孔廟。倒也不是多喜歡，其實我連禮門義路都分不大清楚，老是會忘記有個叫義路的門。會去，純粹是習慣。

台南的學校似乎把「祭孔」當成了年度大事。這「祭孔」並非每年九月二十八日那場。而是各校帶著將要考試的應屆畢業生而為。什麼考試？自然是國中基測與高中聯考、高職統測。想當然爾，這種祭孔，成了國民中學與高中職三年級學生的專利。

我之前參加過兩次祭孔，差別頗大。國三那一回，根本不覺著有祭到。就只是一群人鬧哄哄地把大成殿轉過一次，接著掉頭回學校發「包粽」。高三那次倒是講究，高三全體班導師做佾生打扮，校長主任全出馬。只可惜下面一票要大不小的十八歲少男少女不捧場。圖書館主任精心準備的祭詞，一經拖長的調子念出，下面一片忍不住的「噗哧」一聲。結果笑出聲的人被罰寫悔過書。

兩次祭孔的共同點，除了祭祀儀式的主要地點都是大成殿，還有就是禮門與義路的兩點一線：

聽說這兩個門原是孔廟大成門，及如今已不見的櫺星門間的圍牆上的通路。也就是說，當年要想從明倫堂或東西大成坊進入大成殿，那是一定得經過這兩個小門的。如今櫺星門與圍牆都不存在了，要繞過禮門義路進到大成殿也是輕而易舉的事。只不過老師們總要把學生跟母雞領小雞一樣領過禮門進入大成殿，完事後再穿過義路繞一大圈回到緊鄰南門路、如今幾乎已成孔廟主入口的東大成坊。你可別想抄捷徑，跟在後頭的其他老師必定吊著名字給喚回來。

比起莊嚴的大成殿與滿漫墨味的明倫堂，禮門義路無疑是極為親民的。先不提明倫堂或大成殿的票價，單論上大成殿高度及腰的門擋，就是年輕人也嫌頭疼。我有幾個被劃歸「嬌小一族」的同學，每次祭孔都得掉隊。這些年加上了墊腳的木箱，算是有進步。只不過對於像我阿嬤及叔公這些年紀老大或是腿腳不便的人，那還真是討人嫌。禮門義路就沒這麼多囉嗦。我阿嬤每到台南，我爸總在黃昏時帶著老母親與我與大弟一同去孔廟園區散步。不騙你，她老人家前前後後總的加起來在台南待了四十五年，就只進過大成殿兩次。大多數時候阿嬤都是坐在禮門邊的石凳上，從袋子裡掏出滿捧的花生給我們去餵從禮頂上、老榕樹上竄下來的松鼠，她就坐在一邊看。在那個保育觀念尚不普及的年代，孔廟的松鼠隻隻有著堪比貓兒的碩大身型。

台南人對孔廟的感情是複雜的。大概只有家裡小孩考試或者是政府又辦了活動，才會恍恍然意識到這位老鄰居。平日裡大家就當他是個公園，早上打太極下午慢跑。那是一種習慣，孔廟園區就那樣安安靜靜地處在鬧市中。就像港口之於船，平日裡大家忙東忙西總沒心思去搭理它，可再怎麼奔波都得回到那的。大家總覺著他永遠會在那，自然也無須多花心神。

可是百年古榕樹倒了。

之後，禮門也倒了。

我自離家後，每至孔廟必備相機。可每次總是拍得不多。多數是拍小時不常進去的大成殿及明倫堂。至於曾經親近的禮門，不知怎地總給忘了。每每在火車上檢視相機裡的相片時，才發現漏了它。

於是一次又一次告知自己，下次。

然而還有下次嗎？

母親節假期，又回了一次台南。這次禮門進了加護病房，謝絕會客。在一旁闖了禍的老榕樹被剃光了頭、架了枝幹，怪可憐見的。

報紙上說禮門正在維修。可維修過的，還是我們記憶中的那個禮門嗎？

我又注意到，十幾年前阿嬤總坐在上面的那張石凳，不知何時也失了影跡。而阿嬤，也在我十五歲那年蒙主徵召，再也不會坐在那裏看著幼小的我們。

我也不再是「祭孔」的年紀。

我把數位相機舉了舉，對準了藍白帆布圍成的加護病房與垂頭喪氣的老榕。

呵，一對難兄難弟。

評語：

王誠御：

中間一大段敘禮門地理之類，甚不清晰（敘事本是小說家看家本領，此處不及格），結尾頗有唱嘆之致，但全文感慨不深，可將少年登孔廟、台南、阿嬤、百年榕樹冶成一爐，不讓其分散文勢，如此則深刻動人。文字平淡不乏感情，但面貌不足。結構也有安排，但後半太突兀，感情渲染也似不到位。但文章可以短（恰好與禮門突然崩塌配合），但起承轉合作足，感情充沛，則可以成為典律矣。

更可將禮門發展為一「隱喻」（意象），烘托百年興亡云云、世道沉淪云云、偶像一去歷史不再云云，則文可更佳。

彭翠瑛：

推開回憶的大門，看到了作者對孔廟「習慣性」的感情。句子簡單易懂，說故事的人把過去與現在結合在一起。用詞很特別，但也太口語化，應再修飾一下用詞。

吳凡：

充分展現台南人對於祭孔的重視，以及對於孔廟的依戀，進而感嘆時光飛逝，已非往昔。中段描述曾經祭孔的回憶，文句稍嫌凌亂，不夠乾淨整齊。全篇雖然流露情感，但不夠深刻，用字用詞新穎。

莊政衛：

藉禮門崩塌一事，娓娓道出過往回憶，述說台南「祭孔」的習俗與情景，勾勒出家鄉人文事物的回憶，文字平易淺白又耐人思索，彷彿自己也身歷其境一般。只是情感稍嫌不足，末段部份的感慨似乎只是對「景物變易」而發出，而非真正對禮門不捨。前文也只是單純回憶，自然前後連接不一，讓人認為禮門可有可無，這部份有待加強。

陳玟瑀：

首句直入主題，太過於白話，「起」就如同整篇文章的眼睛，若畫龍點睛不洽當，整篇文章沒有銳利的眼睛，就算後面寫得再好都會少掉一半的生氣。此篇有許多過於龍綴的字，運用短句卻沒有刪減掉過多的贅字，反而讓整篇不夠簡潔有力，像是「我得知這個消息時，已在火車站的月台上。」、「前一天下午剛去過孔廟。」等句都還可以更加簡潔。結構完整，以「今、古、今」插敘與倒敘法，讓讀者能理解作者與孔廟之間的情感深刻，且每次去孔廟就如同探望老友，當好友倒地，作者筆下雖然沒寫出關懷備至的心情，卻在描寫事件之中隱隱約約地透露出自己的情緒。最後以調侃語氣「呵，一對難兄難弟。」輕鬆帶過，但印象深刻。

陳玟瑀

小傳

一陣喜歡到處體驗生活的風，任何事情皆可新奇有趣，亦能枯燥乏味，就看你選擇倦怠或體會。工作不是繁忙而是學習，喜愛賺滿滿的荷包，自己安排自助旅行，以相機、文字、記憶記錄下美好脆弱的片段，最喜好的文體是新詩，這是第一次嘗試散文創作與當這本書的審稿，希望下次有更多體驗新事物的機會。以太多字也無法形容真正的自己，怎麼形容也無法確切，既然如此，想要認識我就多翻我的散文吧！

總之我是野風，目前於東部助長焚風，年輕意氣風發不是壞事，努力闖蕩老了才沒有遺憾。

散文觀

有所悟，有所感，始提筆生花。人生處處皆是文章，觀文章亦處處是人生也。喜好行萬里路大過於讀萬卷書，下筆不求有如神，而求遇到更多人生中最真誠的感動。

古城之鎖

陳玟瑀

暮色將盡，丹雲與銀漢一線之隔，那隱遁在白晝的燈火綿延了整條街道，嘈雜的喧囂震懾了整個碗公的迴響，嗡嗡嗡……我依舊無法從百萬人的聲音中辨認出任何一個，就像從一碗白米中尋找那未去穀的糙米，然而，我在台北中尋覓的卻是……

又是萬里無雲的天際，真令人不怎麼習慣，偶有一絲絲雲悠悠的勾勒，卻勾出那纏綿如車流量的思維，踅步輕盈卻震驚震撼震盪同時湧起，震驚那悅耳的噪音，震撼那挨肩的街衢，震盪那不安的心扉，前兩者與踩著自己的家鄉毫無異處，但後者，卻又從何而來？我還沒告訴各位，我腳下這塊貴土是以魚丸聞名天下的淡水鎮。

閒適的淡水河蜿蜒而緩步在這兒留下足跡，更留下許多曾經——紅毛城被英國人佔據，商船載著茶、樟腦出航，又載著紡織品，甚至是迫害台灣人民甚深的鴉片回來，在美似夢的景色下，藏著一點點的黑暗面，武力、警告、協約，他們從一隻牛上逐一地去角、剝皮、截肢，於是，抗議的群眾逐漸沉默了，就在剩下最後一口氣的同時，一道同為白種人下的協約拯救了我們，呵！可笑的是，那白種人也是為了利益，只能任人宰割，任人剝削。

如今卻已退隱為如詩如畫的供人欣賞的撩人美景，夕陽餘暉映七彩霎靆，偶一兩艘小船劃過靈魂之窗，漁民站在搖搖晃晃的船身上撒著魚網，使著九牛二虎之力，拉起他們一家子的生計，在大台北地區依舊有這種差距，這種無奈，這種令人鼻酸的氣息。人人都希冀著能過更好的日子，人人都在乎自己所擁有的一切，人人都幻想著能實現所有理想，於是乎，聰明的小人找個冠冕堂皇的理由，踩著別人的頭頂向金字塔的更上層跳躍；愚昧的小人造個鞅張跋扈的勢力，踏著別人的肩頭向金字塔的更上層邁進；聰明的君子尋個堅持到底的正道，卻依舊蹬著別人的腳趾向金字塔更上層緩步，那麼愚昧的君子又如何？一顆魚丸一包魚酥只值多少錢，又遭到中盤商的剝削，飲水思源雖然是小學甚至幼稚園早已提及的成語，不過又有多少人記得，在吃魚丸的同時想到它的來源呢？更不用說樂善不倦了。

我曾經是這兒的人，不！應該一直都是，我的腳一直都跨著半個陌生的故土，小時候的記憶總似覆了層紗，既恍恍惚惚又怡然自得。那時，捷運站還未建成，甚至還未開工，老實說我並不清楚，附近的商店人潮雖多，卻無法披靡今朝商店包羅萬象，人潮如排山倒海而來這般驚豔，好像要搶著呼吸才能存活那種壓迫。在昔日，捷運站後的淡水河畔還未築起一道道的圍籬，連傳統的三色漁船都近在咫尺，潮間帶很和藹可親，沒有任何距離，沒有任何隔閡，我的雙眸同老鷹般銳利，招潮蟹跟我作揖的動作清晰無比，可是，現在呢？總是要帶著兩百度的局限才能望的清整張旖旎之景。

順著淡水沿岸，還會在岸邊老街看到一座不起眼的廟，小時候阿嬤常常帶我來坐在破舊的板凳上看野台戲，雖然內容演的多精采絕倫我已遺忘，然，阿嬤那暖呼呼的手卻亙古都無法忘懷，小的時候我很頑皮，在家中有家中的搗蛋方式，像把鞋子作手榴彈攻擊一樓的群眾、把痱子粉作種子到處灑……在菜市場更加火上加油，幫別人的白瓜黑瓜子混色……可是，她，我始終尊敬的長輩，卻從未放過手，讓我迷失在任何角落。

淡水——陌生的親近，邈若山河，今日想及卻懼然，被離去後十幾年的變遷給攔截住，讓我尋不著朦朧的童年回憶，更尋不回如梭的光陰，我、阿嬤、整個淡水鎮正在逐漸的成長茁壯，也逐漸的崩壞瓦解，相同的彤霞卻得面對不同的人事物，永遠鳥瞰著流逝的歲月與傳統，愁至極端只剩下麻木，又或者什麼也不剩，它，不再是它了。

窗外的景色反覆剪輯、剪輯、再剪輯，當時是不懂事，還是不知道怎麼流淚，我並不清楚，只隱隱約約的察覺，那七彩氤氳正漸漸的黯淡，那柔媚的光輝正緩緩的崩壞，那祥和的親情轉瞬間的拉扯，沒有斷，但有傷。一滴兩滴三滴……我數著答答答打在玻璃上的水滴數量，一直到，我的雙眸跟不上它們的節奏，才驚覺，我，被那個城市拋棄，被那個城市遺忘，未來的今天，我將會發現自己的憂愁太壯烈了，與她的笑靨格格不入。

又是深灰色的曇氣盤旋著，早已無力屈指數第幾天了，濛濛細雨洗刷了多少烙印？我不知道，就連夢魘的窗櫺也不例外的載著雨水。黃梅、寒流、午後雷陣雨徘徊了多少回？我更不知道，居然有連靛藍都連聲啜泣之處。偶蕭蕭颯颯，似乎蒼穹並未申請專利，抃風舞潤的景象，幾乎不可能在此瞥見，說她使人悲悽有點兒不仁，說她令人厭煩卻又有點道理，姿姿媚媚中帶點氣宇軒昂，靦腆低鬟中帶點傲霜鬥雪，在城市與鄉村的灰色地帶，既擁有城市的氣息，卻又帶點人情味，她，就是如此令人矛盾不已。

她曾經很輝煌比起的柔和故土壯烈了許多，海門天險、白米甕、獅球嶺、大武崙……都是鎮守台灣的重要要塞，貼近岸邊的群陵是烏雲的倒影，設下天然的防線，讓任何接近的外患都無法撥開那神秘的面紗。而今，個個大理石所製的英雄石碑佇立於這幾個景點，上面的名字或許已被眾人遺忘，但他們那殺氣騰騰的定睛、視險如夷的勇氣、為國犧牲的精神彷彿在臨死前被凍結在此，那千載未滅的磅礴氣勢，那浩浩蕩蕩的千軍萬馬，永遠以靈魂的身份繼續守護在此，永遠讓來到這兒的人有沛雨甘霖的心境。有很多人移居到這兒總是大發牢騷「怎麼又下雨了？」，就連久居於此的鄉人偶爾都免不了念上幾句，現在，我終於曉悟了——不論細雨或暴雨，都是對於這些英雄的哀悼之淚，這兒的雨落的很有淵源，也真的特別蕭瑟。

她與淡水最相似之處，就是都有肩摩轂擊的街道，只不過這兒不叫老街，而被稱作夜市，不僅是三兄弟豆花連鎖店的發源地，更有許多祖傳美食兩家棋逢敵手的情景，像鼎邊銼、泡泡冰，都會看到兩家互用奇擊招攬客人的情景，當然其他店家也毫不遜色地大喊「來喔！人客，跨買喔！」，甚至拿起大聲公比拼，就是這種人情味讓人心也跟著倍感親切，讓人捨不得棄離，那種霈霈乎只能以莫可名狀來形容啊！沒錯！她，有個標緻的雨都美名——基隆。

我一直是這兒的人，從未否認過，也從未真正離去，逐漸地對這兒的一街一衢熟識，逐漸地對這兒的一草一木愛慕，唯獨能對於傾盆大雨而汴風舞潤的人，約略只有住在這兒且志學以前的年歲吧！「念誰為之戕賊，亦何恨乎秋聲！」一百天甚至兩百天的雨季，總要過去的，為何要在乎那灰矇矇的天際呢？很值得慶幸，我曾有過如此無憂無慮，不因風定天晴或飄風驟雨而變換心情的日子。

柔媚與壯烈、商人與軍人、城市與鄉村、晴天與雨天、紅毛城與白米甕……要說她們不像還真不像，但都待過很長的一段時間卻是不爭的事實，我嘆息，這一吐氣，才發現，那團小水滴充滿這個城市，也形成了無限的回憶，不同的只不過是，模糊與清晰罷了，我的腳一直都跨著半個陌生的故土，我的另一隻腳也一直都跨著另一半熟悉的家鄉，我在尋覓的只不過是一種熟悉感罷了，其實，我現在需要的很簡單，勇氣，踏出人生的第一步吧！

當窗外的景色又反覆、反覆、再反覆，未來的今天，也就是現在，水滴們的節奏亡佚了，心怦然隨之悸動，不如小時候那模模糊糊的影像，朦朦朧朧的情緒，甚至懵懵懂懂的思考，連要遠離他方都不太曉得。淡水河依舊如此的和藹，只不過我聽到她在跟我訴苦著，那道道圍籬阻擋了她的視線，因為她一向喜歡親近人，至於那老街，不知道是誰改變了？可能是我在大台北的路走慣了，反倒是很慶幸這兒的改變，逛起街來才不覺單調乏味。

評語：

彭翠瑛：

時間匆匆走過，沒有事物是永恆的，作者回憶中的城市也隨著時間的消磨而衰老，但最後城市總要趕上文明先進的步伐。題目為何用鎖？是鎖住了時間在城市留下的腳步，還是鎖住作者兒時回憶的城市？無論是哪一種鎖，那都是作者懷念小時候的城市的感情，是對熟悉的家鄉的眷戀。

莊政衛：

對於舊地的人事物回憶寫得真摯，結合自身感受，讓人依稀看見曩昔小鎮風華，逐漸走向現今風光的景變，儘管熱鬧，喧囂卻帶走兒時的寧謐，思往幽情不禁讓人輕聲嘆息。內容以回憶為主軸，從今日之景，回到兒時之憶，結構通順，字句方面也無大問題。只是文章結尾結束得有些匆忙，似乎仍有未寫盡之處。

淋雨

陳玟瑀

她，過於懁急的性格，讓整條街惶悚了起來，蛙鳴轉起她的輪軸，轉阿轉的，轉到我們臉上漣漪起好長好長的波紋了……

曾幾何時，她年復一年從眼前澎湃的巡迴而過若一場盛宴，卻年復一年的麻木了外界的感受，我們正在成長，也同時正在失去，我們貪婪的掬取兩者緊抓不放，但，總會有某些經歷，使得有時候連初衷都丟了還毫無知覺，在這忙祿到連她出現都無感的世界，我們處在另一種搶著爬上諾亞方舟的時代，洪水將要沖垮一切，而人們匆匆的丟下尚未整理完備的記憶，還未及拾起塞在背包的摺疊傘、還未及收拾好突如其來的轉變、還未及回眸望一望，望一望那些好姊妹、好哥們，那些曾經有好感的誰，那個在球場裡打球，跟一群比自己高上許多的男生鬥牛，從來沒有懼怕過性別之間的差異，就這樣過了對於我而言開曆總是掩藏不住的光陰，留著一頭率性、每次打完球去水龍頭清洗方便的頭毛，記得那時候剪頭髮時，一群好哥們叫囂著「帥哥你是誰阿？帥哥你是哪來的轉學生阿？」，一個從小在矛盾中長大的孩子，說這是另一種叛逆也不為過，性向十分正常，但就是對於留長髮這事兒非常的彆扭，感覺留長髮是把自己在球場上的壯志與飛馳流走了一樣，唯有她才能軟化我那刺蝟般的性格。

而我第一次真正與她見面是在籃球場，還記得那裡雖然設有遮雨棚，但她還是悄悄偷走了乾爽的地板，濕漉漉的籃球就像一隻隻泥蚯，彈跳在地上與充滿泥濘的手之間，在歡呼牠們最天然的潤膚乳降臨，當不小心打到別人的腳，就像不小心彈跳到堅石上，被彈出千里之外，每每總避免不了到沒有遮雨棚的操場上撿球，當然，每次去的那個人，都十分愜意的回來，一身猶如去嶇嶔修練吸星大法，將整座山的水氣潮解在止觀狀態，那個滿手泥濘的撿球員，回來後第一件事情，就是狂將球滾於僅剩不多的乾潤之地，否則就連沒受過修習的人們，也要一同承受這最沉痛的穢土攻擊，她就是如此的頑皮，喜歡看見我們被她潑的一身是水，然後再撤退幫我們找太陽神烘乾。

倘若她有幾次惡作劇的太超過了，整個遮雨棚下的籃球場成了一面能撇見自己的鏡子，此時才有人怨懟著對天上大喊「這樣根本不能打球嘛！」一個皮膚黝黑瘦瘦小小，笑容甜美，雖然嘴巴壞壞的時常帶著髒字的女孩，將球拋向一邊，也不管它會滾去哪兒，逕自朝向現在看似無情千針下墜的她前進，當時卻當作跟她在玩遊戲。

「要不要一起去找她？」她以逗趣的眼神望著我，又轉頭以眼神示意旁邊不打球的姊妹們，一個揪著一個享受天降甘霖的洗滌，大聲唱著當時的流行歌，那時候556的風潮剛過，隨即崛起的則是楊丞琳、梁靜茹、郭靜、飛輪海……記得那時候大家最喜歡的一首歌是范瑋琪的「黑白配」，以前聽到這首歌並沒有什麼特殊感想，只覺得好像兒歌，而幾年後再回來聽當時大家喜愛的歌，才會發覺大家喜愛的原因在哪，范范的歌聲完美切合那時自己的童心，自己卻在六年後的現在才懂得，那首歌的本意雖然講范范跟黑人的愛情，但也唱出童年羞澀的初戀感，班上總是傳著很可愛的小緋聞，喜歡亂湊和雙方為趣，還喜歡當狗仔偷偷看著誰跟誰牽著小手，而她就是這一切的見證者，見證我們童年的每段生澀的情感，見證我們那小小的心城的成長歷程。

某次，我無意中發現，她走過的地方都會恢復成清爽怡人的大晴天，只要上完體育課的下一節下課沐浴在陽光之中，幾乎毫無作用的衣裳就能獲得重生，回到家後犯罪現場與犯罪證據早已灰飛煙滅，沒有人會過問「你是不是又去找她？」，當然他們從來沒有這樣問過，在返家以前頂多多在社區上晃個幾圈，不然就找一家飲料店聊上一個時辰，有誰會知道你瘋去哪兒呢？那時候很喜歡這樣守著一個小小的藏寶盒，藏寶盒中有著各式各樣的秘密，凝望著街衢一隅的老婆婆突然對自己微笑了，懼怕狗狗的自己頓時發覺某一隻狗突然變得很可愛……藏著包羅萬象的怪哉想法，其中喜歡她是這寶盒中的一個大秘密，當然那寶盒的鑰匙只有自己知道，每個人得心中都有這麼一個，非常微小，滿是汙泥堆積，擦乾淨後卻是所有心中盒之中最亮眼的一枚，明明當時的生活非常平淡，回想起來卻像在吃巧克力，剛開始滿嘴苦味，但纏綿到舌後根卻回甘了。

她有個很美的名字叫赤松子，我認為她的名字很像日本人，姑且想像她是個幕府時代的公主，她很喜歡襲擊一座名為雨都的城，一年三百六十五天，有兩百多天都在嘻鬧狂歡，儘管被票選為全國最憂鬱的城鎮，與自殺率最高的城鎮，記得這個概念是從理化老師中耳聞，至於老師為何特別提這個呢？住在雨都少說也有十幾年了，雖說時日也不怎麼長，第一次從東北季風到黃梅，再到西南氣流來臨，從朔風將綠顎乾盡到薰風帶來熱烈澎湃的氛圍，凌冽、燐烈都有她在，不論氣溫如何的給他驟降升起，她仍然給你一張難看的臉色，我猜她一定非常不愛笑，也許是童年過於簡單，不曉得不快樂為何，每每聽到她的到來總會聯想起五線譜上的豆芽菜，想與她合奏幾曲三拍子的清雅曲調，想寫幾首輕快的詩句慶賀她的降臨，更想衝出房門與她共舞，她就是這樣的一個小情人，妳想要她出現的時候她不一定會出現，但她絕對會在妳需要她時，突如其來的，心中卻道著：「原來妳知道呀！」

直到現在，每一次見她，儘管少了點小時候單純的模樣，她並不賦予我任何感觸，僅僅是心靈與心靈的初衷接觸，而現在，喜歡偶爾望見她，是心靈需要被自然洗滌，於枷鎖之中尋求一種脫離感，其實若將那些感觸看做為無，那一切感觸皆為無，但我們始終被她象徵為愁所困擾，平心靜氣時總習於撐起傘狀物拒絕接受她的洗禮，唯有一個人憂煩圍繞之際，想靜謐步入一場夢，她就像那場睡完就醒就遺忘的夢，讓人暫時以水築牆、以霧為寐。

雨，是我童年的一種，很慶幸自己有很多很多種童年，在遇到很多事時，總會這樣悄悄的步入。洗刷現今無法對訴的默思，洗刷現今無法了結的困頓，洗刷受到冤屈的曲從；雨，是我未來的一種，從孩童幻化成了療癒天使；她，是我情人的一種，每次見面總會滲入心中，撥動那根名為感觸的弦，她以淒絕的歌聲合上那曲，我想大概是我的弦造就了她的風格，有時我們選擇了麻木，也許是選擇了不願面對她那動人心弦的歌聲。

她急躓而過，留下一片晶瑩剔透的籃球場，且再過一會兒就見不著她落了一地的裙紗，但她仍然不會逝去，就算每個人都不相信她會留下，她那猶如天女下凡的霓裳羽衣會在心弦上留下一絲微露，等待下次赤松子來到時，能尋找到她正在愀愴子期。

評語：

莊政衛：

全文在個人情感方面多有著墨，融入回憶，紀錄青春的人情事物，文章屬抒情回憶。但內容似乎主軸不明，又題目與內容關係模糊，所要表達的究竟為何交代不清，以致讀來有些難理解，感覺是作者喃喃自語，而讀者卻不知其所云。建議不妨寫具體人事物，加以詳細鋪陳，使文章有個明確重點。

彭翠瑛：

結構有點難懂，一直猜想「她」是具體的還是抽象的，到後面卻又出現一個名字又不多說明。為何是「淋雨」？在全文沒有看出有關「淋雨」的人和事，只有下雨的籃球場。不過有些比喻的手法很好。

吳凡：

作者情感流露全文，書寫回憶之事，但是沒有描寫具體，主題曖昧不清，讓人有點不明白其主旨為何。雖題目為淋雨，但是描寫淋雨少之又少，聯繫不明。富含感性，但若能將題目發揮多些會更好。

只是兩隻擱淺的海豚

陳玟瑀

暫步擱淺，礁岩若任由其裁剪一片片絢麗的浪花，若道：「樂其實是由苦楚建立起。」正對鏡梳妝不知人情險阻多端的閨秀們，從軒窗攀觀著外頭的君子，距離太遙遠而拍打不上的浪啊！才是最令人牽絲掛念，錦屏人待韶光流逝總覺光陰賤，卻也最平淡弗慎入荊棘，在那之前總覺兩隻海豚雙游是多麼令人欽羨，牡丹亭最精彩的故事是在兩人相戀之後才開始，多少故事特別突出描寫了曖昧情結，但又有多少故事道出王子與公主幸福快樂背後的辛酸血淚？

莎士比亞說：「毒藥有時也能治病。」治的不是王子與公主過多的幻想症，就是他們的王子病公主病，更是治療現代人偶像劇觀賞過繁的通病，當然這並不是鼓勵大家完全的現實主義，而是這其中複雜的關係，當我正寫出這篇文的同時，也正面臨這樣的問題，令人切身的痛楚，也許書寫出並沒有比較好過，只希望正在面臨同樣問題的人拍拍你的肩道：「我跟你一樣也在努力維繫著，這段醒了又睡睡了又醒，但它卻又不只是一場夢。」

四月初，正值寒水依痕，春意漸回，貌似柳鞞鶯嬌的良辰吉日，儘管清明時節雨歡欣的逗弄著愁苦著面容想要出去透透氣的人們，卻阻擋不了早已訂好春吶票的熱情民眾，當然今年我們也在其二，且負著慘痛近乎要進加護病房的傷勢，卻對於如何避免擱淺這是兒毫無頭緒，望著台東因黃梅而感染了冷調色彩的海，光騎著車呼嘯而過，就覺一身寒顫，海豚在熟悉的沙灘上游都會擱淺了，那在春吶滿是淺灘的墾丁呢？每次都以為興起無端思緒是多餘的，那思緒卻是必要的，有時卻也抓不住其準則，人真是種難當的生物，應對進退都得學著熟悉應付，還得從中找到自己的興趣去追尋，要結果總是要學會先怎麼栽。機車駛過蜿蜒的台九線，蜿蜒到快要斷腸了，路卻還是很遙遠。

一路上看見許多老舊的社區，雖處在山巒腰間，但整個社區卻比起早已都市化的社區還要有自身的特色，部落圖騰的入口，五顏六色加上各形各貌的幾何圖形，甚至有些社區還擺著穿著傳統服飾的木雕人，僅僅呼嘯而過，在後座無聊的我開始胡亂想著，是否找到那隻陪自己擱淺的，至少比時常逃離現場的幸運許多，那隻就像這些部落，藏身在千千萬萬社區中，幾乎不會有人去注意，但用心觀察才知驚艷之處，當你欲窮千里目時總得更上一層樓，總叮嚀著層層險，步步驚，深深幾許適，莫錯荼蘼。

一到墾丁，第一個熱情迎接我們的主人是八級海風與曦軒高掛，近乎要被白醭爬滿的身軀轉瞬淨化，到底多久沒有沐浴在金烏之下了？她身穿金縷衣，卻不讓人感受到她的華麗奢侈，世間萬物皆須接受她的洗禮才能苟活，淺淺的藍沐浴在調色盤上抹淡了灰色地帶，五顏六色的旅館橫列在南灣路上，像是七彩糖每咬一口都有它的驚喜，而我與L君找到的驚喜包則是一家希臘式建築，拔步幾許即可與恢弘的海若相擁，和智慧老者談論他那看破風塵的闊綽之心，仰望三十度的蒼穹，L君問了我為何不看看海，而是仰望著九天玄女的骸？我思索著：「若撒潑了光陰怎麼也煉不成亙古，該放又或者不該？」我並未開口，並未想知道你從我的表情窗口中得知了什麼訊息，偶然會與你和濃烈的威士忌聯想，本該滲進點可樂即可平衡它的口感，我沒嚐過，不過我猜你是那樣的，張愛玲《愛》也許述說了這奇妙且莫可名狀的感受：「於千萬人之中遇見你所要遇見的人，於千萬年之中，時間的無涯的荒野裏，沒有早一步，也沒有晚一步，剛巧趕上了，沒有別的話可說，惟有輕輕地問一聲：『噢，你也在這裏？』」

木飾框架被貝殼點綴的梳妝台，我對鏡貼著花黃，L君依舊在床上把玩著他的手機，在此般靜謐的時刻，有時候會覺得你並不是與我同在沙灘上等待救援的那隻海豚，偶爾的偶爾會這麼覺得罷了……

午後夕照不進這間毫無月洞的海洋希臘式房間，它充滿了隱蔽性，也遮蔽了對於大自然的視線，兩個小時的車程疲勞，在幾個時辰後早已獲得充分的歇息，不知道現在外頭是否如江參的畫作般清曠，敞開一道房門，敞開一道對凡間的希冀。老闆娘穿著優雅的翠綠碎花洋裝，飄逸著烏黑的秀髮，帶著稍顯帥氣的太陽眼鏡，坐在騎樓的遮陽傘下與友人聊天，我們彷彿也感受到這般度假的氣息，順道問了她「哪兒的海灘最嫵媚心弦？」

她與友人一道說：「去白沙灣，往右走看到7-11，再經過一段路會看到三叉路口，左轉右轉皆可。」我們點頭道了謝後，再度踏上令人臀部背部酸痛不已的機車上。

鹹鹹的水氣，一股腦兒的湧上心頭，映入眼簾一片淡藍色的海，些許礁石點綴在無止境的沙灘上，夕暉閃爍在浪花上，像是一顆顆無法褻玩的珍珠，還沒游過去之前它長在你眼裡，游過去後卻長在你的身上，但回去後卻不帶走任何一絲棉密的柔光，我與L君踏著浪，這是否算是另類的擱淺，綻開笑靨內心卻各懷鬼胎，猶如孩子般堆著沙堡，也許我們內心深處都急切需要那點安慰，但我們找不到……每到需要談論彼此時，總是欲語淚先流，斜陽幾度？可頓成淒楚，亦可頓成歡心，可頓成擱淺，亦可頓成悠遊，僅是該如何成就？竟惹千帆沉。沙灘後有家小攤販，我們向他買了一顆椰子，記得上一次這樣喝椰子水是連幼稚園都還沒上的年紀了，我笑著說：「這好像在喝交杯酒。」像個孩子般流露出溫暖的笑容。

儘管至目前為止都非常平淡，彷彿暴風雨的前夕總是異常靜謐，傍晚逛完異常紛華的墾丁大街，回到房間睡了一場美容覺後……

鬧鐘喚不醒前些日子不斷擱淺的戈矛紛爭，疲困不堪的我們沉浸在深層的夢寐中，它整整呼喚了兩個小時，嗓子都快啞了，整整一格電消退在這個難以甦醒的東隅，L君呼喚了我好一會兒，直到我察覺自己的意識從夢中拉回現實，心想：「糟糕了。」這平常不是件多糟糕的事情，但它出現在某些時間點就變得非常糟糕。這麼說好了，墾丁，來這邊玩樂的人大部分的重點都在水上活動，女生若在這時大姨媽來，真的會有種恨不得自己馬上變成男兒身的想法，而且今天的活動還是浮淺，賀爾蒙分泌已經讓火氣大上兩倍，再加上在玩樂度假之時無法開懷，簡單來說就是火上加火的毛躁衝動。

仔細想一想，許多人喜歡童話故事或通俗網路小說不是沒有原因的，它從來不曾現身在現實中，當你驚覺生活中空泛得無法開懷時，偶爾陷入玄幻故事之中，讓自身跳脫某些空間某些想法，比起閉眼睜眼間，醒來依舊是同一個世界，來的輕盈許多，若在童話故事中的王子與公主一直都熙熙融融，那我會懷疑故事裡的公主必定毫無大姨媽的困擾，否則就是她的EQ高的嚇人，才能抵擋生理作用帶來的影響。

斗杓尚未東指即謀其計畫，在既不願抱痛又不願放棄行程之間猶豫，心想著：「適時傾倒銀河斟斗杓，搗苦楚為駐盡歡」著一身潛水衣妄想一探大洋之謎，潛水教練抓著游泳圈帶領我們，步入比我們身高還要深幾許的淺海區，一半以上的珊瑚都已枯萎，猶如睥睨整片尚未掩埋的墳場，所幸尚有幾群鮮豔的熱帶魚穿梭其中，否則這海域還真似一片死城。L君雖然頗會游泳，但潛水卻似個旱鴨子，不斷從水中冒起來咳嗽，這讓我頓時思索到L君其實也有其不擅長之事，近來時常都是他去克服其不擅之事，我早已找不回那個熱衷於把牢情感的角色，而摯沒則是他從前的樣子，盤攬了一段光陰，竟未察覺我這消極的模樣貌似極了過往的他。

「究竟是怎麼一回事？」我捫心自問了，卻毫無反應。

「這到底是……」

猛然一陣怒吼，把我從感知僅剩下腹部疼痛中搖醒，每到這時我只會問自己一句「發生什麼事了？」，舟人於湖心一點欸乃曲，擴散在無垠日月，再怎麼汲取迴清倒影，也潑不醒，「已矣乎！已矣乎！」蹣跚歪斜於浪濤澎湃，原來平緩的大陸棚亦漫了一地岩刃，我是隻海豚，擱淺在寂寂無聞的淺海，而我看不見L君亦是隻海豚，亦擱淺在寂寂無聞的右手邊，胡亂盲從了誰，盲從幾道傷上的蠱毒。

浮潛完整身虛脫無力，一走進房間轉瞬撲向軟綿綿的床，寐了不知道幾許，你亦於沙發上朦朦朧朧的沉眼，密閉沉著怒火中燒，直至晚照簾碎花，在幾個時辰的垂眠後，體力恢復了良多，盼你還在熟睡，靜謐理了甫近房凌亂不堪的行李，驚覺雲翳已充滿了半個天空，也許這是你思緒的寫照吧！涼風徐徐的吹，從大海而來，有點兒刺骨，有點兒悽涼。柏拉圖曾說「歲月就像一條河，左岸是無法忘卻的回憶，右岸是值得把握的青春年華，中間飛快流淌的，是年輕隱隱的傷感，世間有很多美好的東西，但真正屬於自己的並不多。」而你是否是屬於不屬於那塊領域的呢？我沒有勇氣繼續將思緒延續或延宕，霎時覺得自己什麼都不懂比懂得更快活。

正當我百思莫解之際，你睡眼惺忪揉了揉眼睛，且不加思索的問了我一句「妳還在生氣嗎？」頓時感到自身的冥思苦索都是種多餘，我會心的笑了笑，牽著L君長著厚繭的手，你就像是燕太子丹，而我在燕國等著被秦王扣留的你，秦王烙下狠話「若丹輪在一天內出現兩次，天下粟，烏鴉變白頭，馬生角，廚房的木門長肉腳」，秦王才讓你回去，然而你瑞應了天地，倘若每個故事都有心酸血淚的一面，而自己必須跨越雷池纔可撥雲見日，那是否該去探求呢？

莎士比亞說道：「黑夜使眼睛失去它的作用，但卻使耳朵的聽覺更為靈敏，它雖然妨礙了視覺的活動，卻給予了聽覺加倍的補償。」若欲與君相知，唯迴還爭執中，摳搜出另一扇窗，儘管至今還揪不出聽覺靈敏之處，然則其不二法門只在於你相信這個故事的存在，而這故事還在旅行著，且未完待續。

評語：

王誠御：

文辭略能清美，但問題甚多。依次說明。

段句跳脫，文字不順。而一段之中，主旨散漫；一句之中，文白揉雜。當先將字句寫清寫順，意思敘足，再擴衍成段。文句時有缺字、漏字之問題（如：「直到晚照簾碎花」不知何指，當作「直到晚照照到簾上碎花」），句子結構如主語、動詞、賓語、受詞之類，時缺其一（如：「是否找到得那隻陪自己擱淺，其至少比時常逃離現場的幸運許多」，全句不知所云）。文從字順乃為基本，基本若不足，其他均勿論。

文中將兩人譬喻成海豚，甚好。然交代不清，第一次將兩人譬喻為海豚出現於第三段第四行，但十分混亂，線索晦暗。

文字有些部分好用生難字；有些部分好用典故；有些部分好挪用愛情詩詞，情調哀怨；分別受他人影響，可惜不能自成一格。某些部分稍油腔俗調（如：「若在童話故事中的王子與公主一直都熙熙融融，那我會懷疑故事裡的公主必定毫無大姨媽的困擾，否則就是她的EQ高的嚇人，才能抵擋生理作用帶來的影響。」），全文風格無法一致，要用典則全篇用典，要古典則全篇古典；此文欲有四種，反而四種皆不能佳。少個人面貌，且亦不能充分承載情感。先將文句寫通，次尋找個人風格，再磨練筆法、句、段，四求結構佈局與含義。全文古典與現代詞彙混用，宜考慮合乎情境與否（如現代還有人「對鏡貼花黃」嗎？）。典故不少錯誤，應特別注意。此次代為削正（如原文作「對鏡貼黃花」，據木蘭辭改正為「花黃」；原文作「茶靡」，改正為「荼蘼」；原文作「欲上千里目」，據王之渙詩改正為「欲窮千里目」；原文作「牡丹亭的故事是在兩人相戀後才開始」，大誤，牡丹亭第一折寫兩人相戀故事嗎？改正為「牡丹亭最精彩的故事是在兩人相戀後才開始」），下不為例。然所用典故率皆平常，與全文結構、氣氛、主旨罕有聯繫，況還有錯誤，不如不用。

各段之間，聯繫頗不足（如第一二段用莎翁「毒藥」之句聯起，突兀）。此文亦顯莫名其妙，兩人是有所爭吵或和好，皆語焉不詳。心理描摹也跳脫，使人稍不能感同身受。（比方最後云L君是燕太子丹，引天雨粟之故事，不知所云，身分、感慨、氛圍、內容皆不同。）

再者，此次璺丁行的意義是？如果要寫兩人心緒轉變，宜與璺丁多作牽連。比如浮淺給心境的衝擊是？此文浮淺是浮淺，心境是心境，各不相干。海豚意象，結尾也不曾出現，難貫徹全篇。況且題目云「只是兩隻擱淺的海豚」，意義何在？擱淺如何聯繫到兩人心境？兩人最後是擱淺還是獲救？而擱淺的意義、象徵是？寫現實固佳，但應思考寫現實有何意義、啟發？若無，則此篇，恐也祇是遊記。若要敘事兼抒情，事須敘清，情務抒足。如已不能綰合，甚勿雜用意識流，或詩化一類技法。

莊政衛：

文章第一二段與第三段之間有斷層。

整篇文章顯無病呻吟之嫌，將自己比喻為「擱淺的海豚」，本應在內心或情感矛盾上要有主軸。但文章寫遊玩墾丁，卻百憂心生，在情緒究竟是喜是悲，很難讓人理解。其心思與外在活動關係性不大，似乎是杞人憂天而已。而寫憂思又無深刻探討，意義不明。用典注意其適用性，如張愛玲〈愛〉。若能有明確人、事、物，方可較能與主題相連，若只單寫其心思與遊玩，而兩者又自相矛盾，那「擱淺」、「海豚」的立意實在匪夷所思。

我城，故我在

陳玟瑀

一種陌生，然伸手即觸摸到的熟悉度，隨著「卡搭卡搭……」清脆且逐步邁進的速率，溢出滿滿生疏情緒，起初我並不知曉，這樣布臆而發，排山倒海而來，至心門前卻如一灘止水，睥睨而視，奮袂而起，卻在瀟灑轉身前，撿了滿地芝麻。

「已經近乎一個學期沒回家了。」別於正颳著低氣壓的台東，火車駛過蜿蜒峰巒後，豁然開朗，金烏刺眼灑在窗櫺旁的City Coffee，揉揉甫惺忪的厚重眼皮。

望著其他乘客享用著美味的鐵路便當，我頓時嘆了口氣，忍著飢餓啜了口咖啡「又錯過用餐時間了。」聞著那股撲鼻而至的香味，且一想到還得坐在硬梆梆的座椅整整三個小時，頓時越加暈眩，拾起智慧型手機、拿起書本，皆使人一陣眼黑，只得當個偷窺狂，觀望其他旅客如何度過這段時光，某位大叔正玩著Candy，且他似乎也發現有人在看他，但我著實百無聊賴，就勉強不去在意他人異樣的眼光。

「答答答……」一手撐著耳朵聆聽秒針運轉的聲音，另一手則是慵懶擺放，一般人暈船、暈車，而我連火車也會暈，就在又要再度昏睡之際。冷冽擺槊的建築物煞時映入眼簾，華燈初下，垂眠的夜獸被科技點亮，大吼一般，嚇跑自然中些微殘光，時間被牠殘暴的爪撕碎解構，人們開始伺機而動，夜，猖狂在每個街衢小巷，電視牆24小時播放著，彷彿每一分每一秒都充滿了商機；夜，貪婪且偏愛燃燒夜貓子的生命作為牠的能量。

什麼時候開始？二十層樓以上的房子在我眼裡成了稀有動物，盡管再怎麼不適應這樣的景色，然而高度的風刀霜劍與隱蔽性，讓我頓時揚起了莫名的安全感，這樣的寂寥偶爾使自己找不到存在感，卻能簡單在低調中奢華，不會有人想要挖掘你，只因每個人都是繁忙的（也每個人都寂寞），當然每件事都會有前提，你只要不是政客、明星或富二代。

此次回家純屬意外，若不是因為教育部某個活動必須出席，我大概整整一個學期都不會回家，當然，除了來回車票等於一個半星期的伙食費，另外的原因則是不喜愛被過問，畢竟我們家存留著一點傳統觀念，就算過得不好也不能講，過去學校都教導我們不能撒謊，但從小就因家庭背景習慣了只能講好的不能講壞的。亦有點類似北部人的官腔語，面對長官就算內心罵再多的髒字，依舊不能出言不遜，得笑臉迎人，若要將其推翻只得暗暗地來。

知曉這樣的官場黑暗，大概是從小時候睡前時常聽父親與他人商討對策開始，例如：「P君最近如何如何，你只要如何如何對付他就好了……」，亦知曉千萬不可以惹火看似和藹可親的笑面虎，若不想被「暗暗地來」，就請笑笑的饞言。

「不論你去哪裡，你總得回來的。」這是父親一句短短的箴言，說完後他解開翅膀上的枷鎖。有一段歲月我疾首蹙頞著這座城，不論這座隱蔽城提供了多少靜謐置身的角落，於是掙扎，以滿身割痕的軀體展翅。不相信自己屬於這裡，不相信自己適合這裡，更不相信自己需要回到這裡，一味覺得該屬於其他城市，於是轉身，流浪，練習揮一揮衣袖不帶走一片雲彩，最終滾得批繆滿身一貧如洗。直到待久了他鄉，據數據指出一般人只要旅遊五天以上，就會開始想家，不過對於慣於平淡生冷（盡管表現出來的不是如此），亦可說是後知後覺的我，到異鄉第二載才明白所謂的「鄉愁」，訣別之後心缺田，出走後無法吐膽於自心，對全世界逞強「我不想回來」，但絕不能對自己的心撒謊。

余光中的〈鄉愁〉：「鄉愁是一枚小小的郵票／窄窄的船票／矮矮的墳墓淺淺的海灣……」，不僅如此，更是一骨子刻印著那樣的脈絡，你能夠改變郵票、船票的地點，能改變墳墓祭祀的場所，更能改變觀望海灣的地方，而你唯一不能改變，則是流進高樓大廈根基血脈，你流傳著都市人冷面冷心，且從小看著父母這麼生活，有太多時候只得認命無法改變，而我偏偏是個桀驁不馴的硬骨子。

一種空泛，伸手即觸摸到的坦然，但經歷某些事件後，卻連伸出手的勇氣都一去不返，這是成長、退縮還是過程？我心已醉，測不出酒精濃度，測不出未來距離，更測不出夢想與幻境的分別，緋拂擲一地如泥，糾結滾了幾圈後，我走上月台，隨著捷運「咻咻咻……」混濁且奔波忙併的速率，溢出滿滿生疏情緒，我自臆著「多久沒有認識這裡的人了？」，步趨活動會場，從小生長在此的大學生，不論男女大部分在國中即學會裝扮自己，即使離開都市，散發的氣息中依舊流露，尤其是學商管法律類科，總比同年歲的人成熟許多，這些人皆是經由公部門挑選後的學生，盡管我也是其一，卻滿溢著僥倖入選的感受，整個會場不乏台、政、清、交、成的高材生，且行為舉止頗有雅緻。

迅速的找到位置坐下，身旁都是生人，亦是希冀亦是危機。這桌有三位與我一樣是中正紀念堂的見習生，與一位國父紀念館，另外三位則是政府財務部，起初大家皆默默不語觀察對方，彷彿在宴會之中先表露出自己的人是輸家。直到我與坐在對面的女孩對上眼，整桌才開始熱鬧起來，原來中正紀念堂與國父紀念館的見習生皆是中文系的學生，既知有了共通性，那麼聊起天來轉瞬暢事許多，且未來的主管黃姊姊儘管懷胎六月，依然帶著滿滿熱情來參加這項盛舉。

「妳人不是在台東嗎？怎麼會來啊？」黃姊姊笑臉迎人的模樣，讓人看了在陌生的會場都心胸舒坦。

「因為月底要搬家，只好現在過來了。」她拍了拍我的頭，而我則對她會心一笑，而在此之際，演講者正巧講到了公部門的功能——除了能夠領萬年薪之外，其重點在一顆服務大眾的心，許多人考不上是由於缺少了這樣的心態，它是條不歸路，卻也是個能成為一生志業的職業，凡人只要顧好自己即可，而公部門則是「服千萬人之務，造千萬人之福」。

我轉頭看了看和藹可親的黃姊姊，真正長樂工作應是，於官腔之中亦能突破舊規創造與自己個性相符的面對方式，別人的方式不一定適合自己。尋覓一種生冷尚未碰觸的領域，猶如手上拾著寶箱的鑰匙，卻不知如何運用，衝刺久了疲乏了，捫心自問「我是誰？」雖然依然無法回答，不過，總有一天會找到的，對吧！

一種陌生，然伸手即觸摸到的熟悉度，隨著「卡搭卡搭……」清脆且逐步邁進的速率，溢出滿滿生疏情緒，現在纔曉得這種感覺稱為「鄉愁」，感受傾洩而出，像沖積扇一般緩緩的化開，像吃巧克力一般逐漸的溶化。你好，我是個情感初學者，魂魄無感了太久，還差點歸西。

「不論你去哪裡，你總得回來的。」嗯，我在回來的路途上了，等我。

評語：

吳凡：

以在火車上度過漫漫時光的無聊、緩緩駛回家鄉的百感交集開頭，中間敘寫了從小生長環境，經過耳濡目染之下漸漸冷淡的面孔和心，還有從剛開始亟欲離家，到後來慢慢一點一滴流露的鄉愁，讓人在字裡行間感受到情緒的轉折與淺淺的感傷。在最末又將文章帶回火車上的場景，作者終於體會那像慢慢融化心底的感情是鄉愁。讓人忍不住心生相同感觸。

中間和會場上的姐姐談話，所要表達意義有些不明，和鄉愁也較無關聯，如果能更抓緊主題發揮，會更感人。

彭翠瑛：

無論走到那裡，你總要走回家的路。文中作者對故鄉的思念隨著回家時的每一細節而漸漸加深，但其中有些情節似乎有點多餘，可刪減或加強。

莊政衛：

對於家的感情鋪飾不錯，從離家之心，逐漸流露出鄉愁，帶出往日回憶，轉折委婉，傷感幽幽。後段的對話富有人情味，但隱約有斷層存在，應該在修飾會更好。

陳昱儒

小傳

高雄人，過於理性甚至被說是毫無情感可言，一邊聽音樂看書與文章是人生的一大享受。

散文觀

散文是一種充滿爆發力的文體，它所能伸及的範圍實在很廣泛。在人生的旅途中，寫散文並不是單純為了創作而寫。也許只是對某些事物的特別印象與深刻體會。就像是人類為了瞭解自己生存的意義，人的生存價值也在於他是否思考過這個問題。在書中散落著無數的幸福與感動，就像那白天到來時消逝的星光一樣，有如夢幻般的存在。

人生如棋

陳昱儒

還記得當年年幼的我，因為同學而學會軍棋這個國粹，當時我的個性火爆易怒且常常和同學打架鬧事，但學會軍棋不但讓我了解那種如等待獵物般冷靜地思考，更帶給我那充滿無限的好奇慾望。第一次初出茅廬是和同學對弈，但漸漸地他們因為敗給我許多次便對這遊戲再也不感到興趣了。直到後來因為跟爸媽聊天進而得知外公是這方面的高手，倘若能與外公較量個一局、廝殺個痛快，或許可以讓我體會到中國象棋這高雅的藝術。

或許是我錯了！當我在與外公對奕時，我第一次體會到那如臨大敵冷汗直冒且兵臨城下的感覺，這場戰役不是平等的戰役，雙方的實力有如天壤之別，雖說我開場氣勢如虹且將砲馬盡用但卻只收了幾隻小卒。但換我外公出手時那如火炬般銳利眼神，神華內斂的以柔克剛並從容不迫收下我方將士項上人頭，用的是那已經被時間侵蝕長滿皺紋卻充滿溫暖的手。我想，一個久歷沙場的老將訓練了一位有如初生之犢的新兵，或許就是這麼一回事吧！

只見外公後起攻勢有如那排山倒海般的暴雨般反撲而來，我卻驚慌失措並索盡枯腸已久卻仍是不知如何是好？直到最後兵臨城下那帳中的主帥自縊而死，結束了那鴻圖霸業的一生。外公那攻勢就像是《孫子兵法．軍爭篇》：「其疾如風、其徐如林、侵掠如火、不動如山」前面那僅用單車入宮那一騎當千強大的威懾力，令人不禁感到咋舌。但我的棋藝也在外公的指導下與年齡一樣日漸有所成長。

我想那時的第六步或許是我的致命傷，在棋盤裡，車無輪、馬無韁，叫聲將軍提防提防。我漸漸地體會勝敗乃兵家常事，且在軍棋裡逆風並不一定代表會敗北，說不定還有那一線生機，只要先取得對方軍中帳內將帥的性命便是贏家。倘若能將靈魂寄託在將帥裡，如身棋中、立於兵列或許就能長驅直入，不費吹灰之力取敵方將帥首級。

在人生裡就如同在那棋盤裡，起手無回，落子不悔。勝敗乃兵家常事，棋者，開局是一樣的，誰不多一子也不少一子。人生如棋，黑與紅的交錯，生與死的相融。人生，亦如棋，亦如戲，棋中有戲，戲中有棋。將帥計策顯神威，起轉峰迴雲袖截，莫使黑帳染朱血，瑜亮謀士佐君業。雖說人生不如一局棋可以重新再來，但是漫漫人生卻可以容許踏錯任何一步，一步錯僅僅只是人生中的一個轉捩點。但若因此而灰心喪志便一著錯，則全盤皆輸了！就像那烏江自刎的項羽，出身名門且少有大志，起兵反秦入主關中並自立為王。韓信曰：項王喑噁叱吒，千人皆廢，然不能任屬賢將，此匹夫之勇耳。項王見人恭謹，言語呴呴，人疾病，涕泣分食飲，至使人有功當封爵，印刓綬弊，忍不能與，此所謂婦人之仁。項王雖霸天下而臣諸侯，不居關中，都彭城，又背義帝約，而以親愛王，諸侯不平。諸侯之見項王頡逐義帝江南，亦皆歸逐其主自王善地。項王所過，無不殘滅多怨，百姓不附，特劫於威強服耳。名雖為霸王，實失民心，故曰其強易弱。今大王誠反其道，任天下武勇，何不誅？以天下城邑封功臣，何不服？

過河兵卒去不回，孤軍難解垓下圍，霸王含淚對虞姬，八千子弟皆亡盡。我想項羽或許會後悔在那鴻門宴中放走了劉邦，雖說這無疑是放虎歸山，但他成就了四百多年的大漢王朝。所以說人生如棋，固然可以從下棋中得到許多借鏡之處，但人不是沒有未來，一步錯則步步錯。我想這句話不適合用在人生上。人生是看你怎麼佈局與應變，面對人生的挑戰唯有從容應對，堅持到底，才能成為人生勝利組的一員。

評語：

莊政衛：

從下棋對弈理，思索人生道理，值得回味。內容提及與爺爺的下棋經驗，雖然看似一場懸殊之戰，然而從中可見作者所學甚多，明白了自身能力高低與謙卑為懷的態度，並加以改變性格，擴大了下棋的意境，另外也能感受到爺孫間的感情。人生如棋，人人都是顆棋子，走在人生的棋盤上，要如何成功順遂、闖蕩阻撓？的確是需要深思。

陳玟瑀：

是篇煥然一新，有別於許多散文的作品，結構完整生活經驗與感觸分配均勻，由下棋的經驗延伸到該如何當人。一開始只覺得和別人鬥智能讓自己靜下來，到後來遇到了箇中高手，才深深體會到下棋的涵意。軍棋不只是休閒時人們愛玩的遊戲，在古代更是交際的工具，下棋的方法代表著一個人的性格。用典與內容描述還不太能融合且過於生硬，可多參考王某的文章，用典不著痕跡又融合了自己的想法，且許多地方過於冗長，可多加潤飾。

陳宥廷

小傳

喜歡貓，因為發現性格很像。
喜歡高雄，因為那是最終的港灣。
喜歡音樂，因為心可以沉澱。
喜歡閱讀，因為可以讓夢翱翔。
喜歡旅行，因為可以讓勇氣在每個步伐滋長。
喜歡粉紅色，只因那是摯愛。
我就是我，冷靜與熱情之間。

散文觀

來自於心靈最深處的那一塊瑰寶，
淬鍊、收藏、咀嚼，再與你分享。
如仲夏璀璨的花火，
絢爛，一整個夜的心空。

雪落，夜閃——記箱館

陳宥廷

制式化的女聲催促往來的旅客，持著甫更換過的新護照，一身與氣溫不相符的衣裳，閃著光澤的扉頁挑起我按捺不動的心，隨口提出的想法被神仙教母一點成真，如同仙杜瑞拉的美夢般不可思議，即使十二點的午夜鐘聲敲響，一切將會隨著閃閃晶光殞落，但，我的旅程卻是那留存下來的玻璃鞋，被我如絲絨般的心緒，好生珍藏。

離開了載著夢想的翅膀，屬於冬季的寒冷刺激著全身的毛細孔，呼出的氣體呵成白霧，散了一口的雀躍，雙眼所能眺望的一切全被雪后的裙裾所覆蓋，雖無繽紛的雪之華在空中飄蕩，但此時納於眼底的景色，我毫不猶豫為她打上了滿分。

北海道，是日本道府縣中唯一的道，也是國境最北的區域，有別於我生長的國度，北海道的民情風光，對熱帶島國的我們和此地生活的居民來說都是相當乾燥寒冷的季節，出入依舊裹著厚重的大衣與靴子，當地的車輛也為了適應寒冷的氣候使用專用的雪胎、雪鍊，雖然早已過了降雪的時分，但融雪的時刻卻更為寒冷，讓人誤入了這華白的陷阱，凍了一身深雪。

而此行的最大目的，為的是能一探朝思暮想的美景，感受霜雪女神的恩賜，讓我聽一曲她的深刻，突如的一句話，留下此生最令我駐足的一刻。

這幾天北海道的天氣很不好，前幾天還下了好久的大雪，氣溫也比之前還要低許多。

讓居民蹙起眉頭的話語，卻把我的期望吹至最高點，果然，語音剛落，細細小小的花瓣隨著刺骨的冷冽緩緩親臨，我的眼角早就因為這出奇不意的賞賜，飛上了天成了蜿蜒的月。眼前藹藹的景色頓時失了我的寵愛，那落入手中隨之消逝不見的六角結晶，才是我最珍愛的妃。

一路上，細小的雪花落成了顯而易見的朵朵白雪，這是生長在彈丸之地的我何得能見到的奇景，顧不得手中的傘花、零下的氣溫，凍傷的雙手，在大雪的襲擊下，青春的記憶烙下一道道痕跡，讓如精靈般飛舞的雪華妝點我的衣、我的髮，興奮與感動早已團團將我包圍，我甘願為奴，終生服侍。經過多少個四季輪轉，我終能遇見，從幼小的遠觀到茁壯的近臨，如今能完完整整的將自己呈現在妳綴滿霜雪的裙前，觸得到它的冰冷、見得到它的繽紛、承得到它的震撼，除了俯首感謝，還是感謝，我別無選擇。

往後的每個晨曦與日暮，我都倚在爬滿水珠的窗，眺望著被層層白雪淹沒的城鎮，開始乞求妳能帶給我一整天的恩典，讓我能在這個遠離塵囂的國境之北，遇到妳，讓我感動無比的妳。

片片雪影引領我們啟程，被暴雪掩埋的車輛、掛滿霜降的松樹、未溶化的湖面冰層、屋簷如冰淇淋筒的冰柱、終年被雪包圍的活火山、整片漂洗過的白布斜坡、無法吃完賣力奮戰的甜筒……等平時看不到的景象，我那顫抖不已的雙手捧起心的相機一個個鎖入腦海中，一張張的色彩印象，將時間永恆停格在感動的轉瞬，雖然無法將我滿腔的澎湃激昂表露，但那回憶中燦爛無畏懼嚴寒的笑容，卻是多久都不曾褪色的膠捲。

而我另一項目的，是為了瞻仰富有百萬夜景之美稱的函館，雲彩漸漸染紅，氣候也胡亂添了幾筆色在這廣闊的畫布上，搭了纜車登上函館山的瞭望台，人潮的擁擠將我推向了妳的面前，還未梳妝的妳，清雅的在半月型的椅上寐著，準備睜眼擄獲全場。我撐著欄杆俯瞰棋盤格般的函館市，好似縮了幾萬倍的積木羅列豎立於眼前，新月型的函館灣，是剛剛的月不小心落下了嗎？眺望著與鄂霍次克海相視的青森縣，遙想著千年前的船錨匯流，是帶動整個菊島強盛的一大功臣。

夜晚悄悄的關了燈，那價值百萬的美景也拉開了她神秘的面紗，遊客爭先恐後附在景觀台的玻璃前，深怕一不注意，就會錯失她那絕美的回眸，剎那間，萬盞燈火瞬間在同一時間點亮，華燈初上，螢火般忽明忽滅的火光，如打翻珠寶盒的美麗，五顏六色的珠圓，綴了一灣驚心動魄的絕響，如一道眾星點綴的銀河流入大地，令我感嘆、萬分驚訝，手上的相機也不斷為這價值連城的景象留下永恆的倩影，買下了特別的螢光明信片，寄回我愛的家，將函館的絕色帶回台灣，好好釀起來，時不時拿出來細細品嚐，再醉一輪月影成雙。

再看一眼！就一眼！但我終究被帶離了境，利用機上的小窗來向這城市道別，這是我不捨離去的無奈，此次旅行最深的感動，莫過於當下所感受到的一切，這是數百張的記憶中最難以留下的部份。我單純的冀望神仙教母能再次實現我的另一個美夢，在熾熱的夏去臣服於富良野的熱情與妖艷，在刺骨的冬回到此地感受難以忘懷的單純悸動，這一次的奇遇，雖然精力早就消耗殆盡，但，心靈的感動卻遠大於身體的疲憊，我想我是真的愛上妳了，北海道。

每一段旅程的開始與結束，象徵著一次心靈的成長，旅行的意義似乎就是如此，用一身的皮囊去感受世界的浩瀚偉大，將自己縮的如米粟般渺小，能得到的一切就如大洋般廣闊，供你徜徉其中，而瑣碎的暗礁，將會是一朵朵激起的青春浪花，我的旅程尚未結束，依舊，乘風破浪。

評語：

王誠御：

辭采略佳，行文亦頗流利。但結構平鋪直敘，略無引人之處。遊記本身已似流水帳，若不於結構下功夫，恐無可取。感慨不足，什麼才是「必」到北海道才能有的感觸？否則隨口敷衍，閉門造車也可成北海道遊記一篇。寫初見雪景之感動也太浮泛且不足，此事宜大書特書。文句尚可，但「的」用得太多，文句也可更精鍊、更形象，才不至流為遊記。（或謂：「此文本是遊記，又需不致流為遊記，豈不自相矛盾。」須知：若作遊記而成遊記，世人皆可，何必文學家命筆？既作遊記而不滿足於遊記，則文章本身的內在張力便已動人。如《金剛經．如法受持分第十三》云：「佛說般若波羅密，即非般若波羅密，故是般若波羅密」，或即此義、姑再舉一例：李贄《焚書》卷三〈讀律膚說〉云：「然則所謂自然（我們可將『自然』二字填換為『遊記』）者，非有意為自然（遊記）而遂以為自然（遊記）也；若有意為自然（遊記），則與矯強何異。」）

寫北海道、函館俱用擬人法，但兩者必有不同之處，用擬人手法反而面目相似，宜分別之，才不至千篇一律。

吳凡：

意象華美，善用譬喻，使全文流露一種精緻的美感，將雪的繽紛、震撼描寫深刻。然如上所言，感動處稍嫌不足，景色寫得頗佳，但作者本身的內心情感沒有完全發揮，而最末段的總結也不足，來得有些突兀。不過整體來說是一篇佳記。

（王誠御按：似未到華美。然甚有潛力，來勢可期。描寫雪並不非常深刻。）

莊政衛：

寫北海道景色以文字呈現神秘美感，意象有塑造出雪境的寒冷蒼白，讓人不禁去想像那遙遠的國度，美中不足的是情感還不夠深入，另外末兩段與前面連接不上，轉折太突然，中間似乎未交代清楚。

陳玟瑀：

此篇文章一句話平均有一個「的」，整篇看下來平均一句話一點五個「的」，平均一個還不要緊，但若一句話有兩個，不僅看的人要思索一下第二個「的」寫的是什麼，念起來也非常饒舌，且重複的文字過多。

雖然是寫關於下雪的題目，但第二到第八段通篇以「雪」稱「雪」並沒有其他替代詞出現，盡管寫的題目再美，形容的景色再旖旎，若通篇僅敘述「雪」好美，看到第三、四段就會讓人不想再讀下去。開頭與結尾所形容的都頗具特色，像是開頭的「離開了載著夢想的翅膀，屬於冬季的寒冷刺激著全身的毛細孔，呼出的氣體呵成白霧」，和結尾的「將自己縮的如米粟般渺小，能得到的一切就如大洋般廣闊，供你徜徉其中，而瑣碎的暗礁，將會是一朵朵激起的青春浪花，我的旅程尚未結束，依舊，乘風破浪。」但中間主幹可詳加敘述旅遊的情境，若只要描述雪，那每一段的形容與心境都要有所變動、前進，讀者才能跟著文字一起前進。

彭翠瑛：

用擬人來形容作者對雪天的興奮及眷戀，使得在表達自己的情緒和情感時更深刻。每一段旅程是一段成長，可是文中似乎少了「成長」的成份，在描寫自己對北海道的喜歡的同時，可以多加一些自己學到了什麼，如何「成長」。

不生離，必當死別

陳宥廷

如果說生離使人緩慢獨立；那死別便殘酷而迫切使人獨立。每一位來到世上的個體，需要多少時間多少契機才能有所成長？而不論是以甚麼姿態降臨身畔的離別，都是在我與你，你與他，他與她結下的因之後。

漫天揮飛的塵燼直達天聽，莊嚴隆重的誦經聲撫慰人心，黑白相映的輓聯不斷歌頌，雙眼的迷離落不盡枯竭的愁，靈柩沉重安穩置於其中，守護的燭火明滅閃爍，相中的亡者依然笑著，一如往昔……

「等下就見面了！要乖乖喔！」

人生中的第一場離別，是邁向知識殿堂的入場券。雙手倔強的緊緊握住如抓著無數珍寶似的不肯鬆開，眼神伴著淚珠滑出無盡的眷戀，面對嬉鬧的笑聲催促，新奇的遊樂器材召喚，未知固然好奇，但熟悉的安心與溫暖卻裹足我的雙腳，纏得我遲遲無法踏出勇敢的第一步，而我，還是學會了等待，懵懂的認為「分離」即是期待下次的相見；時效，不長不短，恰如其分的承擔。

「下禮拜就見面了！很快的！」

第二場離別，在狹小的車廂內，轟隆作響的引擎聲將我的不捨掩蓋了大半，燦爛的笑容說服離別的無奈。而我，在搖晃的路途中學會分道揚鑣的必然，與至親的祖父母分離，年歲將成長，心靈卻徘徊在天真無邪的時代，兩地的距離遙遠嗎？其實不盡然，真正不捨的，不是備受寵愛的呵護與疼惜，而是我所認定的，心靈真正之原鄉。

「一切都要小心！不要讓自己受傷了！」

第三次離別，在晨曦擺動重重裙帶下揭開，多次的叮嚀攔不住興奮跳動的心，初次的旅行，同儕間的深夜耳語，吵雜的帶隊制約，一步一步的攬著金光奔向愉快的旅程，一樣的搖晃，卻多了喧囂的青春高聲讚揚，或許這是人生中唯一一次喜悅的離別，但在痴狂過的酣熟之際，閃著光亮的關懷叮囑，我還是獨自想念，望一整月夜的圓滿，月光灑落我身，冰涼而沉重的寂寞圍攏我尚還青澀的心。

「在外面一切都要格外小心！有事就打電話回家，我們都在。」

第四次離別，是人生的重大里程碑，振翅的花絮蠢蠢欲動，想迫不及待的徜徉蔚藍的海天一線，全家人陪我到了藍圖的開基地，擔心與關懷如同我所身處的綿延巒山，也如湛藍大海，擁有寬廣的包容與最深遠的愛。止不住的淚如濛濛細雨不肯停歇，空虛和依賴暈成一片肩上的水漬，激起漣漪般的無盡想念，在塵埃與細霧瀰漫的車聲中離開。

學會分離衍生的等待，學會習慣。

空蕩蕩的屋內只有昏黃的燈光陪伴，不斷傳頌的經文在我耳邊訴說著虔誠，疲憊的倦容顯露著抹不盡的滄桑，無情烈火吞噬著最後的冀望，阿祖的遺照被燭光照耀的清晰絢爛，喜歡拉著我看歌仔戲的阿祖、喜歡跟我搶糖吃的阿祖、喜歡偷塞零用錢給我的阿祖……

「啪——」閃爍的燭火滅了，屋內頓時被黑暗攏罩，我的眼看不清了阿祖的相，是燭火嗎？還是我滿眶的淚？我唯一可看清的，是記憶中，總對著我笑著的，我最敬愛的阿祖，此時我終暸解，就算我無時無刻陪伴在阿祖身邊，阿祖還是必須離我遠去，不會永遠存在。這次的離別，沒有等待期限，我深刻承受，痛苦萬徹。

層層堆疊的不捨與無奈，要歷經多少才能讓死亡的無盡流轉在情緒之海中飄邈，使之雲散煙消，成為追憶。

「阿祖……」

淚水滴落灰色的大理石地板，我輕聲呼喚。

不生離，必當死別。

評語：

王誠御：

全文結構割裂為二部份。起筆寫死別，轉入四次生離突兀，接回死別亦拼湊。宜多做潤飾鋪排，方能首尾一貫。此文祇描寫生離、死別之場景，所以題目重重下「不生離，必當死別」這一斷語，有何感悟？有何啟發？敘述不足。又「不生離，必當死別」，此語便是肯定生離死別皆屬必然，全文沒有寫出這種必然，是致命傷。生離死別皆已被人寫熟寫爛，此文有何獨到之處？文筆不錯，結構略具規模，最大的問題在於所揀選題材不能充分、甚至是前無古人之發揮。

此文寫生離死別，不妨以景襯托，或以更形象具體方式烘染，才不致質木無文，流於空談。東坡詞：「十年生死兩茫茫……小軒窗，正梳妝」以景輔情，以事輔情。李義山詩：

「相見時難別亦難，東風無力百花殘。」亦以景添情，故馮浩云：「次句畢世皆不出。」（見《玉谿生詩集箋註》卷二）東坡詩：「是處青山可埋骨，他年夜雨獨傷神。」（此詩為臨死贈子由，後蒙赦乃免一死）餘不煩舉，玩味上列，當可思過半矣。

彭翠瑛：

生離死別是無法躲避的，即使不願離別到來，但最終還是要接受殘酷事實。作者使用倒敘回想的手法寫出心中思念，簡單地提到過去印象深刻的時間點，用過去所學會的讓自己成長，最後面對現實的悲傷；用每一次的離別來面對這最後一次的離別。給場景附上最美麗的描述。（可是回憶越美麗，眼淚就掉得越快，不是嗎？）

莊政衛：

結構分節太急促，未能將往事完整呈現，且每段連接部份顯突兀，未達一體成篇，情感上似乎還不夠具體。而主題與內容的關係也有點牽強，末段部份也有草率結束之跡。與其道每次的分離，不如針對重要的回憶寫會更好。

吳凡：

標題下的頗聳動，文筆不錯，經由一次又一次的離別而被迫成長，流露淡淡的哀傷和無奈。然情感的層次不夠明顯，前四段的離別所帶來的衝擊應是由淺到深，最後才帶入「死別」的劇痛，如此會更佳。語調細膩、風格柔美，然一段段的離別只由一句話開始，又換段，使人有些連接不上。

陳玟瑀：

題目將「生離死別」四個字拆開，感覺敘述人生哲理的句子被拉長，變為感性的語句。整篇以快速跳躍方式描寫「不生離，必當死別」的過程，描寫到自身感受與離別語句，自己與阿祖的情感與相處可再更加強。若要描寫這樣的經驗，更該以實際例子告訴讀者該如何珍惜死別前的每一個時刻；尤其是結尾，過於草率重複了題目名稱就沒有下文，只寫到離別很痛苦，但痛苦之後所留下的東西呢？若要以理性句子結尾，要多加些對於人生的思索在其中會更好。

陳軒薇

小傳

喜歡打赤腳的野孩子一名，在台東的青空下過了一個又一個夏天，喜歡看著窗外發呆和享受美食。

散文觀

散文是透過文字傳達感受和想法的結晶體，是一種心情抒發的方式，不一定要有豐富的詞藻和修飾。簡簡單單的文字，只要讀者喜歡，便是一篇好的散文。

舞

陳軒薇

每個動作的延伸都是傳遞一句話語，每個旋轉都在訴說一段故事，每個跳躍都是在表達一份感情，舞者是為了「傳達」而舞蹈著。靠著身體記憶動作、記憶情感、記憶舞台、記憶掌聲、記憶驕傲。練習時的每一滴汗水都灌溉舞台上每一抹笑容；每一個水泡都孕育著舞台上的每一聲掌聲。而我為了享受而舞蹈著，為了跳舞而享受著，為了自己而堅持著。

觀眾席的燈光漸暗漸亮提醒著演出時刻即將到來，吵雜的人聲也慢慢消失，最終燈光完全暗去，在一片安靜的黑暗中演出即將開始。紅色絲絨布幕向兩旁緩緩升起，一吋一吋扯動著緊繃的神經末梢，冷空氣中的顫抖凝結黏著在肌膚上，不安從地上生根攀滿了雙腳，心臟混亂瘋狂地跳動著，血液激動奔騰地穿梭著，毛孔急促反覆地收縮著，呼吸一次又一次試圖安撫體內狂亂的緊張。

當燈光再度漸漸亮起，音樂在耳旁響起，在腦中響起，在心裡響起，節拍融進了旋律當中，在靈魂上敲打。緊張的枷鎖漸漸退去，興奮取而代之佔據了軀體，期待與自信在靈魂深處鼓動著，閉起雙眼進入黑暗之中凝視自己，情感一點一點轉換，轉換成這首舞碼的情緒與記憶。瞬時張開雙眼，是時候該昂首邁向舞台了。

髮祭，白色的期盼、黑色的擔憂、紅色的熱情，交織成一首達悟族的甩髮舞碼，一首寄情於髮絲，寄情於舞蹈的動人舞碼。一波又一波長髮的甩動，祈求一次又一次出海平安；一次又一次身子的擺盪，傳遞一段又一段真誠盼望；女人在岸上舞蹈，髮絲在空中祈福，每個跳躍，每個旋轉，每個動作中都溢出了一抹藍色的盼望。

右手朝著天空延伸，左手則向地面延展，如一條線被拉扯著兩端。上半身成一直線，右腳腳尖沿著左腿向上攀升，緩慢而優雅地舉起停在空中，瞬間向前一刺、落地、翻滾，數個動作在幾拍中完成。起身後，弓起背、彎下腰，髮絲如瀑布滑落，像是在感謝、在鞠躬，隨著沉重的鼓聲一步一步向前，一步一步退後，雙手向上劃圓，髮絲爽蕩而起。左腳輕盈點著跳步，右腳滑過半圓，雙手被在背後，長髮自左而右形成完美的弧度，右腳向右前方一踩，雙手如大鵬展翅般向後方延伸、收回，瞬間左腳向左一踩飛躍而起，身軀延展成弓，右腿停留在後方拉長了線條，雙手再次展翅翱翔。

音樂跟著燈光落幕，貫耳的掌聲響起。

燈光、布幕再次拉開，扯動著空氣中的情緒，帶著自信昂揚在貫耳的掌聲中。從心而起，至身體，至靈魂無一不綻放、無一不享受，舞台上燈光灑落無與倫比的驕傲倒映在閃耀的雙瞳，心臟依舊混亂瘋狂的跳動著，血液激動奔騰的穿梭著，毛孔急促反覆的收縮著，興奮衝破腦門奔騰喧鬧著，滿滿的情感從笑彎的眼角和上揚的笑容中流瀉，散佈在空氣中，讓空氣聞起來有種微醺的氣息。

為了這段貫耳不止的掌聲，為了這段驕傲微醺的記憶，為了這個悸情佇立的舞台，而繼續舞動、繼續堅持、繼續享受。

黑暗灑落緊張的倒影，
在呼吸中聆聽，
熟悉的聲音在耳邊響起，
退去、幻化、再度昂首。
波波海浪波波情，
髮絲牽引著進入雅美的國度，
承載著滿船的希冀，
期盼流瀉。
掌聲替代紅幕落下，
緊張的倒影早已消逝，
綻放滿地的自信，
驕傲昂首佇立，
拼湊，
以心祈願、以身舞動、以情感人的舞台。
享受，
寓心、寓情、寓意的堅持。
一頁頁、一幕幕，
奔騰、感動、蛻變。

評語：

王誠御：

好用排比句式，但宜使句式連繫更緊密，並考察情感有無層層推進，方才不致濫用排比句式。反之，用排比會更使文氣凝聚。

文章頗有層次，但描寫主動應集中中間寫舞之一段，宜敘述更分明，安排更有起伏，此處描寫太簡略，但不錯，加注此部份內容，與此處鋪敘舞蹈之甘苦與結尾之感悟，必可使文章更凝聚飽實。

題目不錯，少有人寫。最末段感悟僅止於享受、堅持、歡樂而已嗎？可寫更深。比如莎樂美曾舞一曲「死亡之舞」，報酬是施洗者約翰之頭（參考王爾德劇本《莎樂美》）；比如楊貴妃之霓裳羽衣曲「舞破中原始下來」，可寫入文章，增加深度、綺麗色彩。

末段的詩接得突兀，且皆內容之重申，可思考詩來表達舞有何散文言不盡意處，如此將詩加入散文才有意義，也不致蛇足。

莊政衛：

立題新穎，內容成功道出身為一個舞者的內心情感，在舞台燈光下起舞，尤見其光彩。全文排比處甚多，但顯瑣碎，建議活用多種句法，而勿偏單一，可使文章更顯活力，另外在舞的情感部分仍有發揮空間，末段可在鋪陳，若要連接詩，則應作適當調整，才不會顯得突兀。

吳凡：

眾多文章中算是很特別的主題。身為一個舞者，對於「舞」所帶來的觸動、感動可加深描寫，使之更加細膩。而四、五段描寫舞的過程亦可增寫。動作描繪頗細緻，然最末可以一完美動作帶至「舞」的高潮再結束，會更有澎湃之感。

陳玟瑀：

深深地感受到從練習到後臺再到臺上的心境轉變，但似乎對於動作描寫還不夠純熟，慣用「一……又一……」的句法連接下一段，此種句法雖然會讓動作的連接不死板，但過多同樣的句法也會讓不死板變成死板。

彭翠瑛：

很有畫面的一篇文章，同時也展現出作者對舞蹈的認真態度與熱情。用排比句可以，給讀者製造出連續的想像，但用太多反而會有拖延的感覺，可以用另一種方式來描述。最後那一段詩可以在文中穿插著出現，若堅持一整首放在後面，可以把它稍微縮短，這樣會給全文在那些感動過後，一個完美的句點。

尋著雨的記憶

陳軒薇

自傍晚起便沒有停止的大雨，在半夜時分幻化成一頭被拘禁的野獸，發狂似地低吼，鋼鐵般的利爪毫不猶豫地揮下，無止盡地落在生鏽的鐵皮屋頂、落在無人的柏油路、落在斑駁的高牆、落在積滿灰塵的玻璃窗、落在早已溼透的樹葉上，掙扎地想逃離這片烏壓壓、黑沉沉的牢籠。雨聲重重敲打在時鐘絲毫不變的節奏上，跟著秒針固定的響聲，催眠繾綣的思緒，一滴一答，滴答、滴答、滴滴…答答…。無聲無息的黑暗從四面八方壓迫而來，竄進了耳膜直衝腦門，狂暴地翻倒了一個被細心呵護的音樂盒，記憶似巨浪般捲起、淹沒了知覺，最後只剩下情感奔騰，雨聲從音樂盒中緩緩響起。

一陣轟隆雷落將我從酣睡中嚇醒，張開雙眼卻只看見一片漆黑，而熟悉的人影不知去向，頓時害怕如電流般穿透全身，當第二聲落雷響起，伴隨著嚎啕大哭。一雙手將黑暗推開，人影隨著話語和光線從門外流瀉進來，「不怕，不怕，我在這。」而後便將我背起，離開了那被恐懼佔據的房間。趴在微溼的背上聽著規律的心跳，懼怕漸漸退去，取而代之的是熟悉和安心。如搖籃一般輕柔走動，哄著我再次沉沉睡去，在半睡半醒的朦朧間瞥見了一張佈滿汗珠的臉龐，和一頭黑色捲髮。磅礡的雨聲混著陣陣的飯香蒸騰而起，縷縷白煙飄散在空氣中。再度醒來，已經是一桌飯菜，和一句「要吃飯了。」

雨聲依舊磅礴。

群車飛嘯而過，踩著溼答答的拖鞋走在人行道上，走過一個又一個大大小小的水窪，水花濺在腿上。小小的手伸向傘外的世界，試圖去抓住天空落下的精靈，雨滴一粒接著一粒不曾間斷如音符般跳耀著，鋼琴、長笛、小號、薩克斯風、定音鼓、小鼓互相搭配著形成一首活潑旋律的圓舞曲。大雨打在手掌心上像是調皮的小孩子在上面玩耍般，癢癢的感覺從心底湧出，伴隨著銀鈴般的笑聲在手掌上發芽。「這樣會感冒的。」另一隻手被一隻大大的手緊緊握著，溫暖的熱度從手心傳遞而來，鑽進血管流向了全身，在體內循環著，纏繞成一層保護膜，隔絕了雨天寒冷潮濕的空氣，猶如一座無法攻破的堡壘，堅不可摧。

雨滴依舊打落在手上。

灰黑色的天空沒有一絲表情，過大的雨勢如瀑布般從天傾瀉而下，白茫茫的霧氣在空氣中凝結，將四周掩上了一層薄紗。群山被染成乳白色，若隱若現慵懶地捲臥在遠處，窗外的梧桐樹彎下腰抵擋大雨，滿地的白花灑落，打在窗上的水珠相互追逐、滑落。放學後，撐著借來的傘和同學有說有笑地走出校門，不遠處便看見她一手顫抖著撐著過大過重的傘，弓著背在一大片的學生間焦急地來回張望，試著尋找一個嬌小、被雨淋濕的身影，還握著另外一把為我準備的傘和外套。我收起傘快步地走向她，看見我，她便急忙地幫我撐傘，一邊將外套的給我一邊說：「把外套穿起來，不要感冒了。」穿著過大的外套，我接過她的傘，握在手中，小心的不讓一滴雨落在她身上，另一手則牽起她微微顫抖的手。

眼前的視野仍是一片白茫茫。

蒼白的髮色取代了烏黑的捲髮，皺紋爬上了年邁的臉龐，佈滿黑斑的雙手顫巍巍地舉起碗筷，夾起一口菜放進嘴中，沒吃多少飯菜便放下了碗筷，盤子裡的菜餚沒有減少，碗中的飯只缺了一角。「要下雨了。」看向窗外，她說。外頭燕子低飛，沉重的烏雲盤旋在天際，潮濕的水氣在蠢動著，原本飄盪在空氣中的灰塵被迫降落在地面上，臣服在巨大的壓力之下。沒多久就聽見雨一絲絲打落的聲音，漸漸的雨聲轉為磅礡，大雨不斷從窗沿墜落，雨和灰塵混合成一股雨天特有的氣味，一股淡淡的憂愁瀰漫在房間。

「奶奶，下雨了。」

又是一聲雷鳴，閃電夾雜著白光劃過天際，雨水仍是不斷地打落在窗上，帕答帕答地敲打著，四周被黑暗包圍，分不清現在是回憶的幻覺還是夢境的想像，抑是現實的存在，雨聲、雨的味道，刺激著所有感官，腦中不停嗡嗡作響，時而乍現奶奶溫柔的話語，時而飄散飯菜香味，時而又聽見奶奶規律的心跳，時而又充滿雨天的氣味。床頭上的時鐘聲響一下又一下將我盤旋的思念拉了回來，一聲又一聲的聲響安撫我奔走的情緒，被翻倒的音樂盒再度蓋回蓋子，雨聲漸漸地消失淡去，最終只剩下滴答滴答的時鐘聲響。

雨絲飛絮，
纏繞著被保存的記憶，
奔騰掙脫的白煙繾綣著泛黃的思念。
傾瀉而出的夢境無法收回，
迷失在漆黑的幻覺。
蒼老的飛燕低迴，

試圖尋找消逝的年華，
淡淡的憂愁飄盪。
落雷被時鐘牽動拉扯，
盤旋著雨的氣味，
綁縛著現實的聲響。

評語：

王誠御：

末段總收前文，可。但仍一盤散沙，段段之間意象並不串連，也無層次，所以末段總結不能感人。其實可將關於雨的記憶妥善安排，層遞施注，並配合雨勢之起伏與記憶之強弱。

且所回憶之事物與雨沒有太大連繫：是雨聲令你想起奶奶、還是雨的味道勾起往昔回憶，皆無交待，故結構鬆散，力道不足。可參考《古都》（朱天心小說集。此集中有以嗅覺寫回憶之篇章）。對雨的摹描也空泛。

文末的詩沒有綰結上文，反而節外生枝。且此詩的意象太駁雜，使結構鬆散。文字甚有個人特色。

陳玟瑀：

頗典型的詩化散文，但詩跟散文所注重的是不同的；詩的意象可以跳脫，寫成散文則要注意文字之間想法轉變是否跳脫過大，使讀者感覺前後句的相關度並不大，中間該說的幾句話無法被讀者的想像補足。建議可多練習書寫各種意象的詞彙，多想想文字之間的差異度，會讓整篇文章結構更順暢。

（王誠御按：不足以稱為詩化散文，詩化散文務力開拓新詩句法、意境、象徵，此文皆無，但可朝此方向努力。此處評者濫用術語。詩化散文是崇高讚詞，非評者所謂跳脫的散文。若要領會詩化散文真意，請見魯迅《野草》、楊牧《奇萊前書》、唐捐《大規模沉默》。餘詳序二。）

莊政衛：

在詞彙上沒有大問題，結構上寫雨和親人（奶奶）之回憶，但若是寫「雨之記憶」，那麼對「雨」的意象書寫就不必太多，點到即可，重點應放在和奶奶之間感情。

彭翠瑛：

前面寫雨的那一段用音樂盒來比喻，讓人有瞬間找回兒時的回憶的感覺。透過雨來寫回憶是常見的主題，但除了回憶仍該著重寫感情。這篇以描寫奶奶的照顧，來抒發作者的感動與敬愛，但畫面仍不夠深刻。用詞方面運用得很好，段落之間的連接性加強會更好。

吳凡：

寫得很好，雖然是回憶奶奶，但點到為止，不過份的吶喊或是痛吟。對於雨的意象描述亦可，然若能加強雨天想到奶奶的原因和獨特之處會更佳。文末詩可刪，「最終只剩……」末句有雨勢迴盪之感。

游士傑

小傳

我是游士傑，從小生活在青山綠野、碧海藍天，有著後花園之稱的「台東」。我的興趣是研究歷史，歷史就像一面鏡子，可以看到人們最常犯的錯誤就是「無法記取教訓」，所以我們要時時警惕自己，反省自己，要從過往的事件中學習，來修正我們的思考方向。我比較喜歡明朝的歷史，雖然這個朝代是漢民族的最後一個帝制朝代，卻也是一個昏天暗地的時代，從明朝的鬥爭風雲中可以看到我們應該如何抉擇我們的人生道路，是追求光明，還是墜入深淵？

散文觀

「隨心而動，隨意而行，萬法自然，便是聖賢之道。」、「天地雖大，但有一念向善，心存良知，雖凡夫俗子，皆可為聖賢。」這兩句是我認為可以代表陽明心學的兩句話，也是我想從明代歷史的來解析在我們的人生道路上有很多抉擇，不忘初衷，追求良知，才能在巨變的世代中前進，不致迷失。

將自己所體悟的歷史意義寫入散文，使之能讓人感悟，這就是我的散文觀。

明史裡的人生價值與抉擇

游士傑

午後陽光溫暖地包圍這片土地，行道樹慵懶地坐在人行道上。一陣微風吹來，把放在書桌上的書偷偷掀開，原本趴在書桌上的我，這時正好醒來，翻開讀到一半的《明朝那些事兒》，讀著讀著我就在想：中國五千年的歷史長河中，我們可以從中領悟出什麼樣的人生態度與價值呢？

歷史，它無時無刻都圍繞在我們的身邊。無論每個人類、動物，抑或是全宇宙，無時無刻無不在參與歷史的活動與創造。試想，當某位唐朝的詩人突然天外飛來一筆時，便洋洋灑灑揮筆寫就一首千古流傳的詩。但是當時的他或許不知道，他的作品會在幾千年後受到萬人景仰，甚至研究。這就是一個參與歷史的例子，詩人無意間寫下的東西，經過歲月的流轉，輾轉來到現代，從他的作品中，我們可以窺伺當時的情況，如同照相機一樣，串聯起一幅幅的畫面，建構出一段超越千年的故事。但若將歷史從我們的生活中抽離，對我們的影響就可觀了。倘若我們的生活中沒有歷史，就沒有過去生活的經驗可循，到了老年想要回憶自己塵封多年往事，卻是白得像紙張，一點痕跡都沒有，那是多麼令人傷心的事，所以歷史的重要性可想而知。

我喜歡研究歷史，喜歡過去所發生，值得令人深省的事——特別是「人生態度」這件事。在過去幾千年的歷史裡，發生過太多事。宮廷鬥爭、官逼民反、為了增加自己的領地而去侵略別人……。

雖然大多是政治的黑暗，不過越是在這樣的環境中越會有追求光明的人存在，所以這些人會流傳千古，名留青史。

明朝，是漢人政權統治中國的最後一個朝代，卻背負後人罵名。因為它是歷朝各代爭權奪利、宦官干政最多，最黑暗的一個朝代，難怪風評如此糟。但是，就在這一個矛盾的朝代裡，卻誕生影響中國思想的重要關鍵：陽明心學。它告訴我們：「在這黑暗環境中，唯有不放棄對光明的追求，這才是真正的勇者」。

張敏，一個小小的守門太監。當年萬貴妃（明憲宗的皇后）無法懷孕，聽到哪個嬪妃有皇上的小孩時，便會下令讓那位妃子的小孩消失。但是，有天當她聽到又有妃子（紀姑娘）懷孕時，便要張敏公公前去將小孩處理掉；但是當他到了門口時，卻又下不了手，雖然冒著會被萬貴妃殺頭的危險，還是將母子倆藏起來。直到十多年後，張公公有次為皇上梳理儀容時，覺得是一個好時機，要是錯過，不知道又要等到什麼時候。便向皇上道出了這段不為人知的往事，而那個孩子即是後來的明孝宗。我認為這就是勇者的表現，為了自己所貫徹的信念，努力去完成它，不管最後的結果是怎樣，做自己認為對的事。「人生價值之所在，就是要做該做的事，不管後果且留下榜樣，所以這些人能得到世人的佩服」。我想這就是他的人生價值，他的人生價值為何，他就會怎麼做，所以他的行為會是值得後人的學習的榜樣。

嚴嵩，堪稱是明代大貪官，但有誰知道過去他是一個老實的讀書人呢？嚴嵩幾乎大半輩子都在考進士，到七十幾歲還在考；在他失望之餘，遇到了一個算命師，要他再考一次，而且將來一定會大富大貴。他思索了許久，心想：「再考一次也沒差，都考那麼多次了，也不差這一次。」結果真的考上了！不過之後的日子並沒有算命師說的那樣，由於他的成績不是很好，所以職位也不太好，不是打雜就是做一些簡單的工作。後來他受不了，心想：「都七十幾歲了，沒有光耀門楣就算了，還在做這些像是打雜的工作。」也許是沉抑太久了，人生的不順遂讓他沉睡在心裡的惡魔甦醒了。從此他就捨棄以前的模式，對人總是逢迎諂媚，以求得更高的職位，最後便登上了首輔的位子。嚴嵩一生是不順遂的，但他終究被現實打倒，無法繼續追求光明的道路。雖然他成為權傾一時的宰相，但他終究是失敗的，所以他無法成為勇者，名留千古。

在人世間，不管別人怎麼判斷，成功或失敗、貧窮或富貴，都沒有關係。要看是為別人還是自己，為善還是為惡，是為做好事還是只是為個人的私慾去追求。透過張敏和嚴嵩的例子可以看到：張敏為了別人著想，所以他的事蹟將會流傳下去；嚴嵩因為被現實打倒，背離自己原本的信念，只為自己著想，所以他失敗了。從歷史反思現代，有人為了成功，為了富貴，拋棄自己的承諾，選擇對自己有利的事，只為謀求遙不可及的權力。而那些看似失敗的人，卻不違背自己的理念，繼續堅持下去，即使冒著失敗的風險，還是會一直做下去。

歷史是很迷人，從過去事件中提供我們一個值得深刻反省的機會，到底我們堅持的人生價值是什麼？是什麼信念推著我們前進？

保有一顆追求光明的心，雖身處逆境仍自得其樂。不管他人毀謗非議、不計較個人榮辱成敗，只堅定自己的目標而行。時時修養靜心的功夫，從而達到王陽明的「致良知」。在面臨抉擇時不被恐懼所拘束，亦不被逆境所壓制，掌握信心的力量，這樣的人，終將成為勇者，名留史策。

評語：

王誠御：

改正前的原文「的」字用太多，幾乎每句都有「的」！

說理平凡，只是想當然爾，沒有深思內在邏輯與聯繫。比如文中有句：「就沒有過去生活的經驗可循，到了老年想要回憶自己塵封多年往事，卻是白得像紙張，一點痕跡都沒有，那是多麼令人傷心的事，所以歷史的重要性可想而知。」六句陳說之道理，蒼白淺弱，毫無深刻辯證分析，這就是我所說的「想當然爾」。

舉例也不大切題。（此文之譬喻大抵都是如此）

第一段開筆寫景後再無引申，亦無隱喻，可以佈置更深。第三段提到王守仁（陽明）匆匆四字而過，其實陽明心學之末流當年亦是誤國（清人思攷明末亡國的因素之一），此可供發揮。又張敏嚴嵩一正一反，安排非經心，第七段總收張嚴二人事跡，亦好，但可以更深入。嚴嵩多次去官，次次精彩（卑鄙手段耍得精彩）也可寫，末段不足總收全文，可以更深入。

結構方面除五、六、七段外，一、二、三、四段可多加思考使之更緊密。字句淺直鬆懈，可以多鍛鍊使之緊密（浮詞可刪），且語調浮誇散漫，甚不足取。第一段所提問題甚大，可寫上萬字，余秋雨有談小人一類文章，歸納歷史上的所有小人，痛快淋漓。不妨也思考如何寫盡歷史上所有人生態度？

吳凡：

語言樸實真摯，但有些過於白話淺顯。以張敏和嚴嵩對比恰好闡述本文主旨，但可以更加深入的描寫。而對於何謂「正確的」價值觀，也可多論述。

莊政衛：

文字樸實無華，文字淺顯易懂卻有過於俚俗之嫌，而整體文章架構頗似讀書心得而非散文；張敏、嚴嵩太多部份，建議點到為止。應多寫自身感懷、對歷史反思的態度，而不是就特定歷史而論。應擴大範圍，才能免流於「論文」形式。

彭翠瑛：

句子易懂，但敘事方面可以再精簡。

談張敏和嚴嵩那兩段讓人覺得有點偏離主題，需加強這兩例子與逐題的關聯性。

段落之間的轉變可以加一些有連接性的句子。

（王誠御按：舉張嚴二人說明並未偏離主題，只是聯繫不高。）

陳玟瑀：

首段寫出「我」不知義意何在，最後文章並未收回回歸自我，只放不收是散文的大忌，應多書寫讀書與自身的連結，這樣才不容易讓文章轉折生硬。亦可加現代社會所發生之事，不然儘管是議論散文，其說服力非常之不足。

彭翠瑛

小傳

我是留學生。一個希望，三年的準備，實現了兩年。來自一個離台灣不遠的國家，帶著好奇與夢想，我在臺東度過了兩年美麗的大學生活。

射手座樂觀的外表下是一顆憂愁的心，我就是如此。過去曾經躲在角落默默地流淚，但每次都因為一句「**never give up**」而又站了起來。現在每天對著鏡中的自己說「不哭」，無論遇到什麼挫折都要繼續往前走。在未來，也許，就也許吧？我將學會對所有的一切展開真心的笑容。

不過，我慶倖自己有個固執的個性，一旦決定了就會堅持到底，即使害怕、即使失落。

假如你遇到我，會是如何呢？初次見面，我是一個安靜寡言的女生；第二次見面，我會對你微笑；第n次見面，你會說我是自戀狂；第n+1次，也許你就會看到我的眼淚。

That's me！

散文觀

我拿著相機在原地轉了一圈，對準每一事物按下快門，將它們收入相簿裏。我又拿著相機繼續往前走。「你的世界如何？」我會拿出我的相簿，「這就是我的世界。」

散文，就是那一本相簿裡每一張照片後的意義，再把那些意義化成文字，寫出腦中的想法、心中的感覺。

可以使人微笑、使人落淚、也使人想放下手中的書靜靜地望著天空。這就是散文。

候鳥的春天

彭翠瑛

安靜了。窗外的風景不再是喧嘩的市集，不再是甜蜜談情說愛的情侶，不再是嘻哈玩鬧的小孩們。在這裡剩下的，只是乾枯的樹葉隨著微微冷意的風凋謝。在這裡留下的，是望著鐵籠外即將到來的冬天盼著春天的候鳥。

住在窗邊的那個房子裡是一隻沉默的鳥。的確很沉默，連鄰居們喧鬧或打聲招呼時，他都無動於衷，只靜靜地看著這室內的市區，又默默望向那天空下的郊區。還記得嗎？外面的景色，飛翔的藍色天空？美好的回憶之所以美好是因為它不能重來，他懷念自由翱翔的過去；張開雙翅，當準備起飛時襲來把腦袋洗空的風，只有身體與大自然融為一體。現在，他昂首看到的天空是屋頂，展開翅膀感受到的風是流動過房門的風。他是剛搬來這市區的新居民，對周遭的一切還很陌生，他需要觀察、需要認識這新環境，所以他選擇用安靜來保護自己，或說是一種自我封閉的表現他也不在乎。外面的樹葉已經開始謝落，當冬天女神來到大地，唱起她美麗的白色戀歌，他親愛的夥伴們，大家……都離開了。成群的候鳥持著美麗的期望，朝向溫暖地帶展開雙翼飛翔。在那些噪雜中，是否是談心？在那些容顏上，是否是微笑？在那些……卻無回頭一望的心……今年的冬天，他留下來了，別無選擇的留下來了。聽那些鄰居說，其實在這裡過冬也不錯，畢竟這室內市區有四面圍牆守護著，微冷的日子過得很有趣呢。他不知道這裡的生活會多有趣，或真的像他們過得那麼快活，他現在唯一感受到的，是無比的空洞與無助。這是生氣嗎？還是哀傷？同伴們全離去的時候，他是寂寞的……

日復一日地過去，冬天來了。窗外只是一片模糊，空氣中飄落的是為地面塗上一層白色的雪。原來，這就是冬天，純潔的白色，寧靜的白色。他還以為當冬天來的時候，籠子裡看到的是他被凍僵的屍體，但不是，他還好好地活著，每天吃飽穿暖，過得很舒適。可是，這不快樂呀！或許他的鄰居們不一樣，可以適應這種有房子的生活，他要的是能過自由飛翔的日子，被關在這舒適的房子簡直是一種折磨與煎熬，就像折斷了他的雙翅，再奪走他的生命般。他愛窗外的大自然，他喜歡張開翅膀逃避冬天，在那天空上，他有家人、有朋友、有自由。那才是他認定的快樂。可是既然已經在這裡，那他該認命嗎？

他的房東今天給了他一件新衣，是棉質的背心，聽說是房東的妻子送給他這個新房客過冬的禮物。他穿著新衣，呆呆的望著窗外一整個早上，將思念拋到藍色天空，留下的肉身轉向市區的方向，看著那一群嘰喳不停的鄰居們。他決定，要重新認識這一切，這裡就是他的新生活。

原來放下牽掛的過去與卸下戒備心是讓人如此輕鬆，似乎放下了一個壓抑已久的重擔，他滿意地笑了。

對面的燕子大姐告訴他，這裡的鄰居們大家都曾經有自由的過去，每個人當剛來到這裡都覺得很茫然、很無助，但如果不堅強的站起來，快樂的走下去，一直沉於孤獨、寂寞與無助中，讓憂愁、絕望任意抓弄，你就可以等著死神向你張開雙手了。因為一個沒有靈魂的東西活著又有什麼意義呢？燕子大姐又指著那遠處在嘰喳不停的鴿子，她是他們這裡最有代表性的例子。她剛來到這裡的時候，也像現在的他：苦悶、憂愁、絕望，甚至她還想過要以絕食來結束生命，但到最後她說這樣很不值得，生命是如此美麗，就只為了被關在這裡而放棄就對不起這偉大的大自然了，所以，她要活下來，在房東的愛心照顧下快樂地過日子，也成了大家的精神支柱，幫助那些苦悶的小鳥能在這裡重新拾回笑容。他想，自己還算及時回頭，否則一直活在貝殼裡封閉的他，可能無法找到生存的光芒了。原來憂傷的不只是自己，每個人都有不同的環境與心態，最重要是能否從悲觀的一面走出來尋求燦爛而美麗的希望。

在寒冷的冬天裡，窗邊已經看不到沮喪的心靈，市區裡不斷傳來銀鈴的笑聲與冬天的高歌。

他現在偶爾還望向天空，看見某一隻留下來的候鳥，也許是喜歡冷的天氣吧，他不再嫉妒窗外的他們，因為他慶倖能留在這充滿溫暖愛心的屋簷下，有市區裡的大家，而不是白雪飄落中孤獨的小鳥。

當天上的雲漸漸閃開，第一道旭光灑下一片溫暖，融化美麗卻單一的白色雪地，露出彩色繽紛豔麗的大地，枯枝上嫩綠的樹葉在發芽，眾花含苞待放。啊！春天！候鳥又成群地在藍色的天空上翱翔，他們聽說冬天女神已交棒，所以回來與她道別，迎接溫暖的第一刻。當春天到來的時候，大家都回來了。

在交季的時刻，他知道會與隔別已久的舊夥伴們相遇，但他們卻看不到他，因為他們仍擁有一雙自由的翅膀，而他現在仍住在自己的房子裡，神魂漫遊，心中不禁又湧上一股悶悶的。春天不是焦慮、憂愁的季節，他對自己說，他該滿足於現在的生活，有呵護他的房東、愛他的鄰居們，如果要離開他也捨不得。

今天突然出現了一個新房子，那房子仍放空著，他想新來的房客會是怎樣的心情，會像當時的他嗎？苦悶、憂傷、放不下的心、尋短處的念頭？但，無論如何，這裡的鄰居們都會幫助新人慢慢適應且接受新的生活環境，包括他。可是，又有新房客，那就等於又多了一隻鳥在忙碌尋求生命的意義失去了自由，不是嗎？這事讓他一直悶悶不樂，連跟鄰居們亂講笑話也開心不起來。自由，到底是什麼？為什麼一直刻印在他心中，讓他不能放下，他曾經擁有自由的翅膀與現在奢想的自由的翅膀，在他生命中有什麼樣的意義，使他無法釋懷？燕子大姐對他說，生命最美麗在於不悔過去、珍惜現在、嚮往未來，所以即使現在的他沒有翱翔的天空，但至少跟鄰居與房東這段美好的情感是值得珍重的，不需再沉淪在悲傷與懊惱中了。

隔了一天，新的房客來了。但不像大家所想的，他不是一隻剛失去的自由的鳥，他只是換了房東而已，因為他的舊房東更動房客的數量，把他轉來這裡了。所以新來的鳥應該比他堅強與習慣多了……可是他與鄰居發現，並非如此。堅強的外表下，新房客的心中還有那一絲絲的憂鬱和愁悶，即使這樣的生活過了不少日子，但仍然放不下心中的重石頭，而這石頭名為「自由」。那些憂傷、那些寂寞，他看到了剛到市區時的自己，於是，他決定要為新房客找回快樂。

這市區雖然吵鬧，沒有一雙飛出去的翅膀，但在這裡往往充滿溫暖人心的愛，把大家思念的情懷融合，再化成響亮的笑聲與歌聲，這是他搬到室內市區體會到的集體精神。也許郊外的鳥類都為他們覺得遺憾，或是看到一群在籠子習慣受寵而不會飛的鳥感到鳥類之恥，對他而言，現在都無所謂了，因為他心中明瞭，在這裡已經是他的家了……

春天來到大地，溫和的陽光、鮮豔的花草、鳥兒唱起美麗優雅的春之歌，歡天喜地，這自然界的一幅畫，真美麗！

春天的某一天，他換房東了。新的房東打開房門，把他抱起來後就離開了，使他來不及向大家道別，心情一直不好。雖說是新房東，但其實只是房東的外甥女，她要房東給她一隻小鳥，房東答應，而他就被選上了。新房東的家裡，沒有市區，只有他一個人，耳邊沒有早已習慣的吵鬧聲，空氣似乎沉了下來，也像壓在他心中再一次的寂寞。但新房東卻常常對他聊天，仿佛兩者之間真的有共同語言的連接線，她不管他聽懂聽不懂，仍然對他聊個不停。這一對一的聊天慢慢地也讓他擺脫了寂寞，他學會一個人的生活，沒有鄰居、沒有夥伴，也沒有所謂的市區、郊區。

日升月落，月升日落，有時一個葉子凋謝的季節。

他現在所住的地方，不像住市區的時候，這裡的房子看不到窗外的風景，但微微的寒意足以讓他知道外頭的季節又開始變換。他在房子裡，看小房東望著外面的天空，天色漸暗，來去飛翔的雙翼閃過她眼前，她在想什麼？

天亮。小房東提著他的房子，走到花園裡。她問他：你想飛嗎？他訝異地看著她，她又說：那就飛吧！她打開房門，叫他飛。他展開翅膀，當雙腳離開地表面時，他聽到她說再見。他飛向她，站在她肩上，頭磨蹭著她的雙頰示意道別，然後就飛上天空。她笑了，他笑了。

途中他心中一直想著，現在該做的事就是回到以前的生活，一起結伴飛向溫暖地帶。但在那之前，他得先完成一件事。他找到以前房東的家，停靠在窗邊，向市區裡打招呼。他感恩這溫暖的家給了他美好的回憶，大家也為這再次相逢好好地告別。

他又展開翅膀，久違了，自由！

生活就像一張傳出去的白紙，每個人都會在你的紙上留下痕跡，是畫了什麼、寫了什麼，當你收回你的白紙時，上面已經充滿線條，你要如處理呢？是接受、抹去還是改變，這全由你手上的筆了。

（本文曾獲第十三屆砂城文學獎散文類第二名）

評語：

莊政衛：

此文富有故事性，從一隻小鳥為出發點，表達出其心境的轉變，從一開始的鬱悶到豁然開朗，說明自我想法取決的重要性，在面對環境時，若無法改變，與其不悅不如適應，考驗自己的智慧。文章更將鳥與人之情感結合，使人看見萬物之靈皆有想法與感受，筆法有趣，讀來頗妙。

吳凡：

描寫一隻被豢養的小鳥，從剛開始不甘被囚禁的苦悶到後來的開朗心境，表達了心的重要性，生活快樂與否，取決於自己的心態和想法，也表現出了對於環境必須懂得適應的智慧。讀此文像是在閱讀一篇有趣的故事，從沉重轉變到豁達，候鳥不只是候鳥，也像人一般有自己的性格與生命。雖沒有華美特別的文字，卻能讓人有微妙的感受。

陳玟瑀：

一開始，感覺像是書寫一個小故事，但文章讀到後來會覺得自己猶如候鳥般，被簡單的內容，想法卻很複雜的故事給迷失了思想，只是這樣的迷失不像生活上深層。以為看到結尾就會知道答案了，結尾並不是問句，而是句點，對於這樣的句點要靠自己去創造。

走在風中雨中，突然晴天的海洋

彭翠瑛

海洋與天空的比賽，在這方美景展開了。天空帶著白雲、海洋領著浪花。山巒站在一旁，默默無語。陽光穿過白雲、灑上浪花，一道道直線拉著兩方的軍力，轉瞬間轟出一片藍。此刻，戰場上的天空和海洋隔著一道模糊的分界，忽隱忽現，分不出哪一方是哪一方，只有不同層次的藍漫長地延伸。山已看不下去，也加入其中，但他不幫助任何一方，更不想參戰，他只是一個和平的使者。天、山、海，一同在陽光下襯托出美景的豔麗。我們來到此處，用人體的所有感官欣賞，再將這一切灌入了大腦中，拼湊出連貫性的記憶，後而存檔在回憶資料夾中。

那一段時間，台灣正遭受到颱風的影響，因此氣候一直不穩定，灰暗的天空仍拿著水桶往地面潑似的，窗外的雨還是不停地拍打著玻璃鏡。

四十分鐘的車程，下車後的第一個場景，就是一片藍色的慵懶海洋，一望無盡。一位已退休的志工很細心地為我們講解東管處裡所展現的知識，他那專業且專心的講解散發出他對這塊土地的愛與尊敬，每一段講解都希望帶給聽者完整的看法。

遠看東管處遊客中心，仿佛與青山交融成為一體，像大自然的一枚收集品。由於地形關係，這裡背山望海之處攔下了大自然飄過的美景，把它載錄到台東，給這一塊不受工業化污染的土地好好被保存與呵護。

一層又一層的藍色緊接著彼此，一層又一層的綠色正遙望著，由遠而近的色彩不斷地在眼前搖動，展現其蓬勃的生命力。最專業的相機也無法完全描述自然真實的姿色，用眼睛觸摸這一切才能留下最美好的記憶。

一路沿著指示牌走，人類在發展過程中不斷在大自然留下了痕跡，但最重要是仍然維持了自然的美景，即供人們遊覽觀賞，又成為風景的另外一個景點，令人更深入著迷。當大自然就像拼圖般呈現在我們面前，我們會不斷尋找符合她的那一塊，但尋尋覓覓後才發現，最原始的正是最完美的，大自然本身的美是無法代替。

三仙台是一個離岸小島和珊瑚礁海岸所構成的；之所以稱三仙台，是因為傳說中，呂洞賓、李鐵拐、何仙姑曾經駕臨此島而成名。長期的風蝕與海水的磨蹭，像天人的每一腳步，走出了許多接連著的小湖。那些小湖一天一天積滿了水，與遠處的藍海對稱，就像大人牽著小孩的手隨著波濤行走。青澀的水面反映了天空的藍，加上周遭的草地及青苔，在相機捕捉到的那一刻，就像框中一幅由遠而近的風景景色，如此迷人，令人陶醉。

旅遊是一段記錄的過程，把所看過的一切記載在個人的檔案夾中，使得那些遇到過的場景變成腦海中最美好的回憶。三仙台的美不是用語言就可以表達出來，要用真實的感官才能充分體驗出她的宏觀，站在她面前你只想大聲地喊出稱讚的詞句，讓她聽到你的聲音、讓每個人都能分享這感同身受的感動。

也許就是因為她的獨一無二、她的無可取代，使得人們常常說她有深不可測的海底，那種憂鬱、深沉的感覺。但其實如果細心觀察，就能看的出海底的另一面，就像平時的藍色，在不同的廣度及觀看角度就能顯現出另一種感覺。突然放晴的天空，此時的海，在垂直線的角度，看到的並不是深沉的藍而是陽光帶給視線的光折射，已經轉變成碧綠色，令人癡迷的碧綠。而海水面下的沙再也不是深沉的地面，似乎近在眼前，伸手就能觸摸。

說到小丑魚就會不禁想起Finding Nemo電影裡的Nemo兩父子，他們住在海藻中，每天清理海藻裡的細菌。而電影最終還是電影，不能給觀眾提供全面的知識。因此，當知道台東有特別以小丑魚為主題的水族館，我們都覺得非常期待。而這也是我第一次來到所謂的Aquarium，因此，心中的興奮更增加百倍。

進入水族館的第一件事，就是看一段關於小丑魚的影片，學到了許多新的關於小丑魚生存方式及小丑魚的繁殖過程的知識，而最令我印象深刻的是，小丑魚能跟海藻和平相處，雙方共享利益的生活，這太令人佩服造化的安排。影片結束後，我們各自都自由在水族館中自行參觀。昂首看到的是飛翔在屋簷下半空中的魚群。他們像在大洋中的遊動般，自由自在，而我們也看到了許多書本上所提及的魚類們，即使只是模型，但生動如真地在空中漫遊。

在小丑魚館裡有一個大型的魚池，而裏面是各種不同的魚類在悠遊。看到許多不同的魚類螺旋式地在眼前往上又往下游，新奇感令人無法移開目光，只看著他們心中就有莫名的快樂。突然看到一隻海龜在魚群中，讓人不禁大聲叫「哇」。如果鳥類在天空上翱翔，那海洋下的生物就是在大海中飛行。

走到下一層，我們從下往上看，感覺就像在海底下看到海平面上的陽光，而魚群們仍用他們慣有的螺旋式遊走著。

「海底下」的我們也結識了一位新的朋友，似乎在向我們打招呼。我們在魚池外的人們看到的是水中不曾看到過的魚類，但魚池中的魚類看到的我們是怎麼樣呢？也許在他們眼中，我們才是池中的生物？也許我們才是被觀賞的那一方？

海洋生物的生活是怎麼樣？作為人類的我們都曾認真地思考過這個問題嗎？顯然不是每一個人都會如此。但想想，我們同樣都是有生命的生物來到這個地球上生活，每一種生物都有生存的平等權，但為何人類就是要為了自己的利益而扼殺了其他生物、剝奪他們生存的權利？人類經過許多研究后，瞭解自己的惡意行為總能會導致生態失衡，卻每一天仍然存有破壞的行為發生。海洋下的生物比人類多好幾倍，然而，多數並不是權威，有思想的生物才是獨尊。我們既然是有思想、有意識的生物，為何還要傷害其他生物呢？人類的世界不就高昌平等嗎？那大自然有她自己的規律，若破壞了人類也會遭到傷害，這就是平等。

昂頭看著人造的海洋中，心中情不自禁地為人類帶給海洋的傷害有所歉意。但渺小的我，就像海洋中的小生物般，要如何使大眾做出改變呢？只有人們都能為生態系做出有意義的行動，以保護生態系為動機，那麼日益累積後，也許就能產生改變的巨大力量……

台東的海景是一處用言語文字也無法形容的天地，站在台東天造地設的動人美景前，人的心臟是否會像一見鍾情時因停住呼吸的那一刻而止不住亂撞的小鹿。

每一段旅途就是一段人生紀錄片，是用生命的每一刻衡量世界的雄大；每一段旅途就是一段記憶，是用腦袋的記憶體儲存一切；每一段旅途就是一段學習，是用自身的所有細胞去接納、融入世界。這一日遊用所有感官去描寫，就讓我融入自然美的海洋。

評語：

陳玟瑀：

此篇的結尾稍稍微弱了點，開頭的描寫太過於豁達開闊，導致在內文開始時讓人感受到「咦？這是我要看的文章嗎？」的感覺，以為描寫的主題非常雄偉壯大。若能多加點與開頭類似的壯闊場面，而不是往內心之中描寫，那就不會顯得結尾所描述的角度過於狹窄。

蘿蔔糕

彭翠瑛

白白嫩嫩的蘿蔔糕，在蒸籠裏和已經達到沸騰狀態的水共舞，飄著蘿蔔和麵粉混合的熟悉香氣。那是記憶中熟悉的場景，在那場景中有熟悉的身影。

學校對街的一家早餐店，也是離學校最近的早餐店。老闆娘是一位很健談的人，也時常關心遠方來讀書的孩子們，每當她問「今天要吃什麼？」都帶給人一種莫名的親切感，彷彿在不匆不忙的午後停在家門前與熟悉的鄰居閒聊。某一天，是個慵懶的下午，我又到那兒買午餐，老闆娘正在煎蘿蔔糕。鐵板鍋上慢條斯理的熱氣往上升，蘿蔔糕從純白色的嫩皮轉向有點焦黃的外表。記憶中翻開了熟悉的畫面，我說：「阿姨，我好像沒吃過你這兒的蘿蔔糕呢！」老闆娘笑著問：「是嗎？還不錯吃，要試試看嗎？」。於是，我點了一份。當我打開餐盒看著白白的蘿蔔糕，閃過的念頭竟是：回家。

在我家的廚房裡，我最擅長的就是嘰嘰喳喳的對媽媽說天上地下有的沒的種種事情。媽媽不忙的時候就會趕我去寫作業，忙的時候會直接打斷我說：你不要再講話了，少說話、多做事，要幫忙就手腳快點。我是一個不會做菜的孩子，每當進入廚房幫忙反而都會幫倒忙，然而，我還是喜歡粘著廚房裡忙不完的媽媽，幫她做出天下最美味的菜餚。

前年，我還在家，吃著媽媽親手蒸的蘿蔔糕。

每年的春節，媽媽都會在除夕夜前煮齋菜，其中的一定有蘿蔔糕。這道菜看起來簡單，可做出來挺費時間和精神。將白蘿蔔削成絲狀再和麵粉水炒在一起，最後把那一混合體放進蒸籠；從一絲絲白蘿蔔要變成拿出蒸籠外的蘿蔔糕，全程花上幾個小時也不為奇。然而，媽媽仍堅持著每一年的春節餐桌上都會出現蘿蔔糕，我曾經好奇問為什麼，媽媽只說「因為簡單又能吃飽，大家都愛吃。」的確，不僅我們愛吃，連新春來拜年的親戚們吃了都讚不絕口，還說希望每年都能吃到媽媽做的蘿蔔糕。

一年又一年，去年再明年，這白蘿蔔的香味都會漂浮在春天的廚房裡。

而媽媽忙這道菜時都會做出可以吃好幾餐的分量，因此，在炒鍋中翻來覆去、漸漸粘稠的那些白蘿蔔和麵粉水混合體也慢慢變重，讓拿著鍋鏟站在溫度升高的廚房裡的媽媽也出了一身汗，看上去就是一檔辛苦的工作。記得有一年，媽媽的手老是疼，連拿重一點的東西也無法。然而，那一年，我還是看著鍋子裏仍翻動著的白色慢慢變稠、餐桌上還是擺著香噴噴的蘿蔔糕、來訪的親戚們還是讚不絕口。

老闆娘親手煎的白蘿蔔糕，放在小小的餐盒裏，我加了一點從家裡買來的醬油，把那一塊塊嫩滑的白糕放進嘴裡。突然熟悉的香氣、突然熟悉的場景。

春天，想回家的季節。

評語：

王誠御：

文筆有進步，已愈來愈通順，且自有一副天真之聲口。結構上是睹物思鄉，安排亦有層次，但可推展。首先：第一部份對異鄉第一身分、感觸可多刻劃，第二部份寫母親，要更抓緊母親獨特的形象，才能感人肺腑。（可參考老舍寫其母親）。既已抓緊蘿蔔糕一事寫，就要寫得獨一無二深刻動人。

此文的問題是失之於平常，文章已有焦點（蘿蔔糕），但寫的不足；故接入故鄉便力道不足，結構亦不緊密。

琦君〈髻〉、林海音〈爸爸的花兒落了〉兩文皆是由小見大，可參考。「回家」的安排亦太直接，從見到蘿蔔糕到想家之歷程宜多作分別、層遞。

吳凡：

主題富有創意，以「蘿蔔糕」睹物思人、事，很特別。前段讓人以為早餐店老闆娘是本文核心人物，後來才轉向媽媽。建議可略減去和早餐店的互動、關係，或是加重對於家鄉的思念之情，使「蘿蔔糕」飽含深刻的情感。四、五段描述母親製作蘿蔔糕的過程，可多加深母親的形象、特點，並表達更多對母親的感念和思念。

莊政衛：

內容有點單調，且全文重點不明確，綜觀而論，「早餐店」與「母親」的份量相當，兩者皆無詳細中心，因此結構上會顯「失重」，找不到主軸方向。建議以母親為中心，續寫更多有關回憶來鋪陳，整體文章才可完整。另外，最後結尾恐意義不大，若不刪去則應其對母親的思念會較好（例：春天，對母親的思念如蒸霧縷縷），「回家」前文已寫思親之情，就無重說必要。吃蘿蔔糕沒意義。

洪明融：

可更深入探討與母親的情感，將物與人的「情」更多描述。

陳玟瑀：

以開門見山的方式寫活了蘿蔔糕，想像它是個舞者，活躍了腦中深層的記憶，喚起了母親的身影，從身在外地品嘗蘿蔔糕頓時回想起家鄉，開頭這段畫面非常連貫，簡潔文筆中藏著複雜比喻，若將比喻詞句再多潤飾，整篇文讀起來會更加通順，結尾敘述感觸可再拉長些，僅描寫到食物與母親，但自己與母親的互動寫的並不是很多，「春天，想回家的季節。」想回家的原因除了想家與喜歡吃母親的蘿蔔糕，感覺更深層的東西欲言又止，沒有道出，感情則猶如蜻蜓點水般清清淡淡而過，若可再加深一點感觸會更好。

殷毓崧：

生活中偶然的覓食：因為看見早餐店蘿蔔糕，讓自己憶起過年的團圓，及自己客居異地的尷尬。一個蘿蔔糕帶入讀者過年時，媽媽的辛苦。但就算辛苦，蘿蔔糕卻是從未改變的美味。

大約在冬季

彭翠瑛

天空穿著晴朗的外衣，風徐徐吹過繫在腰間上的配飾，讓清脆響亮的鈴鐺聲躍起。這一刻的氣息，就換了個季節。

冬天對秋天說「再見」。他對她說「再見」。

她坐在強壯的樹枝上，看著一片枯黃的葉子往地面旋轉。對面的小鳥看著她，微微點頭，那是向她打招呼，還是陣陣的微風讓牠不經意打瞌睡？她放眼看向那遠處，空中白天與黑夜在掙扎。勢必獲勝的黑夜，讓灰藍的白日變成橙紅的晚霞，最後慢慢將最深色的布簾蓋住天地。夜晚像正遣使著風兒們拉下大家勞累的眼皮，風兒小嘍囉們早就無法操控世間所有的眼皮，逃犯每天都在魔咒的範圍外怎麼抓也抓不回來。而逃開黑夜魔咒圈套的逃犯們，有的仍拿著放不下手的工作不停地到處打轉、有的只是貪玩想繼續逗留、有的晚間只讓日夜顛倒的它更強壯。

時間慢慢走過，她仍靠著粗壯的樹身，風兒勸她盡早入睡，可她還看著旋轉的落葉，依然旋轉著，似乎永遠不著地，她神魂像陷入了旋轉落葉的催眠。這一刻，時間仿佛也在倒流……

好溫暖的觸感，讓她不禁努力挪動著身體，好讓頭顱找到更舒適的姿勢。眼角傳來濕濕的感覺，下雨？不，這是她的眼淚，她哭了嗎？太亮的光芒刺激著雙眼，她只朦朧看見自己靠著一個人的肩膀，好熟悉的場景，卻無法在記憶中找到任何畫面。她聽見心中一股哀傷，而那暖和的肩膀溫柔地讓她靠著、安慰著她，她想緊緊抱住，下一秒，那個肩膀已消失無影無蹤。落寞的感覺頓時瀰漫了心倉。她又陷入另一個倒流的時空。

手中緊緊握住不放的手，從掌心中傳來溫熱的幸福感。這觸覺讓她止不住微微上揚的嘴角，在那十指交扣的片刻足以給心跳灑上一把蘇打粉，讓它漸漸酥麻的起泡。他說：「聖誕快樂！」她說：「聖誕快樂！」這就是快樂吧？這就是幸福吧？可當她想再更靠近一點，一切又消失了。原來，自己只是陷入了仿造過去的幻影，模糊的、虛假的。朦朧人生，是人是影、是燈是星，誰說是虛幻、誰說是實景？

她的心割開了一道傷，流出了悲痛。

人們常說，時間可以修復心中最大的傷痕，其實都是騙人的。時間只會讓人習慣傷痕，是患者習慣了那些深如黑洞的傷所帶來的痛覺和陰影；當痛苦與鬱悶成為一種習慣，所有的一切似乎變成理所當然。

風漸漸吹起陣陣不知名的季風，柔柔的，吹過時讓身上的毛髮都小心翼翼地晃動。「順風時就展開雙翅飛翔，逆風時就當成在衝浪」，一句耳熟的歌詞不停在腦海中迴蕩，她看見前一刻空曠的藍色天空突然裝滿了律動盤旋的羽毛，鳥兒們就像專業的跳高選手，雙翅一揮，將身體拋向天空，再旋一圈，最後落在藍色天空的軟墊。而她，不知該進還是退，往前往後，最終還是站在原地，任隨風流走。失去的溜走了，她無法挽回，也不想挽回，就讓曾經的過去變成過去。但，她還是習慣有那貼心的肩膀、習慣讓那雙手扶著自己的臉龐、習慣那些溫柔的陪伴，習慣……習慣……該放下的還是得放下，她要習慣沒有那些習慣的習慣。

冷空氣就像一群聖誕小精靈般，手牽著手、滿臉笑容的在她身旁圍成圈、跳起舞。前一刻還沉在溫暖回憶的她，此時卻孤單的觸摸那漸漸冰冷的樹皮，看著陽光慢慢臣服黑夜。如同她曾經追逐的戀情，罷手讓它轉冷、變暗。

突然換季的夜晚，是冬季的到來。那離別的冬季。

他放手，解開誓言，牽著背叛的心，離去。兩人就像摔破了的花瓶，而碎片仍插在她心中，從那寒冷的冬季起。

摔破的花瓶摔破了
空氣凝住了
燈泡安靜了
掉落的心掉落了
碎了　走了　哭了
摔破的花瓶摔破了。

曾經的諾言化為謊言、曾經的溫暖變成寂寞，大約都是在冬季。

評語：

莊政衛：

謬勒〈冬之旅〉因戀情破碎而走向流浪，途中孤苦痛心，最後於慘淡中與世長辭。此篇文章氣氛有稍微沾染，但總篇敘事為主，情感無太強烈，建議大可學習謬勒，藉景抒發，情感結合敘事，方能意境幽美遼闊。文章最後是再度有光明希望，但有點突兀，結構的連接仍有進步空間。

陳玟瑀：

以輕描的手法，以第三人稱的角度，書寫一個女孩對於愛的想念。此篇文章缺少了衝突點，顯得平淡乏味，尤其是題目名稱在最後一句才點破，中間除了氣候之外，缺少了對於冬季的意象，雖然結構完整，但除了對於風景的形容有意涵外，對於女孩的想法上描寫似乎還不夠生動，可多看點書寫愛情類的散文揣摩。

吳凡：

一段戀情在冬季裡逝去，思緒慢慢轉變，從描寫環境道回憶過去，再到逼不得已的讓自己放手，寒冷的冬日和慘淡的心情相襯，「如同她曾經追逐的戀情，罷手讓它轉冷、變暗」，令人感受無奈淒涼的心境。然而雖然能夠使人感受，卻不夠深刻而流於平淡。過甚不免有矯揉造作之感，但此文對於愛情無法挽留之痛，表達太過於輕淺。

莊政衛

小傳

一九九一年生於台中，有閱讀習慣，寫作為興趣，熱衷於歷史與政治，文學並無太多接觸。總是獨來獨往，習慣待在家中避不出戶，或在樓宇高處眺望周遭一切，讓自己處於平靜，閒暇時偶爾提筆書寫內心世界，是經常沉溺在自我幻想裡的學生。

散文觀

我從未了解文學為何，如一片沙漠，風拂塵飛，放眼盡是荒蕪，不曾留心，也無執著眷戀，僅匆匆路過，未有探索，因此別請教我文學之一切，那只是如一縷雲煙易散的風景。

提筆，不過是象牙塔中的喃喃自語，而我總踽行於曜靈炙炎中、玉蟾夜色下，挖掘深埋沙底的瑰石，得之便喜，珍藏於塔中自賞沉醉，外在環境儘管山崩地裂，也無法動搖這一室天地，驚醒我虛無的美夢。

還是繼續躲在塔裡幻想吧，用文字把夢境寫為真實，為自己保留記憶的章節，待他日再來下酒回味。此外已無話可說。

詩意冬流

莊政衛

蒼穹淡靄悠悠，淅颯輕柔撫摸大地安祥的姿容，萬物喧闐被默默消融，走入靜謐的睡鄉，大地回歸最單純無瑕的沉默，沒有情緒色彩點綴，僅剩寂寥的樸實無華，籠罩那逐漸瀰漫的寒峭，像是被人間遺忘之秘境，縱然無聲，卻時聞凋零低微的耳語。

冬日帶著濃厚壓抑，渲染周遭忉怛的失落，淡化晚秋曾經多情的夢寐，帶走繽紛炫目的回憶，只為雙眸雕鏤一幅蕭瑟悽愴，呈露年歲逝盡後的哀傷。單調、消極的氛圍，是它身軀永恆的烙印，流浪於淒滄寂寞，還來不及擁抱它的背影，就被冰棘的蝕骨束縛。

秋天之美如絳紗，金風清澈吹醉山腰的殷緋，於身軀耳鬢廝磨舞動慾望，歡慶豐收的喜悅，用姹女纖手播灑繁盛的多彩，顯得灑脫奔放。冬天卻以孤傲掩蔽笑顏，背負悲觀與絕望，將內心冰封於厚土，陣陣嘆息吹拂人間枯槁，身穿一襲象牙裙裾，化作出嫁異鄉的紅淚客。

像一曲對位格調嚴謹的樂譜，旋律澶湉瀲瀲，聽者浸浴悙悙填臆。突然想起舒伯特的〈冬之旅〉，主角因破碎的戀情而羈旅迢遙，隨陪的盡是冷冬苦楚，不禁惋惜季節蒼涼，命運的坎坷，曩日良景如煙花易散，終究徒剩眼前這般伶仃孤孑。我卻獨鍾於此種感覺，認為冬天是將四季的精粹浸入酒罈醱酵，釀出一爵醰粹醲烈的玉漿，飄溢醇冽的香郁詩情，須君細細淺斟品味，酌飲而吟哦，方能一番滋味上心頭，熱意似不凍細涓蔓爬於血，魂靈迂迴著難以啟齒的懸腸掛肚，雖周遭不語，卻繚繞不絕，我諦聽它的饕切，投入冬天的擁抱，感受凜冽中的 溫暖，在它肅穆岑寂後尋覓欣欣向榮的詩意。

當季節樂曲奏至終場的休止符，孤雁便緩慢拉下白色簾幕。玉塵匝空騫舉，似鹽飛絮起，冬蝶翩聯，經朔風颯颯鑿刻，簡練萬象濃妝豔抹，天地昇華為一脈晶瑩，膚如凝脂，宛如少孅聖潔的裸裎胴體。瓊花依偎掌心，俄頃成水，這一融，化解幾句世間情的山盟海誓？多少遊子騷客曾赴遠求名，踽涉萬里，目見蒼嶺迤邐疊嶂，而萌生崇慕，濡毫欣獻滿腹妙筆絕唱。身後雪原留下的足跡，寫錄了人生的一段旅程，驀然回首，又為新雪填平匿蹤，由不得倒退，直叫人反覆忖度，衍生更多嚮往。感慨這國度卻難得一見，皓雪皚皚只能儲藏於玄想中。

秋蟲的淺鳴隨綠塵訣別，不聞一絲囉唕。霜花盛開，原野頹黃得憔悴，如長眠般空闃，四季韶華湮沒敗叢，種子蜷縮顫抖，霧蛇肆意穿行。羲和的紅鏡不再刺目，天宮瑤草也咺鴻斷腸，孱弱的日腳被輕擲撒落，溫煦成了被遺忘的安慰。漫步於啞然中，我隱約感觸到衰草細咽的吶喊，觸動心弦彈奏出共鳴音節，在娓娓傾訴自己的故事。為天地滋養無垠盎然，為驕陽闢建馳騁大道，今朝步履催促，踉蹌走向垂暮，生命短暫讓人傷感，它們卻選擇俯首默禱，或許是頓悟了永恆不存的真諦，坦然揮別世俗嘈煙。

菅芒冉冉揮揄穗袂，梗密築御牆，排妥了陣列，開始典雅演出，場面壯闊，涅濤矯健躍起，所望盡是芒花刻眼銘眸，卻難以感受熱鬧隆重。欠缺誘人練香，沒有婀娜體貌，著一身素紈，淡粉勻臉，偶爾流露一抹悲愴。嚴冬大地似冷殿悽涼，它們是被遺忘的宮娥，在這季節斷珮失寵了，問誰會留心觀賞呢？我與其相見，但終不是夕相待的郎君，於是彼此相惜相憐，抒發無物結同心，追憶舊朝承歡的魂牽夢縈。

聖誕紅格外突兀，作為外來客，毫無古典裝畫，倒有幾分異國淫淫浪漫，與霜齒咬出的一掌楓血相比，更像鑄銅冶鐵燁燁燃燒的烈焰。我想起它的花語：「我心已燃燒、祝福您」，在孤寂的嚴冬，仍堅持燎身溫暖早已睏眸與炯炯不寐的魂魄。玫瑰更是盈盈妖豔，依然保持自我風流，各色玫瑰花語相異，亦如人心的複雜情感。

冬葉刺上衰褐的縞素，鋪滿行人的跫音下，編織大地的綺衾，剎時於長空沓颯，旋跳回風舞。它們不再是秋苑桐風墜紅的幽柔，而是寒風破碎零落的文采，不得安歇之處的遊魂，難以重拾拼湊涸竭的流光，隨微塵漸遠不願回眸。樹母無法挽留它們的背影，伸出枯手摘下幾片雯華繪出送行的水墨畫。餘有少數仍倔強於枝椏不肯離去，是對故里難捨的眷戀，仰或信守與暖春剪燭的約定？北風停止了狼嚎，纏繞樹梢詠唱哀慟的徽音，承載挺拔的意識陷入暈厥，餘留根下凍裂的傷口惡化蔓延。

眾生凋萎的冬季，當花瓣放下情愫墜土時，唯梅花還至死不渝。養顏有術，祁寒砭骨中依然嫣綻洵美娉婷，嬌羞地嚲息著傾城暗芳，展露仙姿玉色，徜沐北風，渴慕雰霏的擁抱呵護。只是嬌花有意，寒颸薄情，樹梢那一陣擦肩而過，觸動內心的多愁善感，竟潸然淚下，芬霂瀰瀰。嬗替澧霰臨幸這片依然有愛的國度，迎接冬天蒞臨，可惜花雖成自白，仍不如雪光研。然而她是最為堅毅不撓，挺峋髏之桀傲，抵懂戚環伺，如同對愛的執著，終不失其婉嫿，戚戚冽颸刮，瓊蕊弱，望誰裁折惜，猶顯小娘婠妠，脫俗高尚，其精神讓人欽佩，莫怪古今詩客總對梅鍾憐。

湖泊泱漭澄澈，照出八方太平，浮雲是冬鵝展翅飄下的潔羽，拭淨混濁駁雜，點綴這般熟眠的墨綠，文光閃爍似水中蛛絲載浮載沉，捕捉一具具漂流的倒影，水草蕩漾挑逗羞澀虛軟的碧漪，輝映昔日楊柳依依。應龍鎮守澤面無冰，老魚隱匿閒游，別浦蘆葦叢生，伊人駐足茫然等待，打撈何時歸來的足跡，思念乘一葉輕舟已臻彼岸，徒留不捨停泊寄情的湖心，深邃浩淼的鉛華包容嗚咂吁喘，薰染幾分澹雅。熔矽一面無底的鏡，積澱所有秘密，望不透任何端倪，卻讓心靈從瞳孔沮瀉而出，於是只能靜而觀之，取一瓢飲委婉品嚐。

當夕春點燃晚霞的嗔怒，蔚藍漸焦灼褪亡，黑暗便伺機歡食殘存的明亮。生靈之影於熗熗火光中泯滅頹顏，化迎接出巢搗毀的群魔，猙獰地慶祭慘淡，天地陷落戰慄混沌。待視線被澌滅殆盡，黑燼徹底掩埋一切，籠罩災難後的詭靜，夜色就這般跋扈降臨。

東西皆清寂，南北人蹤絕，唯嬋娟皎皎，月暈朣朧如燐火升起銀煙裊裊，曼語世間悲歡聚散無常，星浦漣洳低垂著涔光，流入遊子的愁眸成思鄉淚，煥發不眠的靈感。子夜梅枝更顯冶艷，一縷寒香潛入臥房與我纏綿，讓我輾轉難瞑，遂提筆向淡漠青冥索討渺茫詩情，窗燈熠煜，伴我勞光彩，疲憊將茶水醱酵，酒香竟招來古今書客鬼魅相隨，彼此盈樽合飲。然而這國度的夜仍無北歐漫長，燈青蘭歇，還沒嚐足苦吟的甘甜，眾魂即離席而去，遺棄紙上雕詞摘句後的杯盤狼藉。

問時間跫音何不歸，良辰綮盡無處覓。〈冬之旅〉已邁入尾章，音階更為沉鬱，輓誦生命晚年伶仃的煢獨。繆勒逝世後，舒伯特開始創作，翌年也與世長辭，觀偉大詩人也無法超越死亡的宿命，靈魂汍瀾，烏鴉啼泣，犬狺狺，燈花漆黯似鬼火，尋不得歇足之地，最後的搖琴師也盤跚離去。迄今大地入冬，朱顏絕衰，青絲沾染皤沙，昨者蕭蕭不堪憶，葬埋慘煞塋埌中。人壽行有涯，須臾道誰知，總使人徬徨，幽冥縹緲，因而畏懼，若是闔眼入寐，就不再有黎明喚眸，似乎為世間所捐棄。思至此，不免悲意流淌，面對歲華徐徐潺奔無回，我又該以何心情聽鳴迎白曉？

然而，春暖燦然仍銘刻心坎，依然提醒著流浪的旅人，那遙遠的春意並非幻日，冬天的明淨下，仍孕育著伏墩的狡黠，於天寒地凍的孤苦中保持著堅毅執著的心。若無冬天的冷寂，又何必去期待暖春的花香？甦醒的鶯聲又如何凸顯其生命的熱情？在盼望復甦的時節，總須度過最死絕的漫夜。人生亦為如此，在夢想實現前，總是需要試煉的等待，路途是孤獨的，無人陪伴的自我堅持，過程中漸進學習與感受，若能享樂其中，苦難就無須畏懼？因此冬天並非僅有絕望，它正闇闇竊笑，在腳下土中耕耘沉默的希望，待到良辰，枝頭萌新綠，凍土抽芽柔絲的冷翠，香喉嫋嫋會再響金籟，迎接新的里程。

雪塵靜靜落下，紛回銀白的情致，是童年曾想像的美夢，人生何嘗沒有寒冬，若能知此非盡頭，便能感悟生命的真理，簾幕再次拉開舞台後，便再次譜出屬於自己的華章。

評語：

王誠御：

文采奇麗，意象瑰豔，尤善揀掇古典詩詞典故詞面，翻空見新。但用字稍生僻，生僻非不可，要生僻則通篇要無一字不生僻；要鍛鍊，則通篇要無一字不鍛鍊。可是篇中仍有些句子平易，不能統一。

末二段翻轉全篇，昭示作意。仍是雪萊《西風頌》所云：「冬天來了，春天還會遠嗎？」雪萊二句括盡其意，末二段似仍不脫其巢臼，雖有意開拓，仍嫌不夠廣。中間一大段全寫草木，然草木之間可有層次？「草木無情，有時飄零」（歐陽修秋聲賦語）草木之安排可更緊密更步步進逼主題。（如聖誕紅是「紅色」，冬葉是「縞素」，聖誕紅宜靠後，因文章越後越激昂）

文中提到「梅」三次，梅之堅忍已為末段作伏筆，然三次寫梅，有無輕重緩急之分？文中提到「舒伯特」兩次，兩次意義大略相同，皆不過抒發人生短暫之慨，何妨不多作鋪排？全文基調大抵是自言自語，佐以景物花草，或可加入更多思辨，或用一事件貫串纚纚之珍珠（比方一日起居注用一天、袁山松來組織）會比較接近散文。（否則近乎太長無韻律的詩。）

務去陳言方面，成績有目共睹；然切勿轉入「盤空橫硬語」。文字風格偏入古典，然可以更形象化，五感並用（張愛玲是大行家），比方說：「化作出嫁異鄉的紅淚客」，此句絕好，好在何處？無它，紅淚二字而已。「紅」字有色彩冠諸「淚」字之上，除視覺更隱含觸覺，不妨以此標準回檢全文。

似、如用得稍多，不用似、如會讓文風更婉轉細緻，更合乎文章情韻。

最後，六一詩話載許三同與九僧相約賦詩，規定不得用「山、水、風、雲、竹、石、花、草、雪、霜、星、月、禽鳥」之字，於是諸僧皆擱筆。試想，如不寫景，此文還剩什麼？運用此逆向思考，可使文章加倍充實。

洪明融：

冬有人有景，文中用典甚好，景融於詩化，使人跟著作者文采走進了冬景，只是可多入作者個人獨特心境。

陳玟瑀：

整篇文充斥生冷字句，儘管寫的是冬，但使用的意象可再柔順，將冬比擬成一個戀人與自身情感融合起來書寫，可是「冬流」流得不順，被磊磊之石給困於山嶽上，被冷凝的氣溫給凍結。若作者是要創造此意象是成功的，若不是則可以再多思考該如何書寫。結尾太過突然，從冬接到春，中間有太多轉折。建議作者多寫風景以外的題材會更有變化性。

（王誠御按：最後一句稍無謂，應該就本文論本文，何謂風景以外？此文亦有關於哲理方面，非徒描寫風景而已。何況「冬流流得不順」之說，幾近誚罵，此文非寫流水，何必流得多順；再者結構情節內容之推進尚且流順。）

彭翠瑛：

每一個季節都有各自的特點，不同的季節與不同的看法，會帶來不同的心情。作者讓冬天流出詩意，在那些美麗的文字下不是冰冷的冬天，而帶有一絲絲溫暖的等待。

吳凡：

文風為作者所慣有，描寫美景善用修飾，使萬物皆有情感，讓人耳目一新且佩服作者之功力。雖有生難字卻不至拗口，將細膩情感融入文字之中，讀來令人如臨「東西皆清寂，南北人蹤絕」的孤寂之景。

夏歌翩聯

莊政衛

熹微晨光從窗縫透出，幽幽寧靜帶著昏沉睡意，時間緩步躄躄，略顯愜意毫無催促。待天際瞵盼，我拉開簾幕，讓朝暾旭旭擦拭房裡殘存暝色，暄暖暘烏暹初。三樓書房，空間不大，是專屬我私人、隱密的寫作殿堂。

午後閑暇，隨意翻覽書本，或在桌上擺放紙筆，寫下腦海裡靈光乍現的詞句，組合拼揍成完整篇章，陶醉在無受外在喧囂擾動的興趣中自得其樂。偶爾思路阻滯，就靠在椅背輕闔瞳眼，沉澱心靈的雜亂無章，則怡養悅愉，理出新意境。無奈柏油路上遄車急速奔過的噪音與喇叭聲總會魯莽無禮地擅自闖入，像突如其來惡作劇的頑童，攪亂我提筆的興致和閱讀情調。我走到床邊呆坐發楞，怔視窗外風景，電風扇來回轉動，仍吹不散瀰漫整個房間微悶的慵懶氛圍，那是夏天的味道，濃得讓人雙眸疲重。

久了就成習慣，當無法心定神寧時，我就會走到窗台眺望，暫時遠離狹窄空間的拘束，拋開內心憂悒，欣賞四季交替而嬗針繡的景緻。我特別嚮往夏陽的溫煦，光芒撒落在瀰迆田野，桀桀翡翠鋪上金箔頌耀，雀嚌嚌鴟鶚逾，陣陣碧洸騁，虯木蓊鬱如蓋，日塵吸習依微從隙散下，音符綷綵悠悠嬉斡翽薰風，耳聞一身舒暢。我逐漸領會在書籍紙筆外，還有其他事物是值得仔細探究，其中蘊含的生動是繁瑣辭彙所沒有的，有時應該跳脫既定的框架，置身遼闊的天地，了解本質上的意義，看見多元面相。古人云：「讀萬卷書，行萬里路」，書籍提供的是參考及描述，欲徹底悟得其中傳達的道理，唯有身體力行才是不二法門。跋山涉水，觀江河萬變，視覺的見證永遠比文字想像有更多真實感動。

夏天總讓我想起南方的海，浪擊洶湧，礁石生濤花，鹽風拂面迎嘉客，瀛線澒洞，曠無涯岸，海天一色，椰林挺立碌渙，樹影解渴了不少纏身的酷暑，赤足行走長灘，腳下海沫濯洗，啜飲一瓶椰子水，就是一段美好假期。夜晚仰望星空，緩慢隨月暈飄落海面化作絲絲溟濛，於陸地沉積為爍潔白沙。

儘管迄今鮮少出遊，夏天依然不曾遠去。站在三樓窗前，能清楚俯瞰夏天嫵媚顏容。平原坱莽膴膴，遠處峯巒岦崱，幾間田廡四散座落其中，稻畦毗連躺臥長空下欣欣向榮，成串飽滿穗粒像是為秋季豐收預留伏筆，溝隴游魚蝌蚪正嬉戲泝流。

綠溏中芙蓉奐發，花姿妖嬈，玉立鉛華，輕吐脫俗素雅，將潔白、淺紅揉入姝瓣，似仙妾下凡採香遺落的珮瑤，迎空旖旎羞綻，還心繫天宮繁華，香風徐徐，拂曳水芸與那片片盛滿暖光的翠玉盤，散溢著詩情芬芳。讓我印象猶深的是大王蓮，孌孌巨葉是載人遊湖的輕舟，彷彿能撐起世間一切情感重擔。而我最鍾愛睡蓮，具美人嬌妍而矜持，清卻婀娜，朝暾含一絲纏綿惺忪迎白曉，夕春則闔眼熟眠，獨步水畔覷賞，總有倚欄醉菡萏的浪漫。然蓮種雖多，纖塵不染的生命情操卻是共通的，擢手替人們墨繪安寧的恬夢。

夏蟬破土登高，脫下堅硬褐衫展翅，浩歌裁曲，玉喉動耳悅心，此起彼落，將膩孽蟠葩譜為翩聯樂章，在樹梢繚繞不絕，飛入憋悶的教室、疲困的寢室，寫下如詩般細綠團紅、惹蜂弄蝶的白日夢。

飛燕駁遝聚電纜上閒聊旅行歲月，不免為牠們惋惜，遷徙是牠們無法捨下的宿命，此處風光雖留戀，總是他鄉。

岡陵鼻崊而模糊，環繞著盆地。晌午烈日高晱，郊原炙熱難耐，赤帝騎龍來欲將一切弭平熇焚，晞堁裂痕延展，烯色滾燙，焙墝皰食，鐵杆也熔解成液。此刻我一如往常待在房間讀書，或是埋頭寫作，享受獨處的清靜。直到夕陽西下，氣溫緩降，我才會出外透氣，看著鳥群在田中低空振翅，又如歸巢般飛向遠方，只有稻草人孤立在中央，顯得寂寞。殘霞渲染整片血紅，詭譎卻奪目。

夏夜總是短暫，卻擁有不輸白晝的活躍。清朗霄明，便能悅賞漫天星涓揮灑銀白，視舒之精暉，繪一幅眗煥詩意。僅有幾顆星子，像被遺落的亮點閃爍，彷彿在遙相互望，彼此慰藉。蛙鳴響遏行雲劃破安謐，牠們對著星空高亢晤歌，但選擇低調隱匿於黤黮，不願現身露面，讓人尋不著，似乎只想呈獻天籟樂音於世人。窗外佇立整排路燈，每逢點亮那盞昏黃，也吻吮音樂會的開場。多年前搬到此處，子夜聲浪燁煜，難以安穩，迄今卻成了我的枕邊安魂曲，總是諦聽其演奏入睡，在夢中遊蕩，沒有一葉舴艋撈攏，也有慢溯康橋的璀璨。然而有些不速之客竟悄悄自來，在耳邊徘徊不離，用嗡嗡的低語硬是將我從夢境抽離。

我也在這塊沃土播下了回憶種子。有時我會騎著單車穿梭巃徑，落葉騫舉，南風擦肩而過，別有幾分意像，沒有下班時段的壅塞車潮，只剩河畔的工廠不時在咆嘯。幾位芸夫負鋤漯漯蹣跚行走，斗笠沾埃，背影朽邁滄桑，近年物價飛漲，市場競爭激烈，稼穡艱難，也委屈了他們。歲月在他們的容顏添了一道道皺紋，緊繫與作物深厚的情感，而他們已經看過無數次殘照。晚紫凝華天，巇景如黃昏，只是斜陽走得太快，不捨它的美。

夏季偶發的霎雨籠罩一層迷濛霧綃，難解而神秘，有淡妝的清麗而不陰鬱，可說是對天爐兮，造化為工。汀瀅漣漪水如羅，無人阡陌淖濘遍地，黃英蹲踞路旁，身軀垂蕤，像沉思者默默不語。

雨掐芭蕉聲玉碎，緣霤呢喃低語，霑濡蜷椏鑲潤雨晶，滑溜珍珠舐荷葉，頗有「大珠小珠落玉盤」視覺美，雨後虹橋更是繽紛驚豔。濕氣中和夏日過多的炎暑，留下沁心涼意。但若遇上狂風霈猋、雷電交加，只能迋迋阢隉聳聞天空慄懼的憤怒。

後來課業的重擔佔據了生活的主導權。放學回家，夜早已潑墨似的埋沒世界，街燈闌珊，徒增越多失落。我放下裝滿教科書的千斤包袱，洗完澡後繼續著堆疊如塔的作業，思緒順著公式與法則在邏輯的軌道上奔跑跳躍，在題目與答案的距離間往來飄移，像在戰場經歷一回博鬥廝殺，耗盡了所有力氣，此刻我與外頭完全隔絕了。夜不來人不歸，窗簾幾乎緊閉著，書房漸成了囚禁的牢獄，外人無法窺伺，我也逃不出。試卷的油墨味飄散，如鴉片煙氣嗆鼻。

考取大學的那年，到親戚家的鋼鐵工廠上班，儘管有點不願。我總是無心在工作上，趁著身旁無人忙裡偷閒，除了一台老舊收音機，實在非常無趣，每天都必須包裝一堆油膩的鋼鐵和零件，清掃剝落的鐵鏽。正午鐵皮室溫驟升，熱得我心煩意亂，常專注於計算下班時間，有時站在紗窗前看著農地發楞。

下班鈴終於響起，曇天氛翳又再次淋殪我的雀躍，僅剩滿腹厭惡。歸途雨點滂沱如豆，擊落在臉頰，痛得看不清前方，有種陷入槍林彈雨的錯覺，注定要千瘡百孔。經過堤防，涌湍洪流淹路，沮洳沒道，田地已成淼漫水澤，我毫無心驚膽戰，累意早已麻木所有感官，還不時諷刺地提醒翌日早起的苦痛。

到外地讀書後，也沒有機會與家鄉季節敘舊了。我很少歸家，對於熟悉的環境漸已遺忘，思念潰堤則烱烱不眠，偶然浮現在宿昔夢寐。有多少重要事物被輕擲？有多少歡笑被摒棄？忙碌搗毀人們視覺的廣闊，心思被囚錮在瑣碎雜事，只能於暗房刺目的桌燈下埋頭苦幹，花開葉落都無關自身，和四季擦窗而過，苦讀升學的歲月浪費太多自由，在數字上博取肯定，而經濟重擔使人陷入泥沼，金錢則欲求不滿，總是覺得蜂群操勞釀造甘醇的甜蜜，比追求數字與薄祿更有意義。

今年暑假回家，在三樓窗台，我再次眺望那久別的夏天，但物換星移、滄海桑田，曩日景物已變，徒增幾分陌生，門前農畹不知何時換植芋魁，寬大圓葉盎然莖擢，卻顯凋黃病氣懨懨，畦旁新建幾間倉庫，周遭枯萎的單調色彩，只有幾株弱不禁風的禾苗參雜微不可見的淺綠。河流澳泦，飄滿莓苔，臭氣沖天，聽說是工廠排放廢水所致，重金屬汙染超標，無法再繼續耕耘作物。夜晚的蛙鳴成為絕響，蚊蟲依舊，鳥群仍在電線杆上嘈鬧。

環境破壞，夏天像首未完成的樂章，死去中斷，沒有結尾，徒留聽眾在台下嘆息。

在個午後，剛讀完一本文學閒書，躺在枕上望著碧藍晴空，裹一床微醺的風，聽著廠房忽遠忽近的機械聲，沉沉睡去。

評語：

王誠御：

閱讀此文稍不順暢；並非作者火侯不足，或文章不佳。原因有二，某些段落極鍊，某些段落軟平凡到不可思議；再者，幾句句皆有生難字，詰屈聱牙，猶勝尚書。試吟誦文章一過，可證我所言不差。

此文情調（也可說此作者所有文章皆如此），一時允為獨步。非是生難字詞所疊出，而是由文章主旨，情調凝聚的沉緩幽深氛圍，十分耐人尋味。係由作者人格特質所凝淀，進而轉用，而終藉文字長久銘鏤的情懷。

然而此篇情調與文字之特出。不免也讓人汲汲考究文章內容如何；甚而需要更廣博深邃的內容，滿足讀者的審美要求。廣博方面，此文只寫切身瑣事，頗合乎夏日情調，但並沒有獨特蘊含。亦即現實人生，一年三百六十日，風刀霜劍嚴相逼，何事不可入？若沒有值得筆之於文的象徵，典型，意義，寫之何用。所謂廣博，應是能在一系列夏天瑣事中，尋繹至廣至博的永久意義；深邃方面，此文談讀書，社會現實，非惟陳腔不少，揭理亦不深刻，甚是缺陷。

近代散文，楊牧於文章氛圍之把握，無人可出其右。涵泳其《奇萊前書》一類，可知廣博與深邃，及文章氛圍的具體示範。

陳玟瑀：

此篇有跳脫其他兩篇的感受，多了點形容自己生活的感觸，且將感觸融合寫景與生活中，缺點是融合的稍顯生硬，若此筆法多加練習想必會更加圓融，還是缺少了人文氣息，僅有風景自然、家、自身，可以仔細觀察時常與自身相處之人的習慣、性格，並試著書寫出來，會讓文筆有更多不同的風格，當然，形容人與風景之間，白話的對話要如何融入慣於生難字的筆法更是一大困難，但若融合那些東西都是自己未來的資產。

王盈婕：

譬喻鮮明生動，文字優美，只是不解主題和其中的故事最主要關聯為何？是夏嗎，又或是這只是其中的一個小插曲，在夏天？

彭翠瑛：

整篇最讓人覺得與作者其他作品不一樣的是出現了較多「我」，讓讀者能更接近作者對夏天的感受或想法。不過，轉折有點多又不明確，優美的字句後仍看不清作者的「夏歌」的模樣，還是因為是慵懶的夏天所以使文章也變得懶散？

吳凡：

風格唯美，描寫夏景別出心裁，讓人進入夏天景致之中，且不單寫夏天之景，更能寫出夏天所做之事，讓人感覺到慵懶之情。後段突然轉變為感嘆滄海桑田，將夏描寫為一首未完成的樂章，雖非獨特轉折，仍讓人甚感唏噓。

霧色、山脈、長灘——我在台東的足跡

莊政衛

一場寒冬陣雨，青空啼眼澹白，涼颸飄灑絲絲令人窒息的沉重，霧氣在大地繡上一簾迷濛的羅帷，揉入季節老景，將現實塑造成了幻夢。閑行於田陌溝攏，道旁叢生的花草身軀垂蕤，為霖潤的祝福虔心默禱，曠野則保持絕對的沉默，放任我遺懷的探索，顯得詭譎卻使人陶醉其中，寧願拋棄內心剩餘的思緒，藉此遺忘靈魂的存在。這無受拘束的閒暇促成解放心靈的開端，如溪水淙淙遠颺河床的石塊，留下一片平坦沙地，保有絕對的安逸，而放肆奔逐。遊山玩水並非我的嗜好，我卻戀上了脫韁無拘的感覺，也許在我的內心深處住著一位旅者的靈魂，無時無刻渴望內心「放逐」的旅途。邈杞人之憂，迢迢千里逍遙於天地，旅途總給予人愉悅的真理。理想窅冥卻讓我對此惴惴不安，懷疑這將成為慣性消極的逃避理由，內在形式的沉淪，而怠惰是我所畏懼的潛在人格。

但我逐漸領悟其中的意義，在心中尋得一座無受憂煩澒涊的清澈湖泊，那是我沉澱自己的安歇之地，也為我指引面對挫折的出路，因此我有了更多昂首闊步的樂趣。

走過廣袤的郊原，風翱翔於山河，周遭無語有不可言喻的安詳。跋涉山水，隨意的心靈讓跫音緩慢卻更響了，不必有太多的顧慮與計畫，有時迷失路線不等於就迷失了自我，只是訪得另一條嶄新的路途，忽見另一座突峻的山嶺，就如旅者無疆的長途跋涉，未知的旅途才有探索的意義，霄壤易變才有喜悅的真實。我是位旅者，沒有任何思緒，只想依循著耳邊的風聲步步向前，渴望看見更多的發現。

這一切是如此與我貼近，緣分在其中成為一絲不可阻斷的牽連，卻無法彌補情感的疏遠，陌生仍占有太大的空間，風光再好，總是他鄉。台東，非我所熟悉的故里。

台東是個遠在天涯的地域，它是我不曾思索的對象，宛如黑暗大陸的存在，迄今卻成了我的歸宿。欠少城市的喧囂，匆促的跫音也消失了，生活步調有些過分地緩慢，磨碎平日應有的壓力，讓人懷疑時間涓流刻意凝滯停駐於此。我樂意享受，這看似慵懶的氛圍不會消蝕我滿腹的衝勁，能緩和燥灼，賦予冷靜的思維檢視當下的每一步，以防偏離正確的路途。

城市身影煙散，那僅存枯骨死灰的水泥建築印象，被映入眼眸的是滿山遍野一幕幕綠意盎然的青濤淹沒，瀰迤無垠的鄉村田野，稻禾迎空昇綠塵，曜靈偃蹇揮金沙，幾間不起眼的田廡都成了和協的陪襯，彷彿能聽見自然與文明敦睦共存的韻律。這塊土地擁有純樸的修養，愜意是它的本質，自然是它的衣裝，人類活動的象徵只是點綴的飾品。與此相較，城市的灰色生態系統顯得死寂沉沉，繁忙與壓抑人滿為患使它發展失衡，某內部結構正在崩壞瓦解。我早已遠離城市的框架，跳脫理性的束縛，在原始的意境中自娛無憂，天地唯我存在，無人煙的擁擠與喧囂，腳下是漉潤豐厚的埃靄而非乾硬的柏油，每一次呼吸都有純樸的芳菲。

赴讀台東大學，校園坐落於山腳，觀望整片綠疇和遠方的海，若身在高處，隮高瞰景，則怡養愉悅。就像一名少女的多情妝顏，隨著時間的纖手將景物編織呈現相異的特色，黃昏有種不真實的絢麗，明暗交融成霞送日落良辰的不捨；夜晚黝暗深邃得令人醉心；黎明的曙光有著聖潔的意象。我卻偏好雨天的朦朧，那若有似無的幽靜。校園與自然合為一體，優美的渾然天成而不矯揉造作，我總會按下快門收藏幾張記憶。

崇山峭崒，聳立眼前，銛巒插天割雯羅，傲視著渺小的一切，宣示其地位之重，有君臨天下的王者霸氣，我的存在卑微了許多。山頂的雲霧曲折婀娜，似乎刻意隱匿什麼。霧色山脈其面貌也為神秘蒙紗而自翳。

陰雨瀰瀰中，山林將被霧色籠罩，宛如身在天宮仙界，被虛幻的幽美擁抱，此刻山的真實面貌再度離我遠去，任我無處尋覓。我不禁想起蘇軾的《題西林寺壁》：「橫看成嶺側成峰，遠近高低各不同。不識廬山真面目，只緣身在此山中。」或許，所謂的謎才能保有最純粹的美，靜謐就是它的天性。

密林蔭鬱如蓋，穿梭尋覓，必須懷有虔誠敬畏。空氣混雜著濕氣、泥土與凋零，在此能看見許多的植物群如銀合歡、白千層、夾竹桃、木麻黃與欖仁樹等，它們是這裡的住民，此處為它們亙古的家園。落葉鋪成了林間大道，有些鮮紅，有些褐黃，閒靡紛飛，隨風沓颯起舞，它們是枯杪殘枝遺落的詩句，現在拼奏成這片山林的完整篇章。除了植物，林中還藏匿其他的子民，比起植物群，牠們過於內向，我能聽聞牠們的耳語。文徽徽以溢目，音泠泠而盈耳，偶爾從膩葉稀間瞥見牠們稍縱即逝的身影。但我仍有過奇特的際遇，一隻松鼠膽大無懼從我腳間穿過，灌木中飛竄出不知名的鳥禽，與路旁苞稂竄行的雨傘節，彷彿走入人間那座與世隔絕的伊甸園。

被壓力折磨得遍體鱗傷時，海濱公園是我唯一的棲處，那裏的海灘更寂然的像是遭遺忘的異境，因此成為羈旅的最佳藏身地。沒有山林的生機蓬勃，只有灰藍相依的荒涼，整片海是無法看透的森冷，深灰長灘成了默默延伸的孤獨。海風拂面，裴回長灘，這是專屬於我的灰色時光，浪花盛綻是最後的陪伴。沙灘上的礫石早已觀海千年，歷經海水洗禮，圓滑的身軀烙印澄淨的紋澤，它們是這片海域的長者與沉思者，我總是不經意駐足彎下身子觀察它們，拾起一顆於掌心。若能傾心諦聽，彷彿能聽見它們正低聲訴說著這片海岸的故事。那些漂流木則是灘上的外來客，山林是往昔的家園，現在它們成為海上的流浪者，這片長灘是它們終生的最後依附，傷痕累累的身軀受盡艱苦，讓人深感其慘怛。一根巨木孤立在灘上，成為最突兀的焦點，似乎是這群漂流木的佼佼者，腐壞的身軀卻使它存有不可一世的堅決。它日夜望著海，其內心我無從了解。我專注地打量它們，似乎也能感覺它們在向我傾訴內心的鄉愁。它們駁遝相依，彼此堆疊交錯，與礫石和海砂構成一幅淒滄的詩意。它們似乎相處得很融洽，因此我不必替它們感到寂寞。

靜坐在堤防上，出神地望著海，逐漸有些恍惚。洪淋淋焉，回首灘上的足跡，我開始思索人生的意義，不禁感慨時光的無情，那些足跡不就是我遠離而去的人生？一股悲傷剎時汞注，而海浪依舊拍打著沙岸咆嘯，卻只是無邊的寂寥中微不足道的掙扎。

夕春的殘霞染了滿天血紅，那根巨木的身影漸被吞噬，它是這片長灘上的悲壯英雄。直到夜色將我的視線毀滅，才迫使我踏上歸途。

或許，往後歲月我也能在長灘寫下自己的故事。

對厭世者而言，諸如台東的山海是最好「流放地」，在此不必面對繁華都市「弱肉強食」的鐵則，能盡情恬逸度日，所有喧鬧都是空有的存在，因為不曾驚見城市咄咄逼人的駭人血口。然而，那些漫天飛揚的爭端隨時會擾亂這裡的節奏。利益的雙眼正注視著這塊土地，商人與企業渴望此處的龐大商機，他們處心積慮促進開發，但卻遭遇抵抗。商業開發與環境保護仍存在太多的矛盾與心結。美麗灣飯店只是多餘的不必要，蘭嶼的核廢料成為生活的一部份，其餘地方也是早晚的問題。過去我認為事不關己，在成為台東的子民後，卻日趨感受到資本主義的雙手逐漸逼近。這也許是我離開都市後的覺醒吧。雖然我從不涉入這些爭辯性的議決，我仍希望這片美麗的山水能永遠保存。

但永遠是不可能的奢望，那只是過於理想的願景。沒人能阻止時間的邁進，無論走向何方，台東改變只是緩急的問題而已。不必諱言，城市的機能與資源還是保有眾多民心，畢竟在一個力爭上游的社會，被處於邊緣化即使放下企圖心，物質的生活卻又是另一難題。

我不想多說甚麼，只想在往後的三年大學生活與台東培養深厚的情感，和它徹底親近。我必定會離開它，至於身去何方，也許是我孰悉的家鄉，但仍是久遠的不確定，至於因為情感的思念而歸來，那又是遙遙無期的未知。但我已經在台東留下了足跡，若我能創造更多的記憶，將此地風光思愫銘刻心坎，讓它在我人生中保有一處遼闊不被淡忘的空間，我會相當懷念。

（本文曾獲第十四屆砂城文學獎散文類第一名）

評語：

王誠御：

融抒情寫景，記聞、感慨、議論於一文，格局甚大。但俯察人生，真情仍少。

文從反面起筆（見第四段「台東非我熟悉的故里」）然初來時之不認同與認同，似仍嫌轉換不分明。中段摻入感慨，對人生也好對時間也好，已有著墨，但似可更深，為後段議論社會作先導，末段能觀察社會，文以濟世，自然很好，但所論可以更深。力彰自然受毀壞之悚怖。末段云「或許我會相當懷念此處」語氣仍不確定，似有全篇一筆勾銷的意圖，無妨縱論人生與社會後，驚濤再起，貫通全篇。

觀察社會可引馬克思，是莊某強項怎輕易放過？歐威爾《一九八四》悚言悚聽未來社會之恐怖，也可以嘗試。又文章好用僻字，昔人有云若非此字不能盡其意，雖僻亦必用之。審之！

此文寫自身情事，深度已受限。況且自身情事之中，亦無可供他人借鑑感慨，或獨立偉異之事，頗流於遊記，甚為可惜。

吳凡：

特別的字用得恰好，不會太過度，使人耳目一新。

尤喜海濱公園那段，能感受到海的陪伴，可以治愈傷痛，以及屬於作者的灰色時光。

洪明融：

情感跟僻字恰到好處，其實無可多評，是篇論情論文筆的好文章。

（王誠御按：推崇太過，如果好，才有可多評。）

陳玟瑀：

整篇文章的脈絡和思維變化非常清晰，結尾像是雨後放晴的一絲陽光，從自身之中真正看見世間的美，景色因自身的想法而活躍了景色。

彭翠瑛：

離開繁華都市到靠近自然的台東，就像來到了另一個世界。每一人、事、物都帶給人新的想法。在文字後所看到美麗的景色與作者的心情相結合，展現出作者對這地方慢慢培養出來的感情及想法。文風有所改變使文章更易懂，卻仍不失去美麗文字的特色。

王萬象

小傳

美國亞利桑那大學東亞研究所中國文學博士，國立臺東大學華語文學系專任副教授。主要從事中西比較詩學、古典詩詞、文學理論與批評等相關研究。著有The Poet Chang Chi（766-830）（Ph.D Dissertation）、Chang Chi’s Poems on Taoist Alchemy（co-author）、《閱讀文學經典》（合著）、《新詩寫作》（合著）、《中西詩學的對話—北美華裔學者中國古典詩研究》、〈古典詩的選評與典律化〉、〈余寶琳的中西詩學意象論〉、〈北美華裔學者中國古典詩研究〉、〈宇文所安的唐詩詮釋初探〉、〈含「英」咀「華」：後全球化時代的中國古典文學教學〉、〈迢遞冬霏常飄野，迷離曉霧盡笛聲—論曾麗華的散文〉等中英論文等十數篇。

時空旅次的呢喃

王萬象

四月該是艾略特的荒原裏最殘酷的月份，可斯時南國春日負暄，光影亮閃閃灑滿一地，雲樹飄絮晴絲裊裊，竟無從感受詩人心底的寒意，而太平洋明灩灩的波浪浩瀚無垠，又怎是陰風怒號的英倫三島差可比擬呢？我們都是時空旅次中的孤獨行者，打從降生此時此地，有了屬於自己的家屋天地，也就有了寂寞的途程等在前頭，數不盡的出發與歸來，就在季節與星辰的流轉中，敷衍成一片片日夢或記憶深藏其間的人世風景。然而，有些人不肯當時間的石人，寧願是空間的歌者，所以也就有了風的呢喃和雨的囈語，他們想用這斜斜的絲網罩住不經用的生命。但是，不管我們如何在冰涼的旅途中努力前行，就算人人都有千耳千眼，也無法聽見窺視世界的全貌，更不用說抓住幾個啟示的瞬間，在獨白中留下無聲的迴響。那麼，我們又該怎樣看待生命途程中的自我追尋呢？

法國大文豪普魯斯特在《追憶似水年華》中曾說：「真正的旅程只有一條，沐浴在青春之泉的方式也只有一種，不是探訪奇鄉異地，而是藉由別人的眼睛，透過另一雙眼睛來看這個世界——一百雙眼睛就有一百種天地。我們可跟隨畫家艾爾斯蒂爾的目光，依循作曲家凡德伊的眼神，只要跟著他們，我們真的可以展翅，在星空中翱翔。」星空中的普魯斯特俯瞰人間睥睨一切，本屬於塵世肉慾的，卻又何其超凡脫俗，他乘著時間的翅膀，翩翩起舞於空間的舞台，沈浸在記憶和欲望的想像之中，終於為我們描繪出真實動人的生命圖景。在他的筆下，那許多生命中的蛛巢小徑，往往與繁花似錦的回憶網路曲折相連，深刻且複雜地交織在一起，現實與虛幻、內在與外在、自我與他人以及心靈與肉體的種種糾葛纏繞，透過細膩舒緩的筆調，刻劃出芸芸眾生的喜樂悲苦。對普魯斯特來說，真正的星雲應該是爆裂開了的星球碎片，雖然深廣敻遼無限擴展，但仍舊是朦朧虛無可望不可及的，令人覺得這時空之旅一樣飄泊無依，不知如何把失去的東西都找回來，在抽象而疏離的現實情境中到達最終的永恆居處。普魯斯特在《追憶似水年華》一書中，以細膩的筆觸來描寫愛情，特別是敘述者馬賽爾和他的女友之間的愛情體驗。作者既告訴我們愛情的魅力所在，同時也指出愛情之虛幻與難以實現：「愛情本身與我們對愛情的看法之間的差別判若天壤」，男女主角雖得遇合，但仍不免離懷別苦，終竟淡漠以對，乃因其性格迴不相侔，是一場永遠無法真正吻合的戀情。於此，小說家的人生觀照難免宿命蒼涼，但他的語言毋寧是縟麗細緻的，敘述抒情時顯得瑣碎卻又深沉，不斷衝擊著善感脆弱的心靈，提供我們對生存情境的一種詩意想像。生命終將如落葉般飄飛，所有的情愛最後勢必分離結束，旅程的盡頭或許都是令人失望的，個人的欲念註定永不得滿足。

然則透過書寫的方式，我們可以於字裡行間尋回並安置，那些早已黯淡的昔往輝光，那些逸失的年少情懷。或許藉由寫作這種活動，我們可以打開一個平行的宇宙，有時候通過文字的書寫，我們能夠隨心所欲地驅遣運轉最深層的記憶，讓記憶的碎片凝聚在一起，就像普魯斯特會因為一塊小瑪德萊娜點心的味道，建構出《追憶似水年華》的時光巨廈。當我們逐漸意識到自我與周圍世界的存在，同時也體驗著精神上無端的迷惘和苦悶，「唯一真實的樂園，就是失去的樂園。唯一具有吸引力的世界，就是你無法進得去的世界。」其實，人一直是活在「失樂園」裏的，搦管為文攄舒情思，能以記憶來修補建構這「時光的大教堂」，書寫者從此能夠瞭解生命的本質和意義，作品也可以永遠挽留住逝去的美好時光，而寫作就是人在此世的最佳依憑。因此，透過對自我記憶的書寫，我們可以賦生命予形式、故事、或紀年，並且藉著寫作來了解我們的人生，一段段離散與放逐的終極旅程。

走過不知多少回的舊鐵道迴廊，總在黎明或黃昏時分，不管是陽光或陰霾的覆蓋，時有微風時有驟雨相隨，我一個人彳亍獨行，從這頭到那端，沒有起始也沒有終點。最是春和景明時分，一路上不知名的紅花、白花、黃花、紫花恣意綻放起來，點綴在綠草間競相爭奇鬥艷，好像在呈示季節璀璨的容顏，昭告自然神秘無比的力量。我邊走邊想，似這般花花草草尚且可以由人觀戀，紅塵是非浮世酸楚原只是一時的心緒，不管草深花黯泥淺，裊晴絲吹來飄香榭，我們妝點了時空旅次中的風景，那麼，高處是否也有誰在觀看著我們，這神秘至奇的造物者？

觸目盡是傷懷念遠的雨絲風片，恣意飄灑在鎂光燈下的青綠草地上，直如天風海雨逼人而來，其濛濛景緻悽愴敻遼已極，難免令人頓生侘傺之感。雖說「鏡花水月總成空」，然而記取的恐怕不是這種禪悟語，在追懷似水流年之後，久久無法忘卻的是生命中的蕭瑟疏落，竟像那時光迴廊裏斑剝殆盡的記憶顏彩，成朵枯葉般堆疊在早已佈滿塵埃的眉間心上。自從跨入「不惑」門檻，徒增馬齒未長智慧，對生命中諸多戒慎疑懼未嘗稍減，而此際已過哀樂中年，好似在天地逆旅人世浮舟中，聽得瀟瀟暮雨淅瀝，斷雁又黯黯催過西風，真箇是年華綺夢，頑靈雖仍健在，亦須堪驚此身悠悠晃晃。當無可名狀的悸動觸發了生命的玄思，我們或許可以仰望夜空中的星斗，在斑爛裏追憶起苔綠瓦紅的舊夢，不管是春暖秋涼抑或夏燠冬寒，只要雙瞳順著斗杓的方向滑落，心之危檣孤筏便能駛向遙遠而又明亮的銀河。常常想起那曾經走過的最遠的街燈，迷離飄忽的光暈照見許多落寞的身影，在時代的風雨聲中花鈿委地枯死，而人來人往鳥去鳥還，散落的音符逸失在寰宇之間，卻悄悄流入旅者的心田。梅雨季裏的鳳凰花更顯燦爛，雖然不免帶有幾分淒豔，但在歲月遞嬗的當兒，它們好似醒目的標記，見證過生命的豐瞻與華彩，然後委地成泥更護他日芳枝。在烟草風絮的梅雨過後，時節依舊是炎熱的六月暑天，滿城的鳳凰花仍然嬌豔欲滴，幾番風雨的洗滌更加簇麗瀏亮。過了梅雨和端午，總會有一大群穿戴黑袍方帽的學子，在陣陣驪歌聲和祝福語中，他們行將離開此地再出發，各自奔赴一段段未知的旅程，他們只能在時序中推移邁步，時間的馬車直是奔馳疾行，沒能讓他們稍停片刻，不管他們的思想裏是否有著惘惘的威脅，他們終須離開這宇宙時空，回歸生命的初始本真。

鯉魚山下，華燈初上

王萬象

一

And so it was I entered the broken world
To trace this visionary company of love, its voice
An instant in the wind（I know not whither hurled）
But not for long to hold each desperate choice.

——HART CRANE

詩為什麼而存在呢?美國詩人Hart Crane（1899-1932）曾經如此自我表白：「於是我就這樣進入了破碎的世界/去追蹤這愛的幻想的伴侶，它的聲音/在風中的一瞬（我不知道擲向何方）/但沒多久又去抓住每一個絕望的選擇。」既然生存在此殘破不堪的世界，我們愛的幻想的伴侶難以追躡其蹤，我們又不得不把握每次契機，那麼詩就更應該是一種絕望的堅持，正如溺水的人會緊抱眼前的浮木一樣。雖然這位「最後的詩人」頗具自我摧殘的傾向，作品卻能展現出萬鈞之筆力，意象修辭直指「事物的中心」。如此英年早逝的才子，留下了不少生命的喟嘆，但又極為堅定地宣告他的文學信仰，詩歌就是他幻想的伴侶，以愛來維繫這個支離破碎的世界。另一方面，星空中的普魯斯特（Marcel Proust，1871-1922）俯瞰人世，當他追憶起巴黎的似水年華時，他以縟麗又簡約的語言來圖繪斑斕錦繡的生命場景，透過小說中的人物刻劃和細節描述來呈現幽微的心靈，一陣又一陣的衣光鬢影，人來人往的窸窣聲中，花香撲鼻酒亦正濃，愛的音符緩緩飄過觥籌交錯的庭園。普魯斯特的孤獨之旅，雄健瑰麗無以復加，卻又極為瑣碎深沉，但他告訴我們，不同的眼睛會看到不同的天地，我們且依循著他的目光，在幽藍的霄漢裏展翅翱翔。在浩瀚無垠的歷史長河裏，一切的文明仍處於進展或毀壞的狀態中，小說家對人生的觀照有時不免宿命蒼涼：「所有的愛情終將以分手收場……所有旅程的終點都是失望，而所有的滿足不是太微不足道，就是來得太晚。」雖然是頹廢了點，卻也道出人生最終的實情，悲喜之間只能苦笑而已。

鯉魚山下，華燈初上，好一片繁華璀璨。元宵節前後，南京路廣場上那兩排大紅燈籠高掛在夜空中，說不出的熱鬧景象。島嶼邊緣的濱海公園，在那銀色的月光下，平靜的大海灩灩閃爍，當霧漸漸散去的時候，廣袤間水顏星芒相互映照，澄輝遍灑於萬頃碧波之上，所向真是空闊無限啊，但見潮生沙岸逼近又退去，時間的翅膀翕合靜止於此，而塵世亦已安然入夢。對此刻的我來說，遠離塵囂漫步在清明朗潤的夜穹下，想起海德格（Martin Heidegger, 1889-1976）說過的一句話，文學創作可以提供一種詩意的生存方式：「溢盈了才能，但卻仍舊詩意地，人，就如此棲止在大地上。」在這紛擾的生命途程中，人類經緯萬端勞績桎梏，可是也能夠「詩意地居住」（to dwell poetically）在星球上，參與傳遞宇宙自然的訊息，並為萬物生民立心立命，仰仗的無非就是這一支巨椽彩筆。其實，文學不應只是現實世界的妝點品，也絕非聊供娛情遣興而已，它有一種近乎先驗本質的存在意義，作家能描繪出詩意世界的偉大景觀的。因此，在這個意義殘破的世界裏，唯文學能引領人歸於本真的生活狀態，從勞績到詩意，從有限到無限，超越現實的精神桎梏，終於達致絕對的自由狀態。歸根究底，文學就是這個愛的幻想的伴侶，在那意義徹悟的目瞬間，情景交融且表裏如一，作家敘寫個人的初起和繼起的印象，匯通為整全的美感經驗，表達出渾融無間的自然境界。

二

人就像是一隻隻孤獨的蝸牛，各自背負著重重的軀殼，在曲折漫長的旅程中，尋找屬於自己的存在本質。蝸居歲月，有人說，我要生存，除此無他。然而，存在是先於本質的，哲學家是這麼認為，從形而下到形而上，主客合一知感交融，絕非心物二元論所能切割現象與心靈世界。不管你是不是相信「我思故我在」，既生而為人，總得為自己找箇終極關懷，並非只是與世浮沉隨波逐流。或許文學的誕生是沒有理由的，但是辦一份刊物得靠因緣際會，至少要有人事時機的湊合。這次《華燈初上》班刊行將付梓，我覺得需要在這裏說幾句話，或許可以為未來存個念想，好讓大家日後追昔憶往有個依憑。上學期期中考後沒多久，約莫是深秋時節，智帆和冠中等人到我研究室來，提起幾位同學想組讀書會的事，我當下深表贊同並勉勵有加，本以為可以目睹他們談詩論藝的盛況，誰知此一計畫竟胎死腹中。隔了幾個禮拜，他們又來找我商議辦華語文班刊，我立即表示支持他們的想法，此後又過數日，他們正式在班會上提出此一構想，付諸全班決議，大概有三分之二的同學贊同，因此就開始了一連串的準備工作。在整個策劃編輯的過程中，智帆和宜芳主其事，冠中、裕中、巧宜、柏堯、怡廷、宏穎、素惠等人亦投入甚深，讓籌備工作順暢許多，這些同學齊心為華語班刊而努力，真是令人覺得才人代出後生可畏。他們從班刊呈現的方式、班刊的初步內容、經費來源，以至於徵文、校稿、美術編輯等等，都採分工合作的方式，其間也有各組組長負責，再加上總編和副編統籌規劃，整個班刊編輯的工作進行得還算順利。這學期開學不久，同學開第二次編輯會議，商討班刊刊名，邀我出席共襄盛舉，會中同學討論班刊刊名相當熱烈，我聆聽他們的想法或表示己見，就在參與這討論的過程中，我內心一時頗有感觸，竟像回到了少艾耽文溺藝的時代。當天下午，我在書房內便開始推敲字句，也未查韻書或認真調平仄，未幾便吟成一首七律，題曰〈三月九日與同學論班刊刊名有感〉：

風飛沙起卑南圳，雲影欲遮寶桑田。東大園中應計日，鯉魚山下莫經年。
華燈初上邊城遠，文思始湧夜雨前。學海求新知本在，絃歌付與青春天。

詩雖不甚佳，卻反映出我此刻哀樂中年的心情。因班刊刊名而想及我青澀的日子。我大學唸的是哲學系，卻對文學情有獨鍾，後來負笈北美黌宮，十載留學歲月如雲煙過眼，從異國的邊城土桑（Tucson）回到台灣東南海隅的寶桑，忝為人師誨人不倦也快十年了。自忖喜歡閱讀與寫作，與家人一起旅行或看電影，喜歡買書藏書不愛電腦網路，看過的書遠比自己想寫的書來得多，本欲成為所謂的「大學中隱」，春風化雨栽桃李，且自開懷飲幾盅，無奈現實的壓力逼人而來，十年心事付瑤琴，絃斷又有誰聽呢？我這幾年的內心感受，彎像陸游的〈朝中措〉所說的那樣：「幽姿不入少年場，無語只淒涼。一箇飄零身世，十分冷淡心腸。江頭月底，新詩舊夢，孤恨清香。任是春風不管，也曾先識東皇。」另外，〈卜算子〉更能詮釋我現在的心情：「驛外斷橋邊，寂寞開無主。已是黃昏獨自愁，更著風和雨。無意苦爭春，一任群芳妒。零落成泥碾作塵，只有香如故。」平庸如我，當然沒有他「美服患人指」的困擾，但那種處在風雨飄搖中的落寞心懷，則是頗為類似的。陸游素喜梅花之幽芳逸致，常以詩詞歌詠梅花之清雅脫俗，他甚至恨不得「何方可化身千億，一樹梅花一放翁」，愛梅之情不難想見。〈朝中措〉與〈卜算子〉作者自註「詠梅」，放翁於此運用比興手法來托物言志，〈朝中措〉一詞設喻比擬，為梅花傳神寫照，借梅表達作者的政治志向，其冰壺心志昭然若揭。〈卜算子〉上片四句「情景雙繪」，敘寫梅花的境遇，下闋四句又鋪墊蓄勢，層層堆疊將詞意推上高峯，終乃振起全篇以托梅寄志。未料詩成後不多日，有幾位同學與我唱和一番，其詩如下：

方冠中

孟春旬日備平筵，三月東風望稻田。遙望海垠應落淚，紀行山後更華年。
柏梁和韻詩臺現，澠水舊題簷塔前。踽踽來日君豈在，迢迢跛路仰蒼天。

陳威睿

秋風欲攬關山月，澗水無痕碧海田。孔孟遺經承翰粹，詩書傳藝展華研。
龍吟草動蒼松下，鳳舞花開綠柳前。棄筆仍懸青鏤管，文成續詠鶺鴒天。

侯宏穎

霧影問花花不語，雲騰千里沐桑田。群山似虎奔天去，碧海如龍嘯嶼前。
水洗鉛華難盡現，石藏玉理易磨研。阜南古景今何在，墨舞風華一筆懸。

青出於藍，更勝於藍，這三首和詩頗有韻味氣象，其形式格律與意象修辭，乃至章法結構，都有不俗的表現。誠如曹丕所言，古今中外的文學家往往能「寄身於翰墨，見意於篇籍」，亦能「垂空文以自見」，其所以「不假良史之辭，不託飛馳之勢，而聲名自傳於後。」在歷史的長河中，王侯將相不斷地改朝換代，幾經兵燹摧殘之後，總是風景依舊人全非，這些偉大的文學作品則是他們對時代的見證，也是他們生活於其間的記錄。然則，古人對歷代文苑英華之瑰奇奧妙，嘗恨識者藏私不肯盡傳箇中章法祕訣，有謂「鴛鴦繡出從君看，不把金針度與人」，卻教這疋針繡得鬼斧神工的織品罩上一層薄紗，後世讀者只能在文學的大觀園之外瞧熱鬧，無法登堂入室窺探宗廟之美。而追新趨異驚世駭俗代代頗不乏人，但卻少見崇古宗經尊聖衛道之士，如此曲學阿世荒唐不堪的行徑，在兩岸三地的華人社會恐早已江河日下，這種貴今賤古乖離傳統的現象，儼然已成文化失衡的常態，遂令識者不免憂心忡忡。尤其甚者，在對待固有文化傳統的態度上，挾意識型態以劍拔弩張，政治及教育措施皆有挖根之嫌，自家的情形尚且如是，又何敢冀望域外知音的推崇呢？

文學當須根植於偉大的傳統，靈鬚滋養後從巨人的肩膀再出發，但也得不斷地自我創新，才有後出轉精的可能。《華燈初上》集的內容有新詩、散文、小說和雜文等，且各自成卷，每卷邀請相關專長的老師寫幾句話，更能增添文集的光采。這本文集的封面如詩如畫，意象幽閑不類人境，足以令人生飄然遠舉之思。由此書典雅的封面設計，讓我想起幽微要渺的詩詞意境，從張九齡的〈望月懷遠〉，到蘇東坡的〈永遇樂〉，再到白石道人的歌曲〈疏影〉等，都能引人發思古幽情，沉醉於深美閎約的情境中。特別是姜夔愛梅極深，其〈暗香〉一詞自立新意，最為精絕，歷來受人稱賞不已。這首詠梅詞與戀情有關，亦是作者寫自己身世飄零之苦，以及家國興亡之痛。在這闋詞裏，姜白石化用前人的詩句，敘寫梅花和美人的姿態精神，頗有比興物色與情景交融的審美效果，此詞反映出「清空騷雅」的藝術特色：「舊時月色，算幾番照我。梅邊吹笛，喚起玉人，不管清寒與攀摘。何遜而今漸老，都忘卻春風詞筆。但怪得竹外疏花，香冷入瑤席。江國正寂寂，歎寄與路遙，夜雪初積。翠尊易泣，紅萼無言耿相憶。長記曾攜手處，千樹壓西湖寒碧。又片片吹盡也，幾時見得。」彙集於此的各體創作雖不無稚嫩之處，意象修辭也不夠圓熟自然，技法稍嫌生澀，但勤加練習寫作假以時日，或許會有「雛鳳清於老鳳聲」的時候，眼下少艾的春風詞筆，如能在文學花園裏努力耕耘，繁花盛景自然是指日可待的。

春雨霧笛

王萬象

一

砂城的天空總是碧藍如洗，午後窗外樹影搖曳，跌盪的鐘聲杳入青冥，人來人往幾陣喧騰過後，還是會復返初始的貞定靜好。斷絮心事竟如轉篷，就讓這悠長綿延無涯涘的時間，暫且停格在新世紀晷儀的第二個刻度上吧，留住這仍有微風和晚雲趺坐矮牆草地的島國黃昏。鎮日裡山間滃鬱氤氳，果不其然，入夜便起一陣頗似重金屬的敲打樂，敲打著黝黑的千屋萬頂，也重擊著光陰逆旅人的夢土。我的黑甜之鄉一經盜夢者劫掠無遺，況又時臥棖觸心事乖違，那落地窗外小陽台邊飄灑而來的夜雨，好似一張無形的罔罟緊緊包裹著我，令人全身動彈不得，只能聽取這如雷的夜之寂靜，和叩問那敻遼如遠年之回音罷了。於是乎，這兩天的大雨就直直落在卑南平原上，急急落在這海隅一角的山顛水涘，也落在天涯倦客的眉間心上。

二

太平洋的彼岸和此岸，中有浩淼的海水和我年輕時的夢想，那端繫的是沙漠的邊城土桑，這端牽的是自然的故鄉寶桑，而多少夕顏星芒從此馳逝沉潛，卻織就起一幅記憶的百衲圖。中年人有時不免會回首來時路，在前塵舊夢裏思苦憶甜一番，雖然也是晏幾道所謂「補亡」之舉，但是「感光陰之易遷，嘆境緣之無實」，則為人情之所同。我於1987年8月赴美深造，先從劉紹銘（Joseph S.M. Lau）教授讀中國現代小說，後隨繆文傑（Ronald C. Miao）教授研究中國古典詩，追憶始讀「東夏西劉」的經典之作，倏忽已閱二十個寒暑。除了受劉、繆兩位先生的指導外，在威斯康辛大學（University of Wisconsin-Madison）及亞利桑那大學（The University of Arizona）就學期間，曾經受教於下列諸位先生：周策縱、倪豪士（William H. Nienhauser）、高德耀（Robert Joe Cutter）、林毓生、鄭再發、陳蕙琰（Marie Chan）、Tom Willard、陶晉生、鮑家麟，至今仍感念師恩銘記在心。對此留學經驗，我曾作舊詩一首以自況：

〈負笈北美十載追憶偶成〉

天涯轉蓬見丹楓，異域驅馳秋色澄。術業淫淫仍有愧，詩文沒沒總無成。
雪霽微陽陌地生，仙掌地熱土桑城。書中築盡青春夢，日月松花計期程。

北國雪鄉，冰凍三尺之地，西南荒漠，氤氳千里之天。草樹坪林，唯見燈花依稀。坵山路石，只聞雁鳴低回。我在美國中西部的大學城陌地生唸書兩年多，難以忘懷的是那羣年少輕狂的朋友，以及夢斗塔湖邊散步喝啤酒的日子。後來又到土桑市繼續未圓之夢，在那裏一待就是七年多，期間娶妻、生女和拿博士學位，人生幾件大事逐一完成，過程大致還算順利，只是多了些挫折感，但如今想來亦覺十分慶幸。自忝任黌宮教席以來，居住在臺灣的東南海隅，不知不覺已過了一紀年，這段日子幾位同事的鼓勵和幫忙，讓我覺得非常溫馨飽滿，也才有了落地為家的歸屬感。每個人其實是一隻隻孤獨的蝸牛，背負著各式各樣重重的殼，爬行在自己的軌道上，不管陌生的或熟識的，無論志趣情性思想見解為何，大抵少有會心莫逆之時，泰半皆各行其是，彼此之間隔閡甚深，只有極少數是例外的，就像我側身上庠多年，黌宮裏權謀紛爭迭起，相知相賞之人自是難逢。然而，這亦是無法強求的事，如若得幸便自會有一番巧遇，師友風義如松柏長青，為這寂寞的年代撐起一片天，讓人在花影下相濡以沫相忘於江湖。

三

今年梅雨斷斷續續綿延了幾個旬日，有時淅淅瀝瀝不辨昏曉，有時黑雲壓城一片鬱鬱，就這樣從立夏直到端午。砂城歲月有時是幽居靡悶，舊鐵道迴廊不知已走過多少遍，棧道旁的路樹雜草枯死又重生，雨中昏黃的立燈顯得格外的淒清迷濛，迴廊間幾許交錯的身影穿梭成流光，悄悄收納進記憶的百寶盒裏。書齋生活只如案頭山水之悠遊清賞，無事得閒呆坐電腦螢幕前，因研讀台灣現代女性散文作家曾麗華，心有所感便試作舊詩一首：

〈讀曾麗華有感〉

水去雲回渰萋萋，風平浪靜遊冥冥。杳渺春雨常飄瓦，迷離曉霧盡笛聲。
平凡況味此中過，憶君清淚自不勝。季節流轉無窮已，冰涼旅途繫情繩。

燈下初讀曾氏散文，頗為懷想其人風采神韻，忽如涼館驚絃，正自有一種細緻淒楚的感覺，非常之嫻雅深靜，可使一切沉光絕響，而其筆下隱含著作者對夢幻般的愛情之期待，以及她對自我生命的深切體悟。曾麗華的文字凝練，意象絕美如詩，其筆觸可謂輕靈剔透，亦絕非刻意鋪陳藻飾，總是欲說還休點到即止，呈現出輕彩淡墨的敘述風格。曾氏的愛情散文剪裁省淨，意象精美而情思婉轉，纖巧幾筆卻能狀極幽渺迷濛，只可意會卻難以言傳箇中況味，因此具有耐人尋味的冰山特質。曾氏散文的迷人之處，正是那種迷離惝怳飄忽空的特質，令人不易掌握其義蘊神髓，也因此對曾氏散文多見印象式的批評，少有全面且細密的分析。曾氏散文往往景中寓有感情，情中又用景來比喻關涉人事，且善用疏密、斷續、開合與虛實的詞章結構法，從而達致比興物色情景交融的境界。曾氏寫其人生旅途之冰涼，不乏季節流轉之喟嘆，其中頗有個人身世之感，特別以男女情愛、離愁別恨為主。就形式技巧而言，曾氏散文鋪寫物象融情入景，幻中設幻結構複迭多變，時空交叉轉換自如，並能使感情之宣洩有所節制，不論追憶前塵舊夢，抑或感時傷離惜別，皆可臻於化境。

> 季節的變幻是這樣流過我們的眼前，流過我們的生命。什麼時候我們的眼睛可以漸漸堅定凝結，像沉入水裡的小石頭。當我真正懂得關起大門並且打開所有的窗子時，緩緩吸入的竟然已是沉冬憂鬱的夜晚，沒有星星。（〈流過的季節〉）

> 日夜交疊在一起的近了黃昏，盈滿兩耳的是隻晚蟬吧。湖面已經開始昏暗，顏色深於秋天，甚至深於冬天。沒有溫度的美，比真正的冬天更令人感動。一小股霧在湖心升起而後在街燈下迴旋，就在心情游移腳步躊躇之際，整條街已完全為霧所席捲，使近處的湖喪失呼吸與神韻，使遠方的海喪失脈搏與風采，使霧角悲鳴，使我的雙眼溢滿水光。（〈九月的霧〉）

> 淺夏勝於深春，歲在花繁之後的小暑天。啁啾鳥聲與蟬噪使世界多麼生動，陽光灑落在每一道冉冉小徑。為了相遇，兩個人由完全相反的兩端，其實正向著彼此走來。他們有各自對世

界的理解力，灑然而獨立。他們會不會繼續看見彼此？或是他們每天擦肩，連眼神也不曾交換過，有一天竟然發現，他們理解彼此的寂寞。那需要多大的愛，讓一個理性撼動另一個理性？（〈我寂寞故我在〉）

由上面幾則引文，可知曾麗華對往事舊情的眷眷追懷，然而「光陰易遷，境緣無實」，亦如淮南皓月，冷照千山，行雲漸遠，去水長空，那些美好卻又脆弱的愛情，終將杳逝幻滅。聚散匆匆真容易，相思本是無憑語，愛情的憂傷一如星光，何其敻遼幽渺淒絕，昔日的詩酒音韻都消散無蹤，但那前塵舊夢亦如電似露倏忽即逝！詩僧周夢蝶說：「等光與影都成為果子時，你便怦然憶起昨日了。」就像時鐘的鐘擺一樣，我們總是擺盪在希望與幻滅之間，跌至谷底時也會希冀攀升，因為在我們的生命歷程中，正如周夢蝶所言：「不是追尋必須追尋，不是超越必須超越。」但在愛情海中泅泳多時的世間男女，當須了悟「人生情緣，各有分定，」畢竟求未必得，不求未必不得，也只能盡力罷了。在曾麗華的筆下，許多生命中的蛛巢小徑，往往與繁花似錦的回憶網路曲折相連，深刻且複雜地交織在一起，現實與虛幻、內在與外在、自我與他人，以及靈肉的種種糾葛纏繞，透過她那細膩舒緩的筆調，刻劃出芸芸眾生的喜樂悲苦。曾氏既圖繪出愛情的魅力，同時也敘寫愛情的虛幻與難以實現，男女主角雖然暫得遇合，但是仍舊不免離懷別苦，終竟淡漠以對，亦是一場永遠無法真正吻合的戀情。

文學創作也像愛情經營一樣，大有癡人在夢裏說夢的意味，總是悲歡交集憂樂相續，只能隨緣且喜地添絲加絮粧點幻境一番而已。曾麗華對人生情愛的觀照不免宿命蒼涼，從曾氏空靈、淡遠、蕭散和疏放的散文篇章，我們可窺見曾氏年少時細膩敏銳的情思，雖然她中年後漸趨深沉，但是她那些已然淡出的夢想和感觸，以及對愛情的種種追懷和期待，依舊浮現在字裡行間。曾麗華的散文格調頗高，其風格冶冷峭、纖柔、淡遠與婉曲於一爐，其所呈現的詩意識和抒情境界，頗能刻劃與眾不同的心靈圖像，更貼近生命現象的本質。曾氏寫情「感慨遙深，婉而多諷」，其意象則有「曉霧笛聲，夢雨飄瓦」之美，其意境則有「高度平衡、清明朗靜」之美，其散文風格則呈現出「空靈淡遠，蕭散疏放」之美，曾氏最終乃能於眾荷喧譁的散文王國中嘹亮，清音獨遠卻又冷肅深情。

四

詩人藉由文字意象來觀照體會人生，詩可以穿透生命中簡單或紛雜的表象，從清新澄澈的小詩景到圓熟朗潤的詩境，其中也寄寓著現象世界的形上思維。詩歌意象可說是心物交融的產物，詩人對具體情境和生活細節的描繪，總是時空交錯並置，且雜揉著主觀的心理印象。詩人其實就是時空旅次的呢喃者，他們的生命短暫囈語卻得以長存。詩人常想為這時空之流剪取片段的風煙光景，留下幾行詩句見證歲月如何凋人朱顏，他們透過意象去領受瞬間存在的真實，那些自然景物在詩人的心眼中「延異」姿色，他們暫且以心靈時間來抗拒客體時間的淹煎，雖然在流逝的時間細沙裏，他們的精氣神飄若遊絲，終將匯入廣袤的星海之中。詩人以影像文字盡情地摹擬自然和現實，我們是透過他們的靈犀之眼來，在那暫停的瞬間看見一個世界，同時也感受到存在的真實。當詩人憶起時空旅次中的人事景物，在影像與自然現實中尋找過往的點點滴滴，或許他也希望時光的列車能靠站稍停，而空間總會把那壓縮過的時間，悄然置放在詩人生命經行之處。

少年十五二十時。那段無知輕狂的歲月，一向只活在自己的情性中，而浪漫襟懷竟似那未繫之舟，東飄西盪無人左右，縱然岸旁有鳥語花香也，沒有什麼可以令人駐足稍停，彷彿流浪是我彼時唯一的選擇。難忘那年初暑的文期酒會，在幽藍的星空下朦朧的月光裡，頂樓陽台上的詩酒音韻，歌聲笑語不斷直到天明。然而，如今這一切都已成往事了，紅樓前的草原坐臥冥想，茶與哲學的激辯話題早已隨風飄散，在跌盪的晚鐘裡消隱逸失。然而，歲月依前靜好如斯，現世大抵還算安穩，可這些年的急景凋顏恍若一夢，人世的幾多聚散離合，也像極了那飄浮不定的白雲，從這個地方到那個地方，一張張熟悉又陌生的臉孔，一襲襲明亮又依稀的身影，在那無數流過的季節裡，終亦須漸漸淡入蟄伏於記憶的深坑內。無論如何，生命的歡樂與哀愁必歸於沉寂，一切的一切終將虛化，在春雨笛霧中獨身飄然曠野，於迷離的夢境中尋訪失落的靈魂。

王萬象完稿於二〇一三年七月十日

Do文學8　PG1105

鴻飛射馬干

——東大華文散文選

編　　者／王萬象
責任編輯／王奕文
圖文排版／詹凱倫
封面設計／秦禎翊

出版策劃／獨立作家
發 行 人／宋政坤
法律顧問／毛國樑　律師
製作發行／秀威資訊科技股份有限公司
地址：114 台北市內湖區瑞光路76巷65號1樓
電話：+886-2-2796-3638　傳真：+886-2-2796-1377
服務信箱：service@showwe.com.tw
展售門市／國家書店【松江門市】
地址：104 台北市中山區松江路209號1樓
電話：+886-2-2518-0207　傳真：+886-2-2518-0778
網路訂購／秀威網路書店：https://store.showwe.tw
國家網路書店：https://www.govbooks.com.tw

出版日期／2013年12月　BOD一版　**定價**／380元

|獨立|作家|
Independent Author
寫自己的故事，唱自己的歌

鴻飛射馬干：東大華文散文選 / 王萬象編. -- 一版. -
- 臺北市：獨立作家, 2013. 12
面；　公分
BOD版
ISBN　978-986-90062-0-0 (平裝)

855　　102021592

國家圖書館出版品預行編目

讀者回函卡

感謝您購買本書，為提升服務品質，請填妥以下資料，將讀者回函卡直接寄回或傳真本公司，收到您的寶貴意見後，我們會收藏記錄及檢討，謝謝！
如您需要了解本公司最新出版書目、購書優惠或企劃活動，歡迎您上網查詢或下載相關資料：http:// www.showwe.com.tw

您購買的書名：____________________

出生日期：______年______月______日

學歷：□高中（含）以下　□大專　□研究所（含）以上

職業：□製造業　□金融業　□資訊業　□軍警　□傳播業　□自由業
　　　□服務業　□公務員　□教職　□學生　□家管　□其它______

購書地點：□網路書店　□實體書店　□書展　□郵購　□贈閱　□其他

您從何得知本書的消息？
□網路書店　□實體書店　□網路搜尋　□電子報　□書訊　□雜誌
□傳播媒體　□親友推薦　□網站推薦　□部落格　□其他______

您對本書的評價：（請填代號　1.非常滿意　2.滿意　3.尚可　4.再改進）
封面設計____　版面編排____　內容____　文／譯筆____　價格____

讀完書後您覺得：
□很有收穫　□有收穫　□收穫不多　□沒收穫

對我們的建議：____________________

請貼
郵票

11466
台北市內湖區瑞光路 76 巷 65 號 1 樓
獨立作家讀者服務部　　收

（請沿線對折寄回，謝謝！）

姓　　名：＿＿＿＿＿＿＿＿　年齡：＿＿＿＿　性別：□女　□男

郵遞區號：□□□□□

地　　址：＿＿＿＿＿＿＿＿＿＿＿＿＿＿＿＿

聯絡電話：(日) ＿＿＿＿＿＿＿＿ (夜) ＿＿＿＿＿＿＿＿

E-mail：＿＿＿＿＿＿＿＿＿＿＿＿＿＿＿＿